走向世界的中国作家

病中逃亡

温亚军 著

文化发展出版社
Cultural Development Press

图书在版编目(CIP)数据

病中逃亡/温亚军著.—北京:文化发展出版社,2019.5
ISBN 978-7-5142-2644-7

Ⅰ.①病… Ⅱ.①温… Ⅲ.①小说集-中国-当代 Ⅳ.①I247

中国版本图书馆CIP数据核字(2019)第102917号

病中逃亡　BING ZHONG TAOWANG

温亚军　著

出 版 人：武　赫
策划编辑：肖贵平
责任编辑：孙　烨
责任校对：岳智勇
责任印制：杨　骏
排版设计：辰征·文化

出版发行：文化发展出版社（北京市翠微路2号　邮编：100036）
网　　址：www.wenhuafazhan.com
经　　销：各地新华书店
印　　刷：天津嘉恒印务有限公司
开　　本：889mm×1194mm　1/32
字　　数：240千字
印　　张：10
版　　次：2019年10月第1版　2019年10月第1次印刷
定　　价：49.80元
ISBN　978-7-5142-2644-7

◆ 如发现任何质量问题请与我社发行部联系。发行部电话：010-88275710

"走向世界的中国作家"文库编辑委员会

主　编

野　莽

成　员

（以姓氏笔画为序）

王池英（美）　　立松升一（日）　　吕　华
安博兰（法）　　许金龙　　　　　　周大新
贾平凹　　　　　野　莽

不仅是为了纪念
——"走向世界的中国作家"文库总序

野芒

在一切都趋于商业化的今天,真正的文学已经不再具有二十世纪八十年代的神话般的魅力,所有以经济利益为目标的文化团队与个体,像日光灯下的脱衣舞者表演到了最后,无须让好看的羽衣霓裳作任何的掩饰,因为再好看的东西也莫过于货币的图案。所谓的文学书籍虽然也仍在零星地出版着,却多半只是在文学的旗帜下,以新奇重大的事件,冠以惊心动魄的书名,摆在书店的入口处,引诱对文学一知半解的人。

这套文库的出版者则能打破业内对于经济利益的最高追求,尝试着出版一套既是典藏也是桥梁的书,为此做好了经受些许经济风险的准备。我告诉他们,风险不止于此,还得准备接受来自作者的误会,此项计划在实施的过程中不免会遭遇意外。

受邀担任这套文库的主编对我而言,简单得就好比将多年前已备好的课复诵一遍,依照出版者的原始设计,一是把新时期以来中国作家被翻译到国外的,重要和发生影响的长篇以下的小说,以母语的形式再次集中出版,作为中国当代文学的经典收藏;二是精选这些作家尚未出境的新作,出版之后推荐给国外的翻译家和出版家。入选作家的年龄不限，年代不限，在国内文学圈中的排名不限，作品的风格和流派不限，陆续而分期分批地进入文库，每位作者的每本容量为十五万字左右。就我过去的阅读积累，我可以闭上眼睛念出一大片在国内外已被认知的作品及其作者的名字，以及这些作者还未被翻译的本世纪的新作。

有了这个文库，除为国内的文学读者提供怀旧、收藏和跟踪阅读的机会，也的确还能为世界文学的交流起到一定的媒介作用，尤其国外的翻译出版者，可以省去很多在汪洋大海中盲目打捞的精力和时间。为此我向这个大型文库的编委会提议，在编辑出版家外增加国内的著名作家、著名翻译家，以及国外的汉学家、翻译家和出版家，希望大家共同关心和参与文库的遴选工作，荟萃各方专家的智慧，尽可能少地遗漏一些重要的作家和作品，这个方法自然比所谓的慧眼独具要科学和公正得多。

遗漏总会有的，但或许是因为其他障碍所致，譬如出版社的版权专有，作家的版税标准，等等。为了实现文库的预期目的，在全书的编辑出版过程中，出版者会力所能及地逐步解决那些障碍，在此我对他们的倾情付出表示敬意。

2018年5月12日改于竹影居

目 录

天鹅 / 1

病中逃亡 / 14

火墙 / 28

燃烧的马 / 42

作为祭奠的开始 / 53

把式 / 66

东方红 / 79

擦肩而过 / 92

男人的刀子 / 108

高原上的童话 / 120

夏天的羊脂玉 / 136

骑手 / 147

牧人与马 / 157

夏天的喊叫 / 163

开会 / 177

远荒 / 186

崖边的老万 / 197

女孩 / 211

朋友妻 / 220

猎人与鹰 / 230

麦香 / 240

雨夹雪 / 257

救人 / 269

小锅饭 / 278

槐花 / 289

游牧部族 / 298

温亚军发表小说及出版书目 / 309

天鹅

过去，表哥轻易是不理会他人的，那时大舅是镇信用社主任，很多人都巴结着呢。表哥不理会别人是正常的。有次，二舅带着我父亲一起去镇上的大舅家，正赶上表哥要出门，瞅着二舅和父亲进门，抬头给二舅轻描淡写地打了个招呼。我父亲老远就绽开笑容，但表哥像看不见我父亲似的，招呼了二舅，还递了支烟，眼神从我父亲头顶上飘过去，好像我父亲是根木桩，不飘过去就会绊住他似的。那时表哥已经结婚有了女儿，应该懂事了，况且父亲又是他的姑父，是长辈，又主动跟他微笑点头，他却熟视无睹。没得到表哥的回应，父亲脸上的笑容开始还绷着，绷到表哥的背影快消失了，他脸上的笑才像中枪的鸟一样，"啪嗒"一下跌落下来——绷给谁看呢？表哥的眼里连他的影子都没有。这让父亲很受伤。父亲是抽烟的，大舅是知道的。但大舅一直倚在沙发上看电视，二舅和父亲进门时，他只是眼神飘移了一下，抬手指了指对面的沙发，连头都没转过来。显见大舅的余光是看到了表哥的做派，可能觉得过意不去，又指了茶几上的烟盒，示意父亲自己拿烟。

电视里正在播芭蕾舞，一帮外国女人踢着光溜溜的大腿，身姿优美地旋来转去，使大舅挪不开眼睛。父亲失去笑意的脸垮着，盯着茶几上的烟还犹豫要不要拿。二舅眼神好，赶紧抽出一支塞到父亲手里，又拿打火机给父亲点着。一根烟抽完，电视上那帮外国娘儿们还在踮着脚尖欢天喜地转着、踢着，灵动得就像飞舞的雪花，确实好看。大舅脸上的肉一抽一抽的，嘴大张着，眼大瞪着，一副恨不能随便捞一个出来往嘴里塞的神情。二舅用胳膊肘不停捣父亲，示意父亲往电视上看。父亲被二舅捣得火起，粗着嗓门说："看着呢！"

终于，等到外国娘儿们撅腚鞠躬闹腾完了，大舅这才把眼睛从电视里拔出来，陶醉又意犹未尽地咂着嘴说："看看，这外国娘儿们，啧啧，咱就没有吗！唉——艺术呀这个东西！"也不知他到底想要表达什么意思。父亲掀掀眼皮，没吭气，二舅却连连赞同。自从大舅当了信用社主任后，二舅对他大哥说什么做什么都极力赞同。

大舅是什么时候开始喜欢芭蕾舞的已无从考究，只知道他把所有的芭蕾舞都说成是天鹅舞，一看到电视上有直溜着腿踮起脚尖的画面就两眼放光，看完了总要意犹未尽地感叹一声："艺术呀这个东西！"表哥见他父亲这般爱好，就投其所好，把自己刚一岁多的女儿送到县里的青少年宫去压腿练功，说是将来要培养孩子上小天鹅艺术团，专门给她爷爷跳天鹅舞。那么小的孩子没见过天鹅，更不知道什么天鹅舞，压了几回腿居然趴在地毯上睡着了，让表哥给训哭过好多回，弄得他女儿后来一听到"天鹅"两个字嘴就撇开，眼泪汪汪的。

大舅关上电视，好半天才从"艺术呀这个东西"里走出来，看眼二舅和父亲，牙痛似的倒吸口气，说："你们想办果品加工是好事，我支持，可靠那几亩果园做贷款抵押肯定不行，没有保障嘛。"过了会儿，大舅见没动静，又接着说："你们真想办，我给企业办打个招呼，让他们办起来，你们入股，这样担的风险小。不要什么都老想自己干，要多少投入你们知道吗？以为办厂有那么容易啊！"

　　大舅显然是不想帮忙，在找托词。父亲看了眼二舅，见他不吭声，知道他想靠磨来达到目的。这是他俩来时商量好的。可二舅不能先开这个口，二舅说他要先开了口叫大舅拒绝了，就一点回旋的余地都没了，要采用阶梯式战略。阶梯式战略的策略就是力量相对弱的父亲先提出来想法，再由实力强点的二舅来打开口子。父亲咽了咽唾沫，对大舅说："我们找人预算过，果品加工不是高利润行业，就算企业办牵头，我们能入股，人家也不会给我们太多股份，那几乎挣不到什么钱。眼下只有自己干，才能有赚头。"

　　大舅不置可否地笑笑，说："有这种想法的人太多啦，快把我们信用社的门槛踏断了。可你们不知道，有多少人栽到里头？我是干啥的，能不知道这里头的道道？回去吧，要干，我就给企业办打招呼，由他们挑头办，有些政策方面的手续有公家顶着，到时亏不到个人头上。钱谁都想赚，但钱不是那么好赚的，要担风险。入股挣钱少是少点，但真要有事，还不至于把你们赔得倾家荡产！"

　　这话也就是大舅在说，换了别人，二舅肯定跟他急，什么事都没开始呢，怎么就倾家荡产了？父亲本来没多少热心，进门那会儿让表哥的漠视弄得心里极不舒服，这下更懒得说话了。看大舅的态度，让他帮忙贷款跟直接问他要钱一个性质，让大舅从口袋里掏钱给他们，做梦去吧。

　　该二舅上场了。他拿起茶几上的烟抽出一支，递给大舅，说："哥，看在咱娘的分上，你就帮帮我们呗。我们是贷款，也就十几万块钱的投入，肯定能赚，我们都做过那个什么调查（二舅肯定是想说市场调查，但所谓的市场，他其实能看到的，就是我们镇上那巴掌大的地方），果品加工还是有赚头的。你看咱都是亲兄弟，你

天鹅　3

不帮忙谁还帮咱呢？"

　　大舅不屑地瞅了二舅和父亲一眼，说："你以为信用社的钱是我自己的，想给谁就给谁？我们要找人评估论证，就你们那几亩破果园做抵押想贷十几万？就算加上你们两家的房产，都值不上啊。要是上面知道我这样帮自家人，以后我还怎么跟别人硬？信用社可不是我自己开的，我也要替你们担风险的。你们说，让我为你们陷进去值不值？"

　　大舅的神情好像那个连影子都没看到的果品加工厂，已经摇摇欲坠地歪斜在他面前，他正替二舅和父亲收拾烂摊子似的。

　　二舅所谓的阶梯式战略从一开始就注定是要失败的。亲情牌根本打不动大舅，这是父亲早就料到的。

　　其实，想要办果品加工厂的主要是二舅，说是有大舅这棵大树，不想法子多挣些钱才傻呢。谁对挣钱没有欲望？但父亲对二舅的提议心里没底，办厂可不是种果树那么简单，施点肥浇点水除除虫就可以收获累累硕果——有时候还得看老天给不给力呢。对二舅的信心满满，父亲还是很犹豫的，但敌不住赚钱的诱惑，终是跟着二舅去找大舅。按理被大舅拒绝是父亲预料之中，可后来看着有人贷到款办起了果品加工，还红红火火的，父亲很眼热，心里对大舅很不满，若说只是他们没贷款的条件倒也罢了，可为啥比他们条件更不如的人都贷上了款呢？嘴上不说，到过年时，父亲找借口有事，打发我陪母亲去大舅家拜年。

　　这些年，外婆在二舅家住，父亲不陪母亲去大舅家拜年也说得过去。

　　外爷活着时，名义上外爷外婆是跟着三舅过日子，三舅当兵去了青海，三年兵当够没回来，提干后在青海娶了媳妇。外爷去世后，留下外婆孤单一人，大舅家境好，当仁不让地把外婆接了过去，名义上外婆是跟着大舅过日子，但大部分时间她都在二舅家住，图个清静，外婆在镇街上待不住，嫌吵闹，可谁都知道，她是嫌大妗子太冷漠。

二舅不是那种随便给自己找麻烦的人，外婆住到他家，其实还是他跟大舅要求的，说是大舅工作忙，就由他来照顾老娘好了。大舅那时很烦恼，大妗子可没少为外婆的事跟他闹别扭。大舅落了清闲，少不了给二舅一些实惠，二舅家的化肥农药从没花过一分钱，每到逢年过节，大舅拎过来的好烟好酒自不必说，肉油米面一送就是半卡车。外婆没住到二舅家前，他家哪有这种风光呀，说到底，外婆给二舅带来的好处还是多于他供养的负担。用父亲的话说，二舅巴望着外婆在他家长期住下去呢。也正仗着外婆住在自己家，二舅才跟大舅提贷款的事。

第二年立秋后不久，别人开的那个果品加工厂突然间关门了，听说赔得一塌糊涂，主要是那个厂没有好的加工设备，卫生检疫关就过不了。这样一来，很宽二舅的心，感叹还是大舅有眼光，不然，自己真的被套进去可就惨了。父亲也感到庆幸，但他表现得很矜持，不发表任何意见，只是嘴角微微地上翘着微笑。母亲以为父亲这下冰释了对大舅的不快，可是后来的几个春节，父亲还是打发我陪母亲去给大舅拜年，他再没去过大舅家。我不知道父亲是在意表哥的冷漠，还是耿耿于怀大舅的不帮忙。

我在大舅家也见过几次表哥，跟大舅长得很像，白白胖胖，一看就是衣食无忧的人，只是他走进走出，除了我们刚进门那会儿跟我母亲打声招呼外，几乎都不说话，对我更是视若路人，连眼皮都不带抬的，好像我不是来他家走亲戚，而是来要饭的，就差拿根棍把我往外撵了。我心里很恼火，要不是大舅是我母亲的亲哥，谁稀罕上他们家看脸色呀。我算是明白了父亲不是记恨大舅，而是怕受表哥的伤害！后来，我也不愿跟母亲去大舅家了。母亲劝我说，别计较你表哥，他从小就那样，孤傲得很，还不是跟你大舅学的，见惯了别人的奉承，以为上他家的人都是求你大舅帮忙的。

表哥在心里可能把信用社当成他们家开的了！我发誓长大了绝不贷款，不给表哥蔑视我的机会。

这个机会还真就没了。没过几年，大舅出事了。有个私企老板带着大舅去看艳舞，一大堆白花花的肉在大舅面前晃来晃去，他觉得俗气透顶，非要逼那些舞女跳天鹅舞。是踢光溜溜的大腿、用足尖走路的那种。他以为只要跳舞的人都会踮着足尖走路呢。那是些跳艳舞的女子，也就是多做几个挑逗动作，挺挺胸、扭扭胯而已，实在没多少舞蹈技巧，跟芭蕾舞的距离实在太大，根本风马牛不相及。她们当然做不来那么高难度的动作，况且，衣服都成三点式了，谁还傻呵呵地踮着脚尖跳啊，又不是去够钱，费那个劲！大舅不依不饶，竟然掐人家大腿，着急了大打出手，被人家报了110。当然，那些女子在警察来之前衣服都穿整齐了，大舅却被当成闹事的流氓给抓了。这一抓，没查出有多么流氓的行为，却不知怎么扯出他给人贷款拿回扣的事。县纪委立案一查，大舅被查出不少经济问题。这下可不得了，一旦证据确凿，大舅就得倒大霉。大妗子哭哭啼啼地说，这是有人故意使的坏，听说大舅要提升到县行当副行长，他的竞争对手买通一帮人给大舅设下的套，那个私企老板其实根本就不是什么老板，是个四处游走的小贩，本来密谋想让大舅犯其他错误，比如嫖娼，没想到大舅还挺配合，虽然不是嫖娼，但总算是让人家抓到了把柄。大妗子不知从哪儿听来的这些，就像掌握了解救大舅的灵丹妙药，跑到城里直接去找县长告状，被人家拒之门外。实在找不到门路，大妗子竟然与表哥来找二舅商量对策。

二舅能有什么对策？使点小聪明从大舅那里讨点好处还可以，真遇到事，他啥招也想不出，当初那个失败的阶梯式战略就是佐证。还是唤了父亲过去商议。没有了大舅的支撑，表哥高傲不起来，他神情肃然，眼神都是软的，像一棵藤蔓似的，没有了大树，曲里拐弯不知要爬到何处，那个冷漠而孤傲的表哥已荡然无存，他软软的目光躲闪着父亲，竟然怯怯地叫了声"姑父"。父亲心里说，看来他还是认识我的，只是人家得势时不愿意叫我这个姑父罢了。父亲脸上有了得意，却没啥办法可想，一个农民，怎么侍弄土地他可以想出一些招来，但要在大是大非的浑水里，他看到的仍不过是浑水而已。但父亲还是摆出姑父的架势，点上烟狠狠地抽了一大口，徐徐吐出烟雾才说："如果真有事，找谁也没用！这不让人家拿住了嘛，这个时候，该低头还是要低头的，想想办法怎么让人不受罪才对。"父亲这话，说得还是在理，常在河边走哪有不湿鞋的，若说大舅清白得像一张白纸，就算有人陷害，事情总会查清，断不至于有事。可大舅有没有经济问题，大妗子和表哥心里是清楚的。

父亲的话让表哥的脸更加灰暗，他无助的眼神落到大妗子脸上，如果大舅出了事，最大的受害者首先是他，他在信用社当合同工，平时仗着大舅自我感觉良好，大家伙也对他笑脸相迎，以后没了大舅的势力，谁还会对他笑意盈盈？恐怕到时他送上笑脸人家也得扒拉下来踩到脚下，就像他曾经对很多人一样。比如我的父亲。

大妗子比表哥更加无助。大舅是家里的大树，大树要是倒了，没有了庇护他们怎么过？大妗子有劲使不上，急得连哭带骂，眼泪鼻涕一大把，弄得谁也不敢靠近。大妗子的动静惊动了里屋的外婆，她耳朵背，只要谁嗓门大点，就怀疑人家是在背后数落她，以前在大舅家，大妗子不理她，嗓门稍微一大让她听到，听不清她也要生气。这下，外婆拄着拐棍从里屋出来，冷着脸对大妗子说："老大家的，我住到老二家，你跑过来又数落我啥呢？这次说啥，我也不回你家住了，整天连我大儿子的面都见不到，就剩下你的冷脸了，我在这里住得好好的，别想叫我回去！"大妗子抹着脸，理也不理外婆，只哭诉自己的。外婆不依不饶，嘟囔个没完，在这节骨眼上，在场的人都烦了她，可谁也不好说她。表哥实在忍不住，架着外婆往里屋推，没想到外婆劲挺大，扒着门框还拿拐棍打表哥。打得本来就郁闷的表哥越发恼火，撒开架着的双手，冲外婆吼道："够啦，你就别添乱了！"这一声吼把表哥所有的软弱都吼得无影无踪，可也抽没了他所有的力量，吼完，他抱着自己的脑袋痛哭起来。外婆这下听清了，她被吼声怔住，半天才缓过神来，眼里含着泪指着表哥，颤声骂道："这个小崽子的，跟你妈学坏了，敢骂我，叫你爹来，看他不撕烂你的嘴！"大妗子面对乱糟糟的一切，哭得更加厉害。外婆以为大妗子嫌她骂了她儿子，愤怒得不再看别人，只顾扒着门歇斯底里地喊大舅的名字，要他来教训他儿子，来看她是怎样受他媳妇和儿子气的。顿时，二舅家乱成了一锅粥，事没商量成，大家不欢而散。

　　直到大舅的信用社主任当不成了，还被判七年徒刑蹲进监狱，外婆都不知道。逢年过节，外婆见不到大舅，就骂大妗子，嫌她不让大舅来看她。又叫二舅去喊老大过来，说越来越不像话，连老娘都不见，肯定是老大媳妇捣的鬼。二舅不能说大舅蹲进监狱，只说他出差不在或者开会学习搪塞过去。好在外婆年纪大，也记不住，说过就忘，想起来时重新唠叨一遍。

大舅进监狱没多久，表哥果然被信用社辞退了，人家做得很委婉，说信用社人员超编，需要精简不在编的人员。表哥还能不明白这个事理？大妗子要跑到信用社去闹，那么多人员，干啥只精简她儿子？表哥拉住大妗子，人情世故他是懂的，人走茶凉嘛，何况大舅还坐在牢里。

这下，表哥在镇上无所事事，回村子种地抹不下脸，可还得生活，在大妗子的催促下，表哥与一直没有正式工作的表嫂在镇街摆了个卖毛线的摊子。当地人能织毛衣的不多，毛线生意可想而知。有时守一整天，除了过路的好奇，拿起毛线看看，几乎没人买，看着人来人往，守着空荡荡的摊子无聊至极。表哥与左右做生意的人聚在一起打牌，一开始打着玩，混混时间，还不忘照顾一下摊子，后来嫌清汤寡水不提神，就带点小彩，跟人输赢一两碗面。再后来，进入实质阶段，改打麻将耍钱了。这一打，上瘾了，表哥见天儿不打就提不起劲儿，回到了原先的状态，见谁都冷冰冰的，对自己女儿都懒得多说一个字，有时女儿高兴，趴在他耳边跟他说悄悄话，他一把推开，看着女儿撇着嘴要哭的样子也没一点怜惜的感觉，他早忘记要送女儿去小天鹅艺术团的事了。反正，她爷爷现在没有机会看天鹅舞，恐怕也不会再有看天鹅舞的雅兴了。

做毛线生意挣不上几个钱，还得养活一家大小，表哥打麻将后扔下摊子再无心去管，表嫂一个人要看摊还得顾家，两头忙不过来，挣的那几个钱也供不起表哥的爱好。为钱的事，表嫂与表哥闹过好多次，都闹到要离婚的地步。大妗子说了谁都不听，每次哭着来找父亲与二舅，叫他们去劝说调解。父亲和二舅扔下手中的活去镇上，这时候的表哥别说傲气，连锐气都没了，耷拉着脑袋，一副蔫不拉唧暮气沉沉的样子。看得父亲心里倒有些不忍。既然是说

天鹅 9

客，总要说些话劝告的。表哥表现得还算不错，生活教育了他，说什么他都应答，就连二舅猛然间咳嗽一声，他像听出无数道理似的也要点下头。表哥还算识相，知道这婚是离不成的，离了，哪里还有女人嫁他？虎落平阳，何况他原本就不是虎，只是扯了面虎旗而已，现在没了虎旗，谁还能把他看进眼里？父亲和二舅给表嫂赔着笑脸替表哥好话说尽，安慰了半天，表嫂撒泼哭闹之后，才勉强答应婚暂不离，要他们保证表哥今后不再赌钱。这让父亲和二舅很为难，他们保证了有啥用？看表哥那提起来一挂放下一摊的样子，想要利利索索地不赌，难哪！他们含含糊糊地又安抚了一番表嫂，赶紧开溜。下次，见大妗子又哭着来叫，二舅开始躲闪，找各种借口推托，不愿再去大舅家沾染那一摊理不清的破事。表哥无赖，表嫂撒泼，丢人脸面呢。这里面还有个原因，大舅进监狱后，二舅一点实惠都得不到了，别说肉油米面，过年连糊炕墙的报纸都没了，有次他还问父亲，公家的人是怎样弄到报纸的，镇街上就不见卖的吗。二舅连报纸需要去邮局订阅都不知道，他还能为表哥家的事劳神费力，才怪呢！不仅表哥的事二舅不愿操心，他还后悔把外婆接到了他家，外婆三个儿子凭啥就他一人养着？他跟我父亲嘀咕这话的时候，已全然忘了当初他是怎样讨好大舅，主动接外婆来他家的，也忘了外婆在他家的几年里，大舅给他的比他一家人那几年挣的都要多。

大妗子见二舅躲着她，在背后连骂二舅良心叫狗吃了。骂归骂，二舅也听不到，就是听到了，他也装听不到。三舅在部队，两三年才回一次家，指望不上，大妗子只能来找我父亲，哭哭啼啼地请父亲帮忙。父亲也不想沾这些事，清官还难断家务事呢，何况他只不过是个农民。可看到大妗子一把鼻涕一把泪，说从大舅进了监狱后连亲兄弟都躲得远远的，大舅在位时给过他多少，人咋就这般绝情呢。好像父亲也拿了大舅很多好处似的，终究磨不开面子，随大妗子又去表哥家劝说。其实，表嫂也不想离婚，眼看女儿五六岁了，不说小天鹅艺术团的事，正常也快上小学了，她不想让这么小的女儿没了爹。所以，父亲的几句劝说，算是给表嫂的一个台阶，顺势也就下了。但表哥赌上了瘾，面对即将的妻离子散他都照赌不误，又怎会说几句话就让他彻底了断呢。于是，表嫂隔几天就闹一次离婚，大妗子准上一次我家的门，父亲又得去一趟镇上。表哥依然执迷不悟。慢慢地形成了一个惯性，明知道做什么都没用，但所有人都惯性地去做，维系着惯性的循环往复。母亲意识到了这点，劝父亲不要再插手表哥家的事情，没有用。父亲不是不想听，是拉不下这脸，他怎么可能面对大妗子的眼泪像二舅那样闪身躲开？母亲气狠狠地说父亲，你等着看吧，总有一天你会被卷进去，落不下好的！

　　果然，这年立秋后不久，二舅来找父亲，听说三舅在部队立过二等功，国家有了新政策，当地民政局给功臣的母亲每年发一千二百块钱，就是每月一百，作为老人的生活补贴。父亲不知道这事。二舅说你咋能不知道？父亲一脸茫然，他又没跟三舅联系过，怎么会知道？二舅竟然板起脸严肃地说："你不是一直在给老大家调解关系吗，你想想，这都有半年了吧，他们再没闹过离婚，为啥？是人家手里有了赌资啦。"父亲想想，可不是，大妗子真有小半年没哭着来找他了。父亲点点头说："嗯，是快有半年没闹过了，这不是好事吗？！说明人家学好，开始知道生活啦。""啥叫知道生活了？"二舅白了父亲一眼，"他以前不挺能生活的嘛，还生活得比咱都好。"父亲不说话，那可是自己的侄子，总不能盼着人家生活得不好吧。二舅又哼了一声，别的不再多说，只叫父亲给表哥递个话，民政局给外婆的钱应该属于他，因为功臣的母亲现在住在他家。

二舅走后，母亲埋怨父亲咋不一口回绝，要递话他自己递去，见钱眼开的东西，拿自己老娘当幌子，真不要脸。母亲叫父亲以后别再掺和他们的事，这就是一锅粥，都糊到一块儿了，你说谁能厘清？没法说！

父亲果真躲避了。大妗子再来，母亲一听到哭声，在前门顶着，父亲赶紧从后门开溜。从此见了二舅也避着走，尽量不与他打照面。中秋节时，母亲去给外婆送月饼，受了二舅一肚子气回来，进门就埋怨起父亲："看看，我说什么来着，没落下好吧。老二像条疯狗，瞎咬开了，说你肯定得到了好处，分到他外婆的那点生活补贴了，与老大家穿上了一条裤子。"父亲听着母亲的诉说，气得浑身发抖，本来没他什么事，倒弄得他一身腥。他要去找二舅问个明白，被母亲强硬拉住。父亲挣脱不开，急得快哭了，颤声对母亲说："我不去找他说明白，怎么清白得了？"母亲说："你有啥不清白的，老大家现在啥情况谁不知道？还能有啥好处让你得？你去找他说清楚，能说得清楚吗？摆明了就是嫌家里多了个老娘，胡乱咬人嘛。娘给他挣回了那么多好处，现在没了，他能不窝心？老二扬言要直接去找老大家的，要不来钱，他就把他们告到法庭，他不要脸，让他去闹吧，看他能闹出个啥名堂，咱没沾染那钱，也不掺和这烂事！"

的确是烂事，说白了都是钱给闹的。二舅到镇街的大舅家去吵嚷，表哥先是莫明其妙，后来才弄清楚家里还有这么一笔收入，当即与大妗子吵闹起来，嫌背着他私藏了钱，让他一人在外辛辛苦苦地赚钱。表哥整天在外赌，赌得表嫂都懒得用离婚来要挟，家里家外，实际上都是大妗子和表嫂在操持着，表哥不闻不问。看在钱的面上，表哥毫不犹豫地承担以往的辛苦——或者在他看来，赌钱确实辛苦，至于是不是赚钱，就另说吧。大妗子说烂嘴也说服不了表哥，哭闹着要上吊、喝农药。二舅当成他们在给他上演苦肉计，偷偷溜到镇政府民政所去打听，只要拿到证据，看他们一家还怎么演戏。民政干事说是有这个政策，可全镇就三家有这个补贴，没他们家的。二舅不信，民政干事说："这个简单，打电话去问你们家老三，不就啥都明白了。"二舅不会打电话，也不知道三舅的电话怎么打，到隔壁邮电所请工作人员查询拨打了半天，终于听到了三舅的声音。三舅说他的二等功是写新闻报道立的，不是战功，不享受这个补贴。二舅当即耷拉下脑袋，对三舅问候外婆的话一句都听不进去，断然挂了电话，还交了十几块长途电话费，灰溜溜地回家了。

　　后来，是不是表哥也去找过民政干事，还是他给三舅打过了电话，反正，二舅没再找过父亲，大妗子和表哥也没再为此事闹过。

　　过年时，表哥带着他女儿突然来到我家，说是给姑父姑妈拜年。父亲愣怔了一下，这是表哥第一次带着孩子上我们家的门，父亲表现得还算高兴，叫母亲去准备酒菜，当即从口袋里掏了十块钱，给表哥的女儿压岁钱。小女孩高兴地接过钱，一边给父亲说拜年的吉利话，一边趴在茶几上把钱很小心地捋着。十块钱是新的，只是放在父亲口袋里有了几道褶皱。父亲去厨房端菜时，突然听到小女孩在客厅尖叫起来，赶紧从厨房跑过来看。他看到表哥的背影已经到了院门口，瞬间消失了。客厅里，表哥的女儿张着两只空空的手，看着表哥远去的方向，孤零零地，像只折断翅膀的小天鹅，一抽一抽地哭泣着。

病中逃亡

他们是在天快黑的时候相遇的。起初他还以为是那些人追上来了，一种比饥饿更可怕的恐惧感涌上心头，如果被他们抓住，他们非把他撕成碎片不可，因为他背叛了他们，把他们现有的沙金全部裹上逃了。他看到那个黑影越来越近，恐惧使他的全身都在颤抖，心已经脱离了他的肉体，呼吸变得急促，他觉得身边的空气也暗含着危险，恐惧像张网似的将他罩住，他不由自主地伸出双手推挡着，似乎真的有一块黑网在收紧。

那个黑影走近了，才发现这是一只狼。他长出了一口气，心回到身体里。"是狼，原来是狼！"他在心里暗暗叫着，就不怕了。只要不是人，他就不怕，狼当然也很可怕，但它毕竟是狼，没有人那么可怕。他把恐惧暂时搁在身后，心里盘算着怎么来对付这只狼。

他从一个困境里逃了出来，他没有办法，他不逃走，只有死。他已经患上了严重的矽肺病——淘金者最容易患上的病，这种病呼吸起来整个胸部都像要撕裂似的疼痛。在此之前，已经有四个淘金者被这种病折磨得死去活来，躺在地窝子（淘金者住的地方）等死了。那些没有患上矽肺病的淘金者，就在他们鼻子跟前不停地晃动箩筛里的沙金，使沙金里的矿物粉尘刺激他们的鼻子，病情加重，越发咳嗽得厉害，呼吸更困难了。他们把自己的胸口抓得稀烂，最后血淋淋地先后毙了命。就这么残酷，在活着的这些淘金者心里，多死一个人，就少分出一份沙金，自己可以多得一点沙金，在天气趋向深秋，正向冬季逼近的时候，他们的这种心理就越来越严重了。因为天气一冷，阿尔金山被冰雪封住后，淘金工作就没法进行了。他们只好分了淘得的沙金，各奔东西了。

　　他发现自己也患上矽肺病后，硬憋着不咳嗽，都快背过气了，他不想叫他们知道自己也患上病了，把他早早折腾死。他看着那些没有患病的淘金者残酷的目光，心想着为什么他要死呢？他死了，留下自己用血汗换来的那份沙金，叫他们吞没了去过好日子，他不甘心！他不能就这样等，尤其是看着这么多的沙金，含恨死去。他想到了逃跑。这个念头与其说给了他勇气，不如说给了他坚韧自持的想法、给了他改变这种现状的决心，使他发现并利用了他们的粗心大意。他动了想全部裹走沙金的念头，他想只有带上这些沙金逃出去，找个地方治好自己的矽肺病，才能有生存的可能。他们还是发现他患上了矽肺病，又用沙金折磨他，对他没存一点戒心，想着反正他也不会活多久，让他多看一眼沙金他也不会带到阴间去，他们没想到他会逃走，他一个重病的人，能逃到哪里去？再说阿尔金山这个地方又大又荒凉，逃不出去的。

　　可他还是逃了，只要有一线生的希望，他就要争取。他不能抱着金子等死。他在一天夜里趁他们睡熟的时候，背上那半袋子沙金，逃了出来。他先恐慌地逃了一夜，天快亮的时候，他找了个废弃的地窝子，用细沙子把自己埋起来，只留着半个脸和两个鼻孔在沙子外面，并用干枯的茅草盖住，可以透气。废弃的地窝子里洞穴般晦暗，往日住人的地方积了一层薄薄的尘埃，隐约地散发出令人窒息的霉腐气味；他一整天都没敢睡着，他怕自己睡着后，呼噜声引来追寻他的那些人，他一个劲儿地硬撑着，直到天快黑的时候，

病中逃亡　15

他才认为危险不是太大了，就睡了一阵。

他睡了不到两个小时，刚到天黑透，他便醒了。他裹在一堆细沙子里，像睡在柔软的棉被里，很舒服。他感到休息得很好，像是连续睡了八个小时似的。这是一场意料之外的睡眠，因为他根本没期望能够入睡。他穿上没有系鞋带的鞋子，腋下夹着那半袋沙金，脚试探着在看不见的沙地走了几步。他走在黑黑的夜色里，空气冷冽洁净，他深深地吸着气。

他透过地窝子顶端没装窗板的天窗，看见黑透了的天空，深秋的天穹上苍白的星星，感到很亲近，他终于逃出来了，不管结果如何，他的病能否拖延到他逃出阿尔金山，找到一条生路，他终于脱离了那种抱着金子等死的痛苦。

可现在，他又遇上了一头狼。

天黑透了，深秋的夜晚很寒冷，他全身冷得发抖，那只狼一直跟着他，跟了他有好几个小时了。他往前走一步，它也往前走一步，他停下不走了，它也停下了，像一团黑色的鬼魂一样，始终和他保持着六七步远的距离，飘荡在他的周围。他的心里再一次充满了恐惧，他原想着狼没有什么可怕的，他毕竟是个大活人呢。可现在看来，他的想法有很大的问题，就从这只狼前前后后几个小时跟着他的劲头上看，它是轻易不会放过他的。

他和狼之间拉锯式的抗争，使他很恼火，可他又拿它没有办法，他曾试图赶跑它，他以人的凶狠劲去追赶它，它却一点都不怕他，只是象征性地往后跑了几步。他不能追了，因为他的呼吸越来越紧迫，胸口一阵一阵地疼痛，矽肺病不容许他有那么大的劲去追它。狼也就停下，他往前走，它就跟上。弄得他没一点脾气。他有些疲倦了，逃出来后的恐慌和疲于奔命的辛劳，使他很困乏，又和狼较了这么长时间的劲，他确实累了，此时他站着都能睡着，但他强忍住，不敢睡着，一旦有点闪失，他就会命丧于狼口。这多么可悲，他好不容易才从死亡线上逃出来，如果死在一只狼的爪下，那可太亏了。他绝不能屈服于一只狼。

可这一夜不好熬啊。

他闭上眼，谨慎地养着疲惫的精神，他咬着嘴唇，强忍着，尽量不让沉重的疲倦把自己压垮，但疲倦的感觉像潮水一样，一浪比一浪高，凶猛地冲击着他，有时他快被这潮水淹没了，进入昏迷状态，他不甘心就这样白白死掉，就奋力与自己抗争，生存的意志最终战胜一切，使他一次又一次地从潮水中探出头颅。

在恍恍惚惚之中，他沉重的目光里反复闪烁着狼一双绿幽幽的眼睛，昏黑的夜色里，只有狼的眼睛像地狱磷火一样，提醒着他，危险就在他的身边，死亡时时刻刻都在威逼着他，随时都有进入另一个世界的可能。

有一阵子，他实在撑不住了，有几次他的意志轰然倒塌，他的心已滑向黑洞洞的深渊。他绝望了。也许这里面包含了自暴自弃、饥饿和寒冷，再加上生命的危险，那种生的渺茫又迫切地压迫着他，他难以掩盖自己被恐惧折磨的真实绝望。他似乎在这个夜晚感知到了这是他在人世间最后一个夜晚了，他泪流满面。

泪水像一汪残酷的污水，淹没了他心中若明若暗的已经非常脆弱的火焰。他终于昏睡了过去。

不知过了多久，他又有了知觉，他听到一种紧迫的喘息声，这是他非常熟悉的也是所有在阿尔金山矿区淘金者熟悉的喘息声——矽肺病患者特有的呼吸。这种呼吸不同于其他的呼吸，声音里透出撕皮扯肉的吱啦声。这是一个重大的发现，它——这只一直咬着他不放的狼也患有矽肺病。这一发现使他一下子从死亡线上看到了生存的曙光，他被这种病所发出的声音冲击得一下子来了精神，他静静地听了一会儿这个现在听起来倍感亲切的声音，喘息声就在他的耳边，同时他感到一条粗糙的干舌头像砂纸似的碰到他的脸面上，正准备将他不太平整的脸打磨一番。

生命的意志支配着他，生的希望唤起了他抗争的劲头，他突然想跳起来，抓住狼的脖子把它拧成麻花，然后扯断。但他没有跳起来，也没有抓住狼的脖子，他没有这个力气了。这样的行动必须得有足够的力气，可他的肺部像要从他身上撕裂开似的，致使他没有能够去按自己的意志行事。他喘着粗气躺下。突然间，他想到了对付狼的办法，这个办法使他心里有些舍不得，但为了生存，他咬了咬牙，还是解开了身上的沙金袋子，伸进手去，用三根手指捏了一小撮沙金，想了想，手指松了松劲，让沙金流出一些，才捏出一小撮沙金，狠劲向狼的脸上撒去。

这一招果然起作用，沙金的粉尘呛了狼的鼻子，狼被刺激得大声咳嗽起来，喘着粗气，从他身边逃开了。

他胜了。他为自己小小的胜利而高兴，也为自己失去一小撮沙金而惋惜。只有淘金的人知道，那一小撮沙金需要在水里淘洗多少筐沙子用上几天时间才能得到。所以，狼被他用沙金赶跑了，他又心疼沙金了。

这只病狼的耐心确实叫他佩服，不过他已经有了比它更胜一筹的耐心，也有了对付它的办法。好长时间，他一直躺着，与寒冷与疲倦与病魔做斗争，更是与这只病狼暗暗地比较着耐心。

他就这样和那只狼熬到了天亮。

天一亮，他就从地上爬起来，全身冻得直发抖，不但呼吸更加憋闷，又开始咳嗽了，并且是一咳嗽起来就没完没了的那种，像那些死在淘金点上的同伴，全身上的劲都用在咳嗽上了，他这才感觉到自己已经没有多少力气，一夜晚生与死的抗争，疲倦和病魔已占了上风，又加上一夜的寒气已把他向矽肺病的深处更推进了一步。

他扭头看了看蹲在不远处的那只狼，它正望着他，虽然它还在咳嗽，但它比他精神多了，一副比他镇定的神态。他从它的目光里似乎看到了它在嘲笑他的这副样子。他很狼狈吗？他在心里念叨着。"我还不至于在一只狼面前，比它更狼狈吧？"

他这样自问着，仔细打量自己，自己还是逃出来时的原样，至于脸的表情，他看不到，但他能感觉到自己的脸色一定很难看，病成这样，又没有休息，在寒冷中折腾了一夜，能好看吗？

好看不好看都不要紧，要紧的是得赶快离开这个地方，因为这只狼盯上了他，他已经顾不了白天不能露面的危险，预感到离他们淘金的那个地方已经很远，相信他们也不会追到这里来了。但要活命，就非得逃出阿尔金山，到有人住的地方才能找到医治矽肺病的人，他才有救。

他的身体已经不容他像前两天那样奔走了，饥饿像一只粗大的手紧紧攥住他的身体，还有病魔，他走得非常艰难，气喘得越发急了。那只病狼跟着他，一副要和他不拼到底誓不罢休的执着劲头，叫他又平添了不少恐慌，所以他就更加费劲。那只狼几次都在跃跃欲试，想尽快把他扑倒在地，他用沙金一次又一次地击败了狼的进攻，想尽快摆脱掉这只狼。

可他一时很难摆脱掉它。他只有和它拉锯似的干上了，这样的斗争使他很费力气。一到夜晚，他简直要撑不住了，他惧怕夜晚。但他又逃避不了夜晚。

病中逃亡

这天夜里，他实在撑不住了，终于一头倒在荒滩上，迷糊过去，并且噩梦不断。

这时，不论是在梦里梦外，他一直沉浸在其中，听那断断续续的呼哧声，忍受着那砂纸样的干舌头舔着自己的脸。

清醒过来后，他才感觉到自己的右手已经不能动了，他抽动一下却抽不动，像被什么东西卡住了，随即右手整个胳膊都麻木了。他挣扎着扭头看了看，发现是狼咬住了他的手，但它咬得并不狠。它也没有能咬碎他胳膊的力量了。可它用上了它的全部力气，咬住它已经等得实在等不下去的猎物。他也等不下去了，他还想着用这只病狼身上的肉来填充饥饿的肚子呢。他使出所有的力气，连吃奶的劲都用上了，用左手摁住病狼的下巴，两根手指去捏它的喉管。病狼的嘴终于松开了他的右手，他把麻木的手抽回后，过了好长时间，待右手恢复知觉后，他两只手卡住病狼的喉管。病狼的力气也快耗尽了。他费了好大的劲终于把病狼压在身下，他却再没有力气也没法把病狼掐死。他就用牙去咬住狼的喉管，也只咬了一嘴的狼毛，没有把干瘦的病狼咬破一点皮。他已经累得气都喘不匀，那种疼痛压迫的呼吸几乎要了他的命，他心想着再不敢这样用劲了，否则，他真会成为这只病狼的食物。

病狼也一样，没法把他变成一堆食物，它也饿得快撑不住了。

不知过了多久，他缓过劲来，饥饿迫使他想上前咬上几口病狼，填充他饿得已经没有多少知觉的肚子。可他发现狼也恢复了一些体力，它看他的目光里，和他有一样的渴望。他便在它的目光里打消了这个念头。最后，他还是掏出一小把沙金撒向狼，才把狼从他的身边赶走。

为了活命，他艰难地从地上爬起来，打算继续往前走，只有往前走，才有一线活着的希望。

那只病狼又跟在他的后面，摇摇晃晃地走着。

看来他想甩掉它，是不可能了。在这茫茫荒原上，没有一点存在的生物，不盯着他，就只有死路一条。

走了不知多长时间，他晕晕乎乎地看到前面有一些突起的物体，这个发现给他注入了一线生机，他一下子来了精神，他想着只要接近那个物体，不管能找到点什么，他的生命就有保障了。如果有个人什么的，他可以求助人，就完全可以甩掉这只病狼，有可能还会把它打死，解自己的心头之恨。他这样想着，跌跌撞撞地向那个物体冲去。

走到跟前，他才发现这是一间小木屋。

小木屋正对着刚刚升起不久的太阳，里面除过一屋子的空气，还有从门洞里漏进阳光里的灰尘，什么都没有。他在木屋的周围找了一圈，连一点牲畜的粪便都没有找到，在这里，唯一能找到的是别处没有的杂草。深秋了，已经枯黄的野草沾着沉甸甸的露珠，他的鞋很快湿了，鞋皮冷冷地粘在脚上，湿漉漉的草叶像柔软的冰条刺着他裸露出的脚腕。他的呼吸急促起来，拔些野草填到嘴里，费劲地嚼了嚼，枯黄的野草连一点汁水都没有嚼出来，他大失所望，沮丧地坐在草地上。

坐了半天，他还是起身准备走，他知道这样坐下去不会有什么结果，只有把自己往死亡的线上推进些。

他离开小木屋时太阳已经挂在中天。他回头看了看身后的小木屋，毅然决然地走了。那只病狼像他养的一条猎犬，很听话地又跟上了他。

这一次他背对着那幢房屋向反方向走去，这个方向看上去有些牧草，他想着只要沿着有草的方向走就能找到人。他的鞋子和裤腿很快被灰色的露水打湿了。他停住脚，小心翼翼地把裤管卷上膝头再走。草地越来越稀了，露水不那么重了。他放下裤管，又走了一会儿，来到一处小山谷。他看到这个山谷没有什么奇特之处，他抬头看了看天，看见深秋炎黄的天空静谧地展现在他眼前，像一条长廊、一张挂毯，渐渐成为一幅明暗对照的素净画面。他站在那儿，仿佛炎黄天日像一只四脚伸展、困倦欲睡的猫在懒洋洋地端详研究着他。他受不了天日这样看着无辜的他，便沿着沟壑往下走去。

走到谷底，他在乱石中终于看到了几根破碎的骨头，他惊喜地蹲下身，把骨头捡起来，来不及多想，就把骨头含在嘴里，拼命咬紧骨头，牙齿咬不动，他也没有能咬碎骨头的力气了，他用劲地嘬吸着。吸了半天，也没有吸出一点能充饥的东西来，可嘴里有了这些和食物有联系的东西，他心里还是踏实了不少。于是，他回头看了看那只饥饿的病狼，它正用贪婪的目光看着他咀嚼的嘴巴。他有点怕，怕它扑过来，与他抢这些骨头，他停下嘬吸，正在咀嚼的下颌也不再转动，把含在嘴里的骨头吐到手上，他盯着手中已被口水浸湿的骨头，眼光一片茫然。他四处瞧着，突然间目光被几棵野草紧紧抓住。这种野草叫荨麻草，叶茎上含有剧毒，稍有不慎碰上它，就会全身红肿，痛痒不止，虽然死不了，可也够受的。他曾亲眼见过一个淘金者碰上了荨麻草，不一会儿就全身浮肿，痛痒得他欲死欲活，受尽了折磨。他看着这几颗已经有点枯黄的荨麻草，脑子里闪出了一个想法，他想把那只狼引来，让它碰到荨麻草上，用毒草治它。有了这个念头，他就小心地从荨麻草旁边绕过去，然后大声咳嗽起来，装作犯病的样子，一边咳嗽一边怪叫，似乎病情已经到了最后的时刻。这样折腾了一阵，他一头栽倒在地，慢慢地装成连喘气声都变得很微弱了。他伏在地上，屏声倾听不远处病狼的动静。不一会儿，他听到狼已经向他这面走来，看来它快上当了，只要它走过来，碰上那几棵荨麻草，它就完蛋了。他心里一阵窃喜。狼的脚步声越来越近，它似乎快走到他的身边，仿佛钻进了他的体内。他因为激动，脸上没有了血色，全身能够流动的血液都抽光流尽了一般，他静静地伏在地上，谛听着，感受着难以安抚的身体里巨大躁动，即将成功的喜悦一下子攥住了他的身心。

最终，他还是失败了。那只病狼比他狡猾得多，它走近他时发现了有剧毒的荨麻草。这种毒草在阿尔金山，连牲畜们都是绕道避开走的，狼也不例外。它在毒草跟前站住，识破了他的诡计，并且绕过毒草，怒冲冲地向伏在地上的他扑了过来。

他听到了风声中的危险，急忙撑起身子，慌乱中从袋子里掏出一把沙金，向病狼撒去。狼避开了，倒落得他自己被沙金呛得咳嗽不止。他后悔及了，不但没有引狼上钩，反而呛得自己喘不过气来，还折了一把沙金。这一把沙金还不少呢，他心更疼。咳嗽使他上气不接下气，他心里恐慌了，怕这会儿那只狼冲上来，他可很难顶住了。

这次，不再是他身体上的恐慌，而是来自自然界的一次突然冲击。

天空突然间就被乌云覆盖住了，一阵狂风骤然刮起，沙尘和着草屑将整个山谷搅得乌烟瘴气。他被风沙刮倒在地，还没有来得及擦一下被风沙眯住的眼睛，就听到几声尖厉的响雷从山谷滚过，随即而来的是几道闪电划开黑乎乎的天空。雷鸣闪电过后，天空下起了黄豆大小的冰雹。

冰雹砸在他的头上、身上，像敲打在一面干硬的皮鼓上，发出咚咚咚沉闷的响声，他根本感觉不到疼痛，只有恐惧。他心想着自己可能进入了传说中的阿尔金山里那个恐怖的阴阳谷，如果真是阴阳谷，恐怕这次是在劫难逃了。一种危险向他当头袭来，就好像有一片阴霾罩向他，他的心快从嗓子眼里蹦出来了，他的血液也变得冰冷，额头上冒出了细密的热汗，他绝望到了极点。慢慢地，他就被这种声音震得昏了过去。

他醒来的时候，天已经晴了，并且有了黄黄的阳光，他冰凉的身上还感受到一丝温暖。他的思维还没有完全回到现实中来，还没有弄清他怎么就睡在了这么一个地方，唯一给他留下记忆的就是一身黏黏的湿水。他动了一下，想爬起身来，可他没能爬起来，有个重物压着他的一条胳膊和一条腿，他用另一只手推了一下这个重物，竟没有推得开，他凝神看了看这个重物，发现自己一直搂抱着狼。他大吃一惊，缓过神来，才明白自己的处境，他正陷入生与死的深渊之中，还与一只一直想把自己当成食物的病狼搂抱在一起，这简直太可怕了。他回想着大概是在雷电交加的风雨中，他和病狼不知不觉地就搂在一起了，颇有点相依为命的意思。叫他更不可思议的是，他和狼还彼此在风雨中互相依赖着取暖，他刚醒来时，还以为他得到了太阳的恩泽呢。

太阳怎么会给他温暖呢？

他这么怀疑起来。使他感觉到一丝温暖的倒是这只一直想把他当作食物他也想把它当作食物的病狼。这时他身上有了一股蠢蠢欲动的力量，有一种惊跳的冲动，想与这种生存的危机抗争了，但是恐慌还是没能使他有力气完成他的抗争。他的全身痉挛似的扭来扭去，像害了严重的疟疾一样颤动着，他的胸部憋得快胀破了，他发出一声沉闷的哀叹。他没能推开它，却感觉到它身上的热量是那么充分，他像抱着一个火炉，刚被雷雨浇灌过的他太需要热量、需要这份温暖了，他干脆就抱着病狼，先把身子暖热再说。

他越来越觉得自己怀里的病狼有些发烫，到了后来，他紧贴着病狼的这部分身体都受不了这份热，他才挣扎着要把病狼推开，可费了好大的劲也没有推开，只是抽出了自己被压着的胳膊。他撑起身子，看着病狼歪在一边的脑袋，他发现狼的呼吸已经很微弱了，它的鼻孔绷得紧紧的，涨得发白，为了出气，它全身都在一齐扭曲用劲，它的眼睛半闭半张着，偶尔硬撑着看他一会儿，目光里全是恐惧，可它还是做了一番垂死的最后嚎叫。叫声很微弱，他一点都不惧怕，还伸手在狼的额头摸了摸，它的额头烫得搭不住手。它正在发高烧呢。

他心里掠过一阵惊喜：这回他有救了！来自狼的威胁基本上没有了，这只狼已经奄奄一息，并且他还可以放心大胆地吃到狼肉，补充他生命需要的食物了。他望着出气已经非常困难的病狼，说了句："我们两个熬到现在，还是我熬过了你，看来只有你充当我的食物了。"

说完，他俯下身子，张嘴去咬狼的脖子。他确信自己是用上了全身的劲，可他竟没有咬破狼脖子上的肉皮，反而累得他喘不过气来，便换个地方，咬狼的肚子，也没有咬破，再咬狼的背、腰，都没有成功。

难道自己病成这样，就是把食物放在嘴边，已经到没有能力吃下去的地步了？

他又试了几次，都没有成功，他沮丧地伏在狼的身上，喘了一会儿气，他感觉自己喘气越来越困难。

他彻底绝望了。

时间一长,他已经不感到奇怪,时间、白昼和夜晚,对他来说都已经失去了意义,似乎在眼皮开合眨动之间,既可以是白昼也可以是夜晚,毫无规律可言。他也搞不清楚什么时候从白昼就到了晚上,从夜晚又到了白昼,什么时候发现自己睡过一觉而不记得自己曾经睡过,或者发现自己睡着了也在行走。有时候他发现,一夜紧接着另一夜而没有白昼的间隔,中间没有看到阳光的影子,有时则是一个白天接着一个白天,他在不断奔逃的过程中,中间没有夜晚,没有早晨和黄昏。有时候他在恍惚间根本不知道自己的眼睛是睁着还是闭上的,还能不能看到下一个白天或者夜晚。他为自己处于这样的境地而伤心地流下不少泪水。

有天晚上(他确定是晚上),他觉得自己非常奇怪,躺下准备睡觉时,却感觉不到丝毫睡意,似乎没有睡的必要,像他的肚子一样,没有了饥饿的感觉,他没有了吃东西的欲望,他弄不明白是怎么回事。他却越来越想知道自己逃出来有多少天了,他努力推算着日子,迫切想弄清楚今天是哪一天,他越算越糊涂,越算越不清楚,他进入一种半昏迷半清醒的状态之中。

他抬头望了望这条山谷,山谷往前伸去,无声无息地伸去,在他看到的地方,山谷里的每个地方都一模一样,没有一处能使他看到希望的地方。一切运动都止息了,天空变得澄澈,发出浅蓝色清冷的亮光,来自初冬的寒冷使他的心脏里充满了寒意。四周静得吓人,连听到自己微弱的呼吸声都会使他生出惊恐不安来,他像一个活着的尘埃在阴阳谷里飘浮着。他意识到自己的生命已经和一只进入冬季的苍蝇差不了多少,他心里像这条山谷一样一片空虚,他回想着自己这么多年来一直充当的淘金者的角色,到头来却患上了可怕的矽肺病，他逃离了那种面对金子等死的困境，可现在又处于更可怕的另一种处境。看来他命中注定要难逃此劫，命丧阿尔金山这个含有金子的黄金路上了。他腰里还绑着半袋子沙金，这些对每个人来说都是很贵重的东西。可这是害人的东西，害得人人都把它看得比命重要，到头来，它对即将垂死的生命，又有什么用？

　　他的泪水艰难地涌出眼眶，他边流泪边从腰上解下装着沙金的袋子，打开袋口，他伸手进去，像摸到一堆冰凉的蛇，他的心像沙金一样潮湿、冰凉。这些珍贵的沙金对于身处绝境的他来说，一点儿也派不上用场了。他突然对沙金生出了彻心彻肺的愤恨。都是这个东西害了他。他一把一把地把这害人的东西抓出来，像抛洒一把把阳光的碎片似的，抛洒到眼前的山谷里。他周围的山谷里顿时变了模样，天上的太阳光照射下来，阴阳谷里一片辉煌。在他眼前，果真出现了一条黄金铺成的路来，黄灿灿地诱惑着他去走呢。可他已走不动了，沙金的粉尘虽然被雨水浸湿，可还能刺激到他的肺部，他大口大口地喘着粗气，他生命的呼吸已经被矽肺病推到了极端，他眼望着黄金路，只想大哭一场。可他连放声大哭的劲都没有了，他只是干号了几下，像垂死的狼嚎叫一样，再没有了力气，他歪倒在病狼的身上。

病中逃亡　27

火墙

院子外面的胡杨树叶子一开始泛黄,女人就去找羊贩子康玉良,让康玉良给喀什城里自己的男人捎话,叫他抽空回一趟家,把准备过冬的火墙打好。每年的这个时候,女人都托康玉良给自己的男人捎话的。这次,康玉良用怪怪的眼神看了女人好长时间,才说:"年年让我给你男人捎话回来打火墙,他给你打过火墙吗?"女人躲过康玉良锥子一样的目光,垂着眼睑说:"谁要你管那么多了,你捎还是不捎?"康玉良说:"我当然捎了。"

是到该打火墙的时候了。秋风虽然还暖暖的,在树梢上一副漫不经心的样子走过去走过来,也没有见从树上踢踏下一片叶子。别看秋天还装着一副温温和和的样子,可不定在哪天,秋天就狂了,风像刀子一样,将树梢齐整整地一削,树梢立时就挂不住一片叶子,所有的叶子都被无情地掼在了地上,等待着那已席卷而来的腐朽。这个时候,迫不及待的冬天就毫无顾忌地露着脸儿,在塔尔拉的每一个角落里到处乱撞了。塔尔拉的冬天像戈壁滩上的路一样不但长得没有尽头,还冷得出奇,尤其是夜晚,人们都不敢出门,害怕开门会撞碎那被冻成冰的空气。漫长的冬天里人们就靠着火墙来度过。村子里的人家大多烧的是柴草,偶尔有几家烧煤的,还是有烟煤,烟大,闭塞的房子里没有烟的出路,怕煤气中毒,不敢整夜地烧火炉,就打了火墙,把火炉的烟囱通到火墙里,利用三顿饭的工夫,把火墙烧热取暖,既安全实用,又省柴煤。火墙多是秋末打好，开春要拆了的，如果不拆，说是会影响一年的收成。村子里的人都讲究着呢。再说了，冬去春来，气候变暖和了，火墙留着也没有什么作用，竖在屋子里既占空间也影响美观。

女人的男人在喀什城里当教师，每年除过两个假期能回家住一阵子外，平时很少回来。塔尔拉离喀什有三百多公里路，回来一次得坐整整一天的车。以前，碰个星期六星期天的，男人从早上坐车，天黑透才能到家，偶尔回来一次，只能住一个晚上，男人还像打仗似的，要把女人整整折腾上一夜，星期天早上一身疲惫地爬起来，去赶唯一的一趟班车回城里，怕误了星期一早上的课。男人两头跑，也够辛苦的，刚结婚那两年，男人不知道辛苦，逢到星期六就往回跑。后来，男人倦了，跑得就没那么勤，先是两个星期回来一次、三个星期回来一次，一直到现在的一个学期就回来两三次。就算是回来了，男人的职业容不得他在家多待一天。女人知道这点，就是捎话叫他回来，在家里也只能有一个晚上的时间，一个晚上的时间，男人哪里还顾得上帮女人打火墙？再说了，女人心里也不愿意叫男人连夜晚打什么火墙，还有更重要的事情等着男人要做呢。以前，女人捎话给男人要他回来打火墙，是女人想男人了，用打火墙做个借口。村里人家的火墙都是男人们打的，女人也好找这个借口，要不，她还不知道用什么借口让羊贩子康玉良替她捎话，叫自己的男人回来呢。这几年就为捎这句话，羊贩子康玉良没少取笑她，说她想男人就想男人呗，女人哪有不想男人的，何必遮遮掩掩的非要找个借口。见过世面的羊贩子康玉良曾坏坏地对她说："你想你男人，他未必就想你，城里女人多得是，要什么样的有什么样的，喀什离塔尔拉这么远，你哪能看住你男人？"

从去年开始，女人从别人那里常常听到一些关于自己男人在

火墙　29

喀什城里的风言风语，她也不信，捎了话去，说是叫男人回来打火墙。男人赶个星期六回来了，女人没有从男人的言谈举止上发现什么异常，没有质问他，也没有叫他打火墙，女人还和以前一样，才不会放过男人在家里的这个夜晚呢。女人到现在还记着去年的情景，男人回来后，还装模作样地到院子里去搬砖头，说要准备打火墙呢。女人跟在男人后面，急急地问男人要干什么，男人在女人脸上摸了一把说："我就知道你叫我回来不是为了打火墙的。"女人脸唰地红了，用脚踢着面前的一块砖说："你是我男人，你不打火墙谁打？"男人故意弯下腰，装作要搬砖头的样子说："我这就动手。"女人急了，扑上去从后面抱住男人的腰，把脸贴在男人的背上，轻轻地喘道："别，你刚到家，明天早上就要走，还不赶快歇歇，我给你早就泡好枸杞子茶了……"男人直起身子转过来把女人揽在怀里，用手摸摸女人的脸。女人抓住男人的手，一边拉着男人往屋里走，一边说："你摸什么摸，手上全是粉笔味，都呛着我了。"男人说："不会吧，这学期我不代课，调到校务处管食堂，你闻到的该是油烟味了。"女人早就知道男人调到校务处管食堂了，上次男人回来就告诉了她，她没有忘记，但她还是喜欢男人手上有粉笔的味道。男人是教师，有粉笔味才正常。

回到屋里，女人一边给男人端茶上饭，一边说："我觉得你还是代课好，当教师不代课算什么？"男人喝着枸杞子茶说："你知道什么呀，我为脱离粉笔灰，费了多大的劲，如今有能耐的谁还愿意扑在粉笔灰里受罪？"女人想想也是，教书真的很苦很累，整天围着三尺讲台，口沫横飞地淹没在粉笔灰里，也真是受罪呢。

男人喝了几口茶，开始吃饭时，对女人说："我还没告诉你呢，我这次回来，请了两天假，专门来给你打火墙的，这也是现在，要是还像以前一样代着课，就没有这个造化了。"女人一听，心里忽悠了一下，像落入了一个梦里一样，待醒过来，全身一下子就热了，两天？这次男人能在家待两天，这可是天大的好事哩。女人怎么也掩饰不住自己内心里的喜悦，竟然高兴地笑出了声，脸随即就红了。男人看着女人说："我不就多住一天嘛，看把你高兴的。"女人哼了一声，用眼角偷偷扫了男人一眼，扭捏着说："谁说我是为你多住一天高兴，你现在能请上假了，不给你捎话叫你回来打火墙，你都不知道回来，你是不是在喀什有了相好的女人？听说城里的人如今都兴找个情人。"男人呵呵笑着："有啊，有啊，我在城里有一个情人，你要不是捎话叫我回来打火墙，我还忘记你是我女人哩。"女人知道男人是逗自己玩的，他的男人才不是那种三心二意、花花心肠的男人呢。女人心里偷乐着，却装出生气的样子对男人说："谁要你打火墙了？你去吧，去你的城里情人那里去呀？"男人依旧笑呵呵地，放下碗，伸手揽过女人说："我就是你的火墙，我回来了，你就不冷了，也不要火墙了！"

女人软在男人的怀里，任凭男人亲着、摸着。男人把瘫软的女人抱到了床上。女人在男人的温热里像化成水似的，一会儿流淌到床的这头，一会儿又流淌到床的那头，不知流淌了多长时间，女人才回到现实里，抚摸着兴奋到极点的男人，痴痴地说："我想要个孩子，有个孩子在我身边，冬天没有你这个火墙，我也就能度过去，可是，我们结婚都好几年了，我还没有……是不是我有问题……"

男人像案板上的鱼似的，突然间全身僵硬了一下，随即就软了。以前，女人也曾对男人说过这句话，他听着女人的这句话会更加兴奋、更加努力，可无论他怎么努力却一直没有结果，他曾怀疑

火墙　31

女人在这方面有问题，一直没敢对女人说这话，怕伤了她。这时，女人伏在男人身上，说到这个问题，一下子感觉到男人身体上的语言，这时，她很内疚地对男人说："要是我真有问题，不知道能不能治？"

男人沉默了，不说能治，也不说不能治，一夜睡不着觉，只是一夜再无话，也没有了别的动作。第二天早上男人起床时，神情看起来比原来回家折腾上一夜还要疲惫。男人起床后，像是突然间想起什么似的，神色匆匆地对女人说，他想起自己的办公桌忘记锁了，抽屉里有不少现金，还有食堂的账呢，他得赶紧回去，不然出事了，他可担当不起。女人用幽幽的目光看着男人，一副很失落的样子，但她没有说什么，只是替男人整整衣服。男人走时，他还叮嘱女人，叫她去叫村子里瘸子铁柱来帮着打个火墙。其实，家里的火墙这几年全是瘸子铁柱帮着打的，可去年自男人匆匆走后，女人却没有去叫铁柱来帮忙打火墙，她已经隐约听到一些她和铁柱之间的闲话，她不想让人再说闲话。去年的火墙是女人自己笨手笨脚打的，砖垒得歪歪扭扭，砖缝合得不严，到处漏烟不说，火墙通道不顺畅，怎么也烧不热，害得她受了一个冬天的冷冻。最后，还是男人放寒假回来后，拆了重新打了一次，火墙才能烧热。可那时候，男人每天晚上都在女人的身边，女人依偎在男人宽大的怀抱里，感受着从男人那强壮的身体里散发出来的温暖，已是舒心的满足和幸福，火墙能不能烧热对她来说已经不那么重要了。女人在心里感叹着，冬天里，男人其实比火墙要好，尤其是自己心爱的男人。可自己心爱的男人不能和她度过冬天的每一个夜晚，在那些清冷寂寞的夜晚里，就是热度再好的火墙，她也觉得空荡荡的，心里窜着一种冰凉，那凉是深入骨髓的，让她备感神伤却又无可奈何。

现在还没到冬天，只是秋天的开始，女人就觉得冷了。那冷并不是外界气候的冷，而是来自郁积在她内心的那份冷，结婚五年了，她没有生育，男人常年不在家，这个家除了她就只有清冷，一点也没有其他家庭里的那种温馨、那种热闹，就好像一棵没有根的树似的，总让人有种这棵树不会长大不会活下去的感觉。女人想起来心里便一阵恍惚，就觉得自己的男人像一艘没有牵绊的船，虽是停泊在她这个岸边，可不定哪天她一觉醒来，船就漂走了。女人一旦有了这种感觉的时候，心里就开始生出丝丝缕缕的痛，这丝丝缕缕的痛让她想要止痛，但不知从哪儿下手。在女人的心里，孩子是一个家的根，也是夫妻之间的绳索，能把一个家拴住，有了孩子，无论男人女人走到哪里，都会被这根绳子不时地拉回来，一家人在一起，即使吵吵闹闹，这个家都会有家的气息。可女人和男人结婚几年没有孩子，她一直认为是自己有问题，总觉得对不住男人，在男人面前只有自责的份，对自己的男人回家次数越来越少，也不敢有半点怨言。只是女人一直要求丈夫带她到喀什的大医院里去做个检查，看能不能治治她的不孕症，她说她实在想给男人生个孩子。可每次，男人对女人的要求都没有正面答复，只说现在的城里人就是能生育的人都不想要孩子，嫌是个拖累，他们结婚时间也不算太长，不着急要孩子，叫她再等等。这一等，不知是什么时候。直到去年，女人实在忍不住，一个人偷偷到镇上的卫生院去治自己的不孕症。可医生仔仔细细地替她做了检查后说，她生育功能正常，完全可以生孩子，不需要治。她非常惊讶，总认为是医生搞错了，不然的话怎么没有生育呢。她把这个消息告诉自己的男人，男人听后沉默了好长时间才淡淡地说，镇上的医生都是给牛羊看病出身的，根本不懂得医术，何况男女生育问题也不是他们这样随便一检查就

火墙　33

可以检查出来的，让女人不要听他们的，说等以后有机会，他带她到喀什的大医院用仪器检查了再说。女人本来就对镇上医生的检查有点怀疑，就信了男人的话，叫男人带她去喀什检查。男人又推托说，他上课时间很紧，没有时间陪女人去，等放假再说吧。女人无奈，只好等着。等放了寒假，又是过年，走亲戚访朋友的，寒假里没有去成，女人一直等到今年放暑假，想着男人这次该带她去喀什医院了，可男人放暑假回来后，只在家里待了一天，说是这个假期学校要组织他们教师到南方去学习取经，就住了一夜，急匆匆地走了。女人等到的是失望，本该男人放暑假回来了，是段最充实的日子，她一个人却过得空空荡荡，吃饭没滋味，睡觉不踏实。最后她实在被自己的等待折磨得疲惫不堪，就索性抛开等男人带她去喀什的念头，鼓口气，一个人搭车去了喀什。

到了喀什医院，在做了全面检查后，医生告诉女人，她的生育功能是完全正常的。女人听了这个结果，反而愣住了，她怯怯地问医生，这检查结果不会有错吧？医生听到这话生气地问她究竟是什么意思，她是怀疑医院先进仪器的正确性还是不相信医生的判断？女人从医生的反问中证实她的生育功能是正常的，她也没忍住，当时眼泪就涌了出来，像一个生育功能不健全的女人似的伤心地哭起来。医生这时反倒同情地对女人说："你生育功能正常，应该高兴才是。"女人一边抹着眼泪一边说："我怎么高兴得起来？这么多年了，我没有生出孩子，一直怪自己无能，不能替自己的男人生下个一男半女哩。"医生一听，对女人说："这种事不能光怪女人，有些男人生育也是有问题的。"女人吃了一惊，忙擦把眼泪，不相信似的望着医生。医生点点头对她说："男人不育的机会并不比女人少，你叫你男人也到医院来检查一下，不就明白了吗？"

女人心事重重地走出医院，她想着既然自己生育正常，她和男人却至今也没有孩子，是不是自己的男人有问题呢？女人被自己的这个想法吓了一跳，突然就记起以前只要在男人面前说到自己生育不正常的事，要男人带她到医院检查，男人总是吞吞吐吐的，一拖再拖。现在看来，其实男人早就知道他自己生育有问题了，可他为什么不对她说实话呢？女人一下子陷入深深的不解之中，知道自己生育功能正常，女人本应该轻松快乐的心却变得沉甸甸的。

　　更叫女人难以理解的，是自己的男人还欺骗了她，男人去南方学习根本就不是学校组织的。女人从医院出来后，因为赶不上当天回塔尔拉的班车，她本想着检查完了要去商场里逛逛的，检查的结果叫她没有了逛商场的心情，她想在喀什除了自己的男人她一个人也不认识，虽然男人去了南方，可她也无处可去，不如就此机会去自己男人所在的学校看看，权当参观吧。女人在结婚前来过一次这个学校，那是男人带着她到喀什来买结婚的衣服，买完后，男人把她带到他所在的学校看了看，所以她还记得去学校的路，喀什又不大，几年了也没有多大的变化，女人很容易就找到了学校。但这一去，女人差点当场晕过去，她从学校看大门的老头那里得知，学校在假期里根本就没有组织教师到南方去学习。老头见女人一脸的将信将疑，为了证实他的消息是可靠的，便要她去问问那些放假闲在家里的其他老师。女人苦笑一下，想着还有去问的必要吗？她头重脚轻地走开了。

　　从学校往回走时，女人觉得一切都变得很陌生，她甚至都怀疑自己去的不是自己男人所在的那个学校，女人突然间变得神情恍惚起来。从喀什回到塔尔拉后，有一阵子，女人一直怀疑自己去过喀什城里，到医院做过生育检查的这件事实。直到暑假结束，男人从南方回到了塔尔拉的家里，给女人兴致勃勃地讲他在南方的一些见闻时，女人还处在混沌之中，对男人的讲述提不起一点兴趣。男人觉得奇怪，以前只要他讲自己学校里发生的一些事，无论大小，是否有趣，女人都会怀着极大的兴趣听的，这回不知怎么了，这么有趣的话题女人怎么一点精神都没有呢？便问她是不是生病了。女人目光散淡地看着男人，好一会儿才幽幽地冒出一句莫名其妙的话来："我要是真有病就好了！"

男人不认识似的看女人半天，也没有看出什么异常来，在家里住了两天，便回学校去了。新的一学期又开始了。

开学后，男人只回来过一次，那还是收秋的时候，男人说是回来看看秋粮收得怎么样，才回来和女人过了一夜。这时候的女人心理已经恢复了正常，等男人踏踏实实过了一夜，第二天早上走时，女人才拉开要和男人论说一番的架势。女人本想着和男人好好谈一些事情，可她只说了一声自己去过喀什，男人就明显有点紧张，忙问她什么时候去的。女人冷静地看着男人回答道："暑假，就是你去南方学习时！"男人忙躲开女人锥子一样的目光，嘴里说着最近学校忙着在搞什么达标呢，就急匆匆地走了。男人这么一走，一直到现在，再没有回来过。

女人每天晚上躺在被窝里，回忆着男人这次回来后对他说话时他那紧张的表情，直到回忆得越来越模糊了，她都记不起来男人那个紧张模样了，却还不见男人回来，她悄悄地流了不少眼泪。流泪流得女人实在觉得没有泪可流，她的心也就彻底地平静了，像深山里的一泓浅潭，波纹不起了。她望着空寂的屋子和院子里的一切，直到把胡杨树上的叶子望得发黄，再望下去秋天就要疯狂到来了，她便给羊贩子康玉良捎话，说是叫自己的男人回来打火墙。

这时节，到该打火墙的时候了，塔尔拉的家家户户在院子或者大门前面，都从远处拉来打火墙时和泥用的黏土。女人没有去拉土，往年都是她一个人早早地就把黏土拉回来，堆在院子里了，可今年，她什么都没有去干。女人要等着自己的男人回来。

　　男人接到女人捎的话，下个星期六果然回来了。这次男人回来得早，天还没黑透呢，他就进了家门。男人匆匆忙忙给女人打个招呼，放下手中的包，就到院子里去看那堆用来打火墙的砖头。女人心里慌慌地跟出来，站在男人身边说："你看那些破砖头做什么，又不是没见过？"男人回过头，却把目光放在别处，对女人说："我想先把砖头搬到屋子里，做好打火墙的准备。"女人说："谁要你搬？要搬，我早就搬了。"男人声音小小地说："那你怎么不搬进去呢？"女人说："等你回来呀。"男人愣怔一下，便不搬砖头了，他直起身来，看了看天色，便说句："那我去找个架子车拉黏土吧。"没等女人说话，男人已经急急地出了院门。女人看到，男人出门时就像是一阵风，一阵欲急速逃离她而去的风。

　　直干到月亮升上胡杨树梢，把黄了的树叶照得像镀了一层金，发出黄灿灿的光，男人才停下手，他很久不干这种体力活了，却在这个时候也没觉出累来。男人望着堆在院子里的三大车黏土，像个坟堆似的，心想着这哪是要打火墙呵，简直是要……男人没敢往下想，他迟迟不愿意进屋子里去。女人却一直坐在屋子里等着男人，她已经做好饭菜，但她自始至终没有开口叫男人进屋吃饭，她想这是男人的家，她要等男人自己进来。男人在月色下的院子里站的时间很长，他一直在看那堆土。最后实在不好再站下去了，才磨磨蹭蹭地进了屋。洗手、吃饭，男人和女人没有说一句话。女人也没有问男人一句话。

火墙　37

吃过饭，收拾碗筷。男人坐着看女人干着这一切。女人坐下来时，男人的头低了下去。两人就这样僵坐了许久，女人见一直等不到男人的话，她便开口了，女人对男人说："你就没有话要说吗？"

男人心里慌慌地，想着女人能做到这么冷静，肯定什么都知道了，他在心里掂量着，要不要这会儿把这几年他自己的一些实际情况说出来，他心里翻腾了一阵，却拿不定主意。男人曾胆战心惊地自己去医院做过检查，果然查出他的身体有问题，这种生育方面的问题出在一个男人身上是很悲哀的，他不想叫任何人知道他有问题，他瞒着女人偷偷地到处打听治不育症的法子，却一直没有找到医治的办法。其实他也想有个孩子呀，让女人独自一人在家里，他知道她的寂寞，但对男人而言，不能生育这样一个事实，又何尝不是和女人不能生孩子一样的残酷。他一直不告诉女人这事，就是想在自己的女人面前维护一点属于他这个男人的自尊。这下，女人这样一说，他真不知道该怎样对女人解释这事。这时，女人却又说道："你要是没有话说，我可有话说了。"男人望了女人一眼，在昏黄的灯光下，他发现女人脸上很冷，像初冬的天气已经来临一样，完全没有以前的柔顺，他在心里狠狠地骂了自己一句，还抱着一丝挽救的心理对女人说："你去过喀什，肯定做过了检查，你这么好的身体，肯定没有问题的，你咋会有问题呢？是我，是我不想让你怀上孩子，怕你一个人带着个孩子在家里受累……"

这时，女人却哭了，她哭着说："这时候了，你还要说假话骗我吗？"

男人正眼看了看女人，他知道女人已经洞悉事情的真相，这种洞悉让他无处可藏。他这才说道："我是骗了你，但我不想，因为我是男人，男人有男人的苦衷，男人骗自己的女人，有时是无恶意的……"

女人没有吭气。她看着男人,这个她心爱的男人第一次让她看着是那样的陌生。

男人低下头说:"是我,是我自己不能生育……"

女人说:"这个已经不用说了。"

男人抬起头,愣了愣,又说:"这次暑假去南方,其实并不是学校组织的……"

女人的眼泪已经不知不觉地流下来,她转过头,尽力用平静的语调说:"这个也不用说了,我早就知道,因为我去过你们学校了。"

男人抬头看女人一眼,泪水涌出了他的眼眶,他哽咽道:"我是和一个女人一起去的,我和她在一起已经三年了,她是我班里一个学生的家长,几年前,她丈夫出车祸死了,她带一个孩子,很可怜,我……"

男人鼻孔里的气出得粗粗的,他强忍着,还是哭出了声。他哭得很压抑。这时,女人制止住了男人还要说下去的话,她不想逼他,走过来,突然扑到男人怀里,用力地抱住男人,自己哭了起来。女人的泪水滴在男人的胸口上,湿湿的,要把男人淹没了。女人才颤着声对男人说:"这样吧,我们不吵不闹,你和她去过吧,一下子你在城里就什么都有了,女人、孩子、家……"

男人把女人揽在怀里,像以前一样,揽得很紧,他听着女人的话,想说什么,但泪水又哗哗地冲了出来,把女人的头发淋得湿湿的。

女人接着说道:"你不要说话,也不要为我考虑,我早就想好了,你走了,我就去和那个每年给我们打火墙的铁柱过,他虽然腿有点瘸,但心眼好,这样的男人不应该没有女人,他应该有个女人了。我——也应该有个热乎乎的家了,我过够了没有火墙的日子……"

说到这里,女人心酸得厉害,从男人怀里挣出身子,才放声大哭起来。哭了一阵,女人才止住说:"你不要胡乱猜想,在这之前,我和铁柱是清清白白的,他以前每年帮着给我打火墙,火墙打得再好,我觉着都是烧不热的,今后——就好了……"

男人叹口气,说:"是我对不住你,我也不多说,现在说什么都没有用,这样吧,你如果不嫌弃,就叫铁柱过来,你们住在这屋子里吧,这屋比铁柱家里的好些……"

夜深了,女人躺在被窝里,牙齿紧咬着被泪水浸湿的被角,她的心里一会儿紧张,一会儿放松,久久地不能入睡。只要她一合上眼,脑子里马上就会出现一个人的影子,这个影子就是铁柱,他一高一低地在她的脑子里晃动着,一会儿清晰,一会儿模糊,慢慢地,又会幻化成一堵宽厚而结实的火墙,让她能感受到热腾腾的暖流。

女人需要这样的暖流。

第二天一大早,男人起床后,原想着把昨儿夜里拉回来的黏土和成泥,给女人真真正正地打一个火墙再走,可他到外面一看,女人已经把铁柱叫来了。铁柱在院子里一瘸一拐地正准备着要用那堆男人拉回来的黏土和泥。男人看着院子里的情形,不知该怎么着才好。这时,女人从厨房走了出来,一脸认真地对男人说:"我已经做好了早饭,你吃过再走吧,要办的手续我都弄好了,放在桌子上。"

男人吭哧着说:"我想帮着铁柱,把火墙打好,再——走。"

女人说:"打个火墙,铁柱哪用你帮忙,他一个人就行,你快来吃饭吧。"

男人只好去吃早饭。吃了饭,男人走出了自己以前的家门。

女人还把男人送出来,站在院子门口,一直看不到男人的影子了,才回过头来,对正忙乎着的铁柱说:"别用那堆黏土了,咱们自己再去拉些回来。"

铁柱一脸茫然地看着女人。女人又轻声对铁柱说:"今年的火墙是打给你和我的,我想叫你打一个完完全全属于我们自己的火墙!"

燃烧的马

　　那时候，他正在春天的草场上放牧。一场春雨过后，娇嫩的小草从马蹄下面钻了出来。太阳像一个刚出生的婴儿，光溜溜地从天山背后钻了出来。他的两个儿子就是这样出生的，光溜溜的，每个儿子都是他最先接过抱在怀里。天山还被冰雪覆盖着，太阳怕冷似的两腿乱蹬着。晃悠悠地散发着紫红色的热气慢慢扩散着，变幻出一层一层的光晕，没完没了地向草地上铺来，铺得厚了，地上会变出一团团的白雾，散雾凝到一起，向太阳升去。慢慢地，太阳周围生出一片纱似的帐幔，把紫红紫红的太阳裹了起来。太阳就不冷了，稳稳地蹲在了山顶上，落下的热气把草地蒸熟了，被雨水泡酥的沃土像发面一样暄软，草支棱起身子，一副欲飞的姿势，发出一种微妙似小鸟扇动翅膀的响声，他静听着，像喝多了马奶子酒，忘记了一切。

　　大儿子骑着一辆摩托，狂风似的刮到他的面前。摩托的哄闹声把他从醉态中惊醒，他愤怒地扫了大儿子一眼，想发两句脾气，又忍住了。他不想在春天这样的时光里动肝火，就把目光投到远处绿油油的山坡上。

　　山坡上，一群绵羊和几匹马正在认真地吃着草。

　　他摸出莫合烟和一张窄纸条来，卷起了烟。

　　大儿子喊了他一声，他没有答应。他也不想答应。大儿子长大了，越来越不听他的话了，整天吵吵嚷嚷地要进城去，不愿种地和放牧了。团场的人都是一半牧人一半庄稼人地生活着。不想种地和放牧的农场人,能是什么好人?!

大儿子说:"我刚从团部回来。团部的人说,牲畜有了病疫。"

他继续卷着莫合烟,金黄色的烟末撒到纸条上,那种细细的"沙沙"声比儿子的话好听多了。

"这种瘟疫很厉害,流传得很快。"

他卷着莫合烟。

"团部的人说,瘟疫是从牛和马的身上发现的,很快就会传播到羊,还有人。"

他已将纸条对折了起来,用手指轻轻地划拉着烟末,划拉均匀了,他捏住纸的一头,让纸转动起来。

"所有的马、牛都要宰杀。"

他的手抖了一下,已卷紧的纸条松开了,烟末撒了一地,落到绿草叶上,草叶间像钻出了点点金黄色的花蕾。

"到时团部来人统一用枪打死马牛。"

他手上的纸条裂开了,所有的烟末全变成了草丛间的花蕾。

"还要把马牛的尸体用火烧了,怕这些人舍不得,煮上吃了。"

他把手上的破纸条捏碎,揉成一团。

"你心爱的宝贝枣红马这回……"

"滚!"他终于发怒了,脸上的肌肉颤个不停。

儿子一点也不怕他,晃着头望着他,一脸的幸灾乐祸。

"给我滚!"他脸色变得酱黑红,用手指着儿子。

儿子这回才有点怕了,一脚踩下去,发动了摩托,示威似的,把油门拧到最大,摩托发出撕扯人似的怒吼声,留下一股难闻的白烟,跑了。

燃烧的马

他没有去看大儿子的背影,他心里很讨厌摩托,这种响声很大的东西,哪有马骑上舒服呢。大儿子和他别别扭扭就是从摩托开始的。当初,大儿子和一群年轻人混在一起,年轻人从城里把摩托引进到连里,儿子一下子就迷上了,并且一直想买辆摩托骑。他就是不答应,后来,儿子联系到一个人要用他的枣红马换一辆摩托,他怎会答应呢。大儿子气得直翻白眼,顶撞他说:"一辆摩托的价钱顶三四匹枣红马。"他一点都不松口,说:"种地(团场地多并且都很远)放牧还是骑着马好,上坡走谷地,想上哪就上哪。"儿子气狠狠地说:"你就想着种你的地放你的牧吧。我才不稀罕哩,我要到城里去,到热闹的地方去闯世界。"他不放口,大儿子毕竟不敢私逃到城里去,但他就是不放牧,整天胡逛。他气得连话都很少和儿子说了。

大儿子的消息一下子使他坠入寒冷的冬季,他看了看脚下的草地,草散发出春天的气息。他不信任似的抬头望着已挂到蓝天上的太阳,太阳已经从婴儿长成了一个胖乎乎的火球,热烈地望着他,他心底升起一股无名的愤恨,将手中揉成一小团的纸条向太阳扔去。太阳跳了一下,纸团掉到了草丛间。

他没有心思再理太阳,径直向对面坡上走去。山坡上有他的马和羊群。

他共有五匹马,他最喜欢的就是那匹枣红马了。它是他这几年来唯一增添的一匹儿马,在这之前,他养的每匹母马都曾生过马驹,生下的不是杂毛,就是存活不了,唯有这匹枣红马,是他牵上母马到很远的巩乃斯种马场去配的种。他再不想让自己的那些公马胡乱下种了,为此他把母马和别的马隔开养了一年才去的巩乃斯配的种,又是他精心照料着母马,直到他亲眼看着产下马驹。他想把这匹枣红马驯成最上乘的坐骑，当作最珍贵的礼物送给他的大儿子，放牧时骑着。枣红马没有一丝杂毛，一团火似的，连里的人都喜爱这种吉利的红马，也希望红马燃起他们孤寂平淡的生活，把漫长的日子点着，烧得有些色彩，生活得有滋有味的。

他把所有的热望全寄托在儿子身上。他知道他会老的，他的儿子会重复着他的生活，他希望儿子的生活比他的更有些意味，所以他更看重先给儿子养好一匹象征吉祥的好马。

枣红马从毛茸茸的小马驹，变成一匹身架匀称、结结实实的小公马了。它长得像它的父亲一样高大、威武，前胸宽宽的，臀部很窄，头前部突出，两眼间距很大，嘴唇紧缩而富有弹性，四条腿像四条桩子，尤其那四个蹄子圆溜得像四个叮当作响的铃铛，连里上的人见了，都夸他的枣红马是一匹神驹。

他心里别提有多高兴了，每次放牧的时候他看着它像颗红色的流星似的，在前面一马当先，不知疲惫地急驰而去，风卷着它的鬃毛像跳动的火焰，总能把他的目光烧得像喝多了酒似的，红而鲜亮。在枣红马长成大马的整个过程，他都没舍得骑它一回，他一心想着把它完整地留给大儿子，让大儿子成为驾驭它的真正主人。

后来，大儿子对枣红马的不屑一顾曾伤透了他的心，大儿子长大后迷上摩托，根本没有要骑马的欲望，差点使他动怒，要不是女人劝住他，他平生第一次会动手打了儿子。他就狠狠地喝了三天酒。在他们这个团场，好的父亲是从不动手打孩子的，就像一个爱马的牧人不动手用鞭子抽打自己的坐骑一样。他是个好父亲。

"瘟疫！"他在嘴里愤愤地念叨着，"说这话的人才会得瘟疫。"他闷闷地把羊群和马赶回了家。

一连几天，他心里都很沉闷，一个劲儿地只在马圈里转悠，把每匹马的嘴和蹄子看了又看。他没有发现一点病疫的症状，凭他多年养马的经验，如果马有什么症状，先是从舌头上可以看出来。有病的马，舌头会变白。可他的五匹马，舌头都是红的，尤其是他心爱的枣红马，那条舌头像血浸过似的，再绿的草到它嘴里，绿汁也会被它的舌头染红的。

"滚蛋吧，瘟疫。"他嘟囔着，"谁也别想从我的马身上找到病疫。"

但他吃不下饭，睡不着觉，只是喝酒。酒是马奶子酒，他的女人从哈萨克牧民那里学来酿马奶子酒的方法自酿的，醇得没有一点杂质，香味在毡房外面都能闻到。他一碗接一碗地喝着，把女人攒下的酒快喝光了。女人急得四处去借马奶，日夜酿酒。当女人得知他苦闷的原委后，叹着气出出进进，一点儿都不敢马虎。女人是这样理解自己的男人，他心情不好时，她从不敢去问，只是给他酿最好的马奶酒，叫他喝个够、喝个醉，她永远也不会劝男人想开点，她知道劝也没用，劝了只会增加男人的愁闷。

男人也不和女人说他的苦闷，其实他喝酒的举动，已经告诉女人，他这次遇上的难题是很难一时解脱的。女人除过做好饭外，给他不断倒上酒后，就抱着自己的小儿子，静静地坐在一边，默默地看着喝酒的丈夫。这就是他的女人。这个从甘肃逃荒到新疆的女人，一来就没有回去过，三十年了。这时候的女人更像个女人，她心里的愁苦一点儿都不比丈夫差，她心里更苦闷，一边照顾着男人、孩子，一边还要在男人喝醉的时候，把羊群和马赶到附近的草场上去放牧。

日子还得过的，羊、马要吃草的。

每当这时，女人在离自家房子不远的地方放牧着，有时会唱些类似花儿一般忧伤的歌，唱出她作为女人的心酸来。

男人在房子里的炕上醉卧着，有时会被女人的歌声唤醒，他静静地听上一阵，又会抓过酒碗，喝得更醉。

大儿子不断带回来有关牛马瘟疫的最新消息，他故意在父亲半醉半醒的时候，把这些新消息说出来给父亲听。

"团部的人已经来了，带着一帮背枪的人，一个连一个连地过，不管是谁，只要有牛有马的，全抓住用枪打死。"

他斜靠在被垛上，眯着眼，大儿子的话啃啮着他的心，他已经没有多余的劲给大儿子发火，酒把他的血液已经冲淡了，他的血管里流的大半是乳白色的马奶子酒，血再也聚集不到一起使他跳起来，骂儿子一顿了。

只有女人一人默默地垂着泪，到房子外面哀哀地叹着："这日子可怎么过？要杀马了，马没有了，他怎么活呀？"

男人放牧离不开马，所有的团场人都离不开马。马不但是牧人的腿，马也是牧人的伴儿，在空荡荡的偌大的草原上，没有马，人会寂寞得发疯。

日子还是一天一天地过着。

草场上绿油油的草丛间爆出一个个红的、蓝的、紫的花苞的时候，太阳突然间就变得更红了，血一样地洒下来，草场一下子就鲜艳起来。

夏天就猛地在草场降临了。

草立了起来，青色的草叶疯了似的向太阳升去，那些红的、蓝的、紫的花苞轰地炸开，把阳光托住，像托住一团金色的空气，柔柔地吐出阵阵芳香来。草场上的马羊欢快地打着响鼻，忘记了吃草，只顾贪婪地吸着花的香气了。

燃烧的马

"团部的人已到二连了，他们打死牛马，浇上汽油烧了那些尸体，农场上的空气已经像城里那样好闻了，也热闹了。"

大儿子骑着借来的摩托，每天和一帮年轻人去各处乱转，专门找那些打死牛马的场面看热闹，再把那里的所见所闻带回来。

他依然喝着酒，在大儿子的消息中煎熬着，痛苦地过了一天又一天。

直到有一天，大儿子说团部的人已经到四连了，他所在的是七连，离他家已经不远了，他才坐起来，摇摇晃晃地走出毡房，去马圈里去看他的马。

马安静地站在栏圈里，五匹。它们不知道厄运即将降临，无忧无虑地扬扬头、甩甩尾巴。尤其是那匹枣红马，不时地还抖抖马鬃。

他睁开被酒精烧红的眼睛，使劲地看着圈里的马，他其实一直在望着他最心爱的枣红马。看着看着，他看到枣红马像一团抖动的火焰，正在呼呼地燃烧。

他的心一紧，酒醒了一半，大叫道："马咋烧着火了！"

跟过来的女人望了他一眼："马没有烧着。"

"烧着了，是谁，是谁放的火？快救马，救完马后，我和他拼命！"

说着，他就要往上冲。

女人大着胆子拉住他："没人点火，是你喝醉了。"

"我没醉！"他挣脱开女人，冲进马圈，直扑到枣红马身上，用手去扑火焰。扑了半天，也没有扑灭，抓住火焰一看，是一团马鬃，他用手仔细抚摸着马鬃，抚着，抚着，突然大笑起来："不是火！我就说谁敢烧我的马！要烧我的马，就先烧了我吧！"

女人流下了眼泪。

他返身出来，跌跌撞撞地走到女人面前，问女人："下雨了？"

"没有！"女人奇怪地擦了泪水。

"没下雨，你擦什么？是你下雨了，不是天！"

女人说："你真是喝醉了，这么多天，喝个不停。"

"我没喝醉！"

"没喝醉咋说我下雨了，我又不是天。"

"我说你下雨就下雨！"他火了。

女人就不敢吭气了，泪水又涌出了她的眼眶。

他对女人说了声"别下雨了"，就俯身拉过女人身边的小儿子，对小儿子说："你想骑马吗？"

小儿子高兴地说："想骑，等我长到哥哥一样大了，我就骑马！"

"不要提你哥，你现在已经长大了，你是我的乖儿子，想骑马的儿子都是乖儿子！"

"哥哥不是乖儿子吗？"

"他不是！他不想骑马、不想种地，也不想放牧，还编谎话哄人。"

"哥哥编谎话了吗？"

他叹了口气："不要提他，我现在就教你骑马吧！"

他说着就抱起小儿子，要放到马背上去。

女人拦住他："儿子才六岁，你别胡来。"

他挣开女人："我没胡来，让他骑吧，我把最好的枣红马送给小儿子。"

他把小儿子抱过去放到了光背的枣红马背上。小儿子坐到了马背上又有点怕，要下来，他用手按住，小儿子挣扎着直喊母亲，他

燃烧的马　　49

火了,又不能对听话的小儿子发火,就左右看了看,突然跳起来,一点也不像喝醉了酒的样子,很敏捷地跃上了马背,坐到儿子后面,把儿子揽在怀里。他两腿一夹,枣红马像火似的蹿出了马圈,向草场冲去。

枣红马是第一次驮人,很不安分,在草场上左冲右突,几次还想把背上的父子俩掀下来,可它碰上的是老骑手,目的达不到,就气呼呼地喘着粗气,往草场深处的峡谷跑去。

直到跑得累了,枣红马才在一处绝壁前停下,不停地打着响鼻。

他在马背上感到到处都是湿漉漉的,酒精把他浸泡得太久,他脑子还是迷迷糊糊的,他抬头望了望天,说了句:"这天说变就变了,下这么大雨,都淋湿了。"

小儿子说:"没下雨呀,天上还有太阳呢。"

"下雨了,你看你身上都湿了。"

"我身上的是汗。"

"那我身上呢,我不会也是汗吧?"

"你是——流泪了,你是大人。爸,你也哭吗?"

他吸了吸鼻子,没有回答小儿子的问题,抬头望天,却说:"那么太阳呢?"他望望太阳:"太阳不会也出汗吧?"

"是太阳——下雨了。"

"太阳下雨?太阳也会下雨?老天望着它哩,太阳也流泪了吧,像我一样。"

"太阳——是哭了?"

"那么马呢?马会哭吗?"

"马是真出汗了。"

他不信,抱着儿子跳下马,看了一阵马,确定是汗后,他抚摸着马背,泪又流下来了:"马怎么能烧着呢?看他咋点着火呢。"

小儿子不解地看着父亲,不明白父亲咋又哭了。他放开声大哭起来。哭够了,止住,叫上儿子到周围的树丛中拣了些干枯的草叶、树枝,堆成一垛。

"叫他们烧,他们还烧不死哩。"他哭着说。

"他们烧,还不如我自己烧。"他止住了哭声。

"要烧,就把我当作马烧了吧。"他的泪不流了,"瘟疫?是他得了瘟疫!说谎把嘴说破了,不想骑马脚才坏了。"

他站到树枝草叶上,掏出火柴点火。划了一根火柴,没点着,又划了一根,还是没点着。直到快划完一盒火柴,他才把脚下的柴草点燃。

"说谎,他还没学会呢。叫他说吧,把我烧了,他就说吧!"

小儿子看到火焰,才明白父亲要干什么,大叫了一声,哭喊着去拉父亲。

他推着小儿子:"走开,我烧的是我,又不是马,你走开!"火燃烧了起来,火焰旺得像枣红马一样热烈。

几天后,他从昏迷中醒来,看到自己被烧伤的手和腿,从炕上爬起来,抓过一碗女人倒好的马奶子酒,一口喝光,走出房子。

一直等在外面的大儿子见他出来了,扑通一声跪下了。

他没理大儿子,走了过去,又停下,叹了口气,没回头,却对大儿子说:"你起来吧!"

大儿子没起,却哭出了声:"爸,其实团部没来人,我……"

他不理他,跌跌撞撞地往马圈走去。

"爸,你惩罚我吧!"

"惩罚你?"他站住,回过头来,"你看看天,天看着哩!"

燃烧的马   51

"爸……"大儿子用膝盖移动着,向他移来。

"该惩罚的,老天已经惩罚过我了!"他看了看自己被火烧伤的手,"是我无能,让你得上了瘟疫。"

"爸,我——知错了!"

他的身子抖了一下,他看到天上的太阳也抖了一下。

"老天,你可看清了,我可没动他一指头,是他自己要挽救自己的。"

泪水从他酱黑色的脸上流了下来,热热的,像太阳下的雨。

他抹了一把泪水,向马圈走去。

大儿子跪在地上,头耷拉在胸前,呜呜地哭泣着。

女人走过来,拉了大儿子一把:"还不快起来,跟你爸去马圈。你真得了瘟疫呀,站都站不起来了!"

作为祭奠的开始

　　米拉的丈夫死于一个夏日的午后。

　　那个闷热的午后使米拉过早地成了一个寡妇。失去丈夫的米拉因悲伤过度，于一个燥热难耐的夏夜，产下腹中仅仅生存了八个月的胎儿。胎儿贪恋生父的英魂，悄无声息地随父亲去了另一个世界。

　　在米拉丈夫遇害的那片泥石流前面，一个新鲜的空坟旁边，又添了一个更加新鲜的小坟包。

　　米拉的灵魂埋在了后山那两个坟堆里面。她苍白的脸上印满了从盛夏深处突然袭来的寒气。

　　塔尔拉的人们从米拉的脸上，看到了一个寒气逼人的隆冬，已悄悄地进入了塔尔拉。

　　塔尔拉人为此恐惧不安。

　　米拉的丈夫死于一个异想天开的设想，他在肥沃的牧场之上，冬天时率先烧毁了一大片干枯的荒草，开垦出一片土地，他要种植庄稼，改变塔尔拉世袭的放牧生计，做一个固定在土地上的农人。

　　塔尔拉位于一块高原之上，四面是一座座屏障似的山脉，在这片避风的牧场上，里面的草长得茂密肥硕，土壤里的肥水永远滋养着这里生长的万物。

　　米拉的丈夫完全是一个牧人的打扮，穿着笨重的靴子，厚厚的绵羊皮褡裢四季不离身，能遮住夏日的艳阳和冬日的寒风。他赶着一群牦牛和几只绵羊，身后跟着一条和绵羊那么大的黑狗，他宽阔的肩膀和坚实的步子看上去魁梧雄壮，像一个力大无穷的斗士高高地屹立在他所放牧的牲畜上方。那些大的或小的牲畜，看上去温存弱小，坚实的腿已经适应崎岖不平的山路，眼睛却怯生生地回头望着威武雄壮的主人，还有他身边的那条牧犬。

远处，山峰高耸着岩石的头颅，群山像退去的潮水一样蜷缩下沉。清晨的红日渐渐升起，在群峰中探出火样的脸庞，揭开群山的雾纱，将清晰的山影投到牧场，绿油油的牧草之上，黑色的牦牛和云一样的羊群，将塔尔拉的早晨，点缀得无比鲜亮。

但这一切，只能是塔尔拉的夏天。

冬天的高原，却是另外一种景象，雪将塔尔拉覆盖得严严实实，牛和羊被关进一个个山洞似的地窝子里，没滋没味地嚼着一根根干枯的草根。所有的牧人全窝在山石砌的石屋里，围着牛粪火炉，用散酒就着风干的牛肉，无奈地度着长达八个月的漫长冬日。

单调、枯竭的食物使塔尔拉人对冬天怀着深深的仇恨。

更可怕的是，地窝子里的那些牛羊，不断发出微弱的惨叫声，这声音发自当年刚出生的羊羔，它从群羊组成的墙体缝隙中挤出生命终结的喊声，忍受不住严冬的折磨，纷纷毙命。

塔尔拉人整个冬天的食物因此得不到保障。毙命的羊羔因没有放血，肉被血污染而不能食，只剥下一张张弱小的羊皮，钉在每家的房墙上，在寒风中抖动。

米拉的丈夫在开春后，上山卖了一次羊皮回来，就声称要开垦牧场，种植青稞和玉米，来维持漫长冬日的生计。

塔尔拉人对新生事物充满好奇，而这又是改变塔尔拉生存现状的创造性举动，因而米拉的丈夫得到了大家的称赞。

尤其是老族长，激动得胡须都在发抖，他对米拉的丈夫说："年轻人，你把地开成了，种出青稞和玉米，我们就不用到山下用牛羊换了，我们有了自己的吃食，就再也不怕寒冷的冬天了，到那时，你就是塔尔拉的英雄！"

"英雄！英雄！"

在众人的欢呼声中，只有一个叫麦克的青年冷静地反驳这个创举。

麦克认为：草场不能随便开垦，因为塔尔拉地处山谷，全是缓坡，如果挖了草地，毁了草根，土质松软，待到夏天冰山的积雪一化，水土流失，山体一旦滑坡，塔尔拉会被泥石流淹没的。

"危言耸听，一派胡言，塔尔拉不能再这样苦熬冬日了。"

人们纷纷谴责起麦克。

"麦克，你的行为常常叫我们难以理解，你自恃到山下读了两年书，回来就要办学教书，却收不到一个学生，我们都很同情你，想着应该支持你，因为你是为塔尔拉后代考虑。可是你却如此不开化，反对开地种粮食，到底是什么用心？"族长非常认真地说道。

"族长，不是我麦克愚顽不化，而是塔尔拉不宜耕种，只能放牧，这是自然规律。"

"你是要我们世代贫穷，饱尝冬日没有食物的煎熬？"

"要改变这个，只有从山下引进优良牛羊，换掉现在的劣种。"

"你还嫌我们死的牛羊不够吗？你的这种说法，只会叫我们冬天喝西北风。"

众人哈哈大笑，根本不把麦克的话当一回事，大家都盯着米拉的丈夫，看他怎样放火烧掉牧草，挖掉草根，开出一片片肥沃的田地。

米拉和丈夫让大家与他们一起干，能多开些地就能多种出青稞

作为祭奠的开始　　55

和玉米。

"我们不急,想等你种出青稞和玉米,我们再跟着干。"有人这样说。

米拉的丈夫就独自忙活在后山的那片土地里。

夏天的时候,米拉的丈夫种的青稞和玉米,绿油油地生长了一大片,比牧草新鲜,耐看。

可是气温最高的时候,这些根须没有牧草扎得深的庄稼地出现了滑坡,泥石流将蹲在地里做着美梦的米拉丈夫淹没了,最后连尸体都没找到。

米拉在这个夏天的遭遇,使她换了一个人似的,她从沉重的悲伤中走出,站在塔尔拉厚实的土地上,她有种恍如隔世感。她在天与地之间徘徊,却不知自己今后的世界从何开始,也不知自己的归宿将在何处。远处出现在天际的太阳,一年都在变幻中给人间播撒痛苦或者温暖,一切都有始有终,却没根没据。

她在天空下有限的空气中感到窒息。她的心脏在阳光下像肥皂泡那样慢慢地爆裂,黏糊糊的阳光粘住她的眼皮,缠住她的四肢。大地、天空和空气似乎要把她活活吞噬,几乎让她失去了再活下去的勇气。

圈里的牛羊发出饥饿的叫声,这些混杂在一起的叫声把她唤到栅栏前,她呼吸到牛羊们身上充满灰尘味的腥气,她看到牛羊睫毛下面的眼睛都一心一意地望着她,那种乞求的眼神使她的肠胃挛缩为饥饿过度的腹绞痛。她这才意识到她活在世上还有另一种责任,就是放牧这一群牛羊,更重要的是来完成丈夫没有完成的事情。

她的想法得到全塔尔拉人的支持,人们纷纷表示,都要参与改变塔尔拉今后生计的创举中来,解除塔尔拉冬天沉重的困境。

米拉感动地流下了泪水。

"不过,"族长对她说,"我们的行为有点盲目,触怒了山神,才遭此大劫,下一步,必须祭奠山神之后,才能保证不再出意外。"

米拉点着头,泪水四处乱溅地说道:"我懂,山神是我的丈夫触犯的,就让我出一头牦牛,作为祭品,替我丈夫和我们的孩子赎罪吧。"

族长同意了米拉的请求。

米拉就从自己的牛群中挑选了一头最高、最大的小公牛,作为祭品单独饲养着。

听到要祭奠山神的消息,塔尔拉最有文化的麦克急忙来到米拉家里,劝米拉不要干这种傻事,更不要再动牧场的心思,那样会害了整个塔尔拉。

米拉凄然一笑:"塔尔拉的冬天快要到了,如果你不想过那种难熬的日子,就不应该反对。"

麦克急道:"塔尔拉的出路不在开垦牧场、耕种田地,这违背了自然规律,我们应该改换牛羊品种,才是正事。"

"你是说我丈夫干的不是正事?"

"简直是胡来!"

"当然。"米拉沉郁地说道,"麦克,你没有亲手埋葬自己的亲人,并且是一大一小两条命,说别人胡来就轻松多了。"

麦克摇着头,走到高大的公牛身旁,抓住它光滑的鬃毛,不停地抚弄着,心里一阵绞痛。

公牛似乎懂得对它的这种特殊照顾,它一点都不胆怯,优雅地踏过草丛,骄傲地扬起头,望着麦克。

麦克的心里酸酸地说:"米拉,别再固执了,你还年轻,今后

作为祭奠的开始 57

的日子还长,千万不要成为塔尔拉的罪人。"

米拉一听,嘴边的肌肉颤抖着,眼睛转向别处,"罪人"两个字使她刚有点缓和的心又一次跌入黑暗的深谷,她的眼皮紧闭着,身体似乎沿着错综复杂的道路朝下滚落,经过许多深坑,她被跌得全身疼痛。

过了半晌,她才缓缓地说道:"你既认为我是罪人,就不要来烦扰我,我的事不要你这种人管!"

麦克还要解释,米拉轻轻地却很严厉地说了句:"你滚!"

麦克一走,米拉脸色苍白得像一个刚受了惊吓的孩童,半天缓不过神来。她看着静止不动的地面,忘记自己应该朝哪里走了。她只有前行,在她的前面,出现了一只蜷缩在一起的羊,她知道又是羊死了。她走了过去,用手摸了摸柔软的羊毛,然后将它翻过身来,它四肢僵直地斜躺着,苍白的舌头伸得老长,白色的眼睫毛纹丝不动地覆盖着苍白的眼睛。她看着看着,泪水涌了出来,滴在死羊身上,湿了一片羊毛。

难道冬天到了?

今年的冬天提前了?

米拉跌跌撞撞地去后山,看了看那两个埋着自己丈夫和孩子的坟堆,忍不住大哭了一场。

麦克又来了,他还是穿着那双自制的没有经过加工的皮靴,笨重地踩着枯黄的牧草,脚步声"咯吱咯吱"干燥地响着,来到了米拉家的门前。

米拉透过窗户看到麦克的身影,厌恶地别过脸去,她的拳头变得坚硬,捏得牢牢的,像一个满怀仇恨的复仇者,随时准备着出击。

她凭感觉麦克没有走进来的意思。他在畜圈旁边轻轻地踱步,像一个失败了却不甘心的骑手,心神不安,步子慌乱。

她扭头看了一眼外面这个叫她憎恶的人,她的心脏在胃与肠之间发出粗沉的声音。一旦她的目光落到那头公牛黑黝黝的身躯上,她喘气就不再那么紧迫,想着赶紧请族长选定祭奠的日子,行完祭礼,引火烧了荒坡上干枯的牧草,趁第一场雪还没落下来,开垦荒地,为来年的耕种做好准备。

一想到这里,米拉的心情舒缓了许多,有种和丈夫越来越接近的感觉,还有他们的孩子,她就不再理会那个身影,只当他根本不存在,仍然干着自己该干的事。

后来,麦克又来了几次。米拉根本不去理会他,他只有唉声叹气,说些无奈的话语,就悄悄地走了。

米拉再也不想等待了,一再催促族长,择定献祭的日子,尽快行完祭礼。

气候转冷,已近深秋,远处近处的牧草已全部开始枯黄了,牧人们收割完草场里的草,留下一片干硬的草茬儿,直直地刺向蓝天,天似乎跌下来一截,矮了不少,开始变得灰暗。

这是冬天将要降临的前奏。

塔尔拉人畏惧的漫漫寒冬就要开始了。

群山变得荒芜凄凉,一丘接一丘伸向天边,像那漫长而寒冷的冬灭,米拉不敢看更不敢想,只能用忙碌来消磨盘绕在心头的悲伤。在冬天降临之前,她要修整好畜圈,做好牛羊过冬的准备。每到这个时候,米拉的心里就很慌,因为冬天一到,人跟牛羊的灾难就到了,尤其是看着那些当年出生的羊羔,大多忍受不了寒冷而毙命的情景,米拉一想起来心里就打战。

小羊羔太弱小了,气候才开始变冷,它们就爬到母羊温暖的羊毛下缩成一团。剩下的老羊大多已经年老，经历了数年艰苦的磨难，主人也不忍心杀它们，它们就像懂主人心思似的，一直坚强地活着，但还是抵不住岁月的摧残，行动变得迟缓，日渐衰亡了。

那些当年生过羊羔，又历经过自己羊羔死亡惨痛的老羊，今年再产下羊羔后，一感到气候变化，就很悲观，表情麻木，冷冰冰的眼睛里少了对小羊羔的忧虑和怜悯，却和年老体衰的老羊们一起跪下身子，一副听天由命的样子。

米拉看了实在不忍心，不断地到羊圈里拽它们站立起来，拽了这个，那个又跪躺下了，累得她满头大汗，连饭也顾不上做，就拿上一块干馕和一疙瘩奶酪，靠在羊圈的土墙上，匆匆忙忙地吃起来。她这样精心地照顾着羊羔，有天早上起来发现还是死了四只羊羔，她伤心地把活着的羊羔拽起来，一只一只地抱到了自己住的石屋里，她想今年冬天和羊羔在这个屋里过冬，反正丈夫死了，孩子也没有了，屋子里空荡而凄凉，有羊羔陪着，她心里还好受点。

她将剩下活着的羊羔抱进屋后发现，有一只黑眼圈的羊羔已经有些虚弱，站都站不住了。她便抱着黑眼圈羊羔，出入在石屋和羊圈之间，她担心放下这只生命垂危的羊羔，它会死去，就把它一直抱在怀里，让它的小脸靠在她的胸部，隔着衣衫，她能感受到羊羔身上温热的体温。特别是羊羔毛茸茸的小脑袋，在她走动时，不断地撞击着她饱满坚挺的乳房，她的全身会痒痒地好受，心却一颤一颤地，有种怀抱着婴孩的幸福感。

她尽量做到不去想自己不足月生下的死婴，将黑眼圈的羊羔抱得舒坦些，像对待一个婴孩一般对待它。

只要这小羊羔发出微弱的叫声，米拉便知道它饿了，抱着它去找母亲给它吃奶。这只黑眼圈羊羔的妈妈前几天得病死了，其他活着的母亲都不愿奶它，躲来躲去地叫米拉看了心里很难受。

羊羔显然是饿极了，本来就虚弱的身子开始发抖。米拉担心小羊羔饿昏过去，便抱着它到屋里，翻遍了各个角落也没有找到可以喂羊羔的食物，她就在牛粪火炉上煮了些面糊糊，里面加上不少奶酪，端给羊羔。羊羔闻了闻，没有吃一口。米拉想着可能是羊羔饿过了头，连吃东西的劲都没有了，她蹲下身子，用指头蘸些糊糊，让羊羔吮吸。羊羔只用舌尖舔了舔，把头缩回去，一副没睡醒的样子。

看来这只羊羔已经有生命危险了，米拉开始慌了，不停地用手指给羊羔嘴里塞稀糊糊，它根本不吞咽，把糊糊含在嘴里，有许多还流出来，滴了一地。

米拉将蘸有糊糊的手指放到自己嘴里，尝了尝，加了奶酪的糊糊有股酸腐味，她才恍然大悟，黑眼圈羊羔是夏天结束时出生的，它太小，除过带甜味的乳汁和鲜嫩的青草，别的还吃不惯。这种时候青草是找不到了，米拉提上奶桶去畜圈，想从母羊母牛身上挤些奶汁，她几乎摸遍了所有母羊母牛的奶袋，没有挤出一滴温热的乳汁。她失望地回到屋里，又熬了些糊糊，翻遍了所有的地方，也没有找到一点能带甜味的东西加进去，新熬制的糊糊羊羔依然不吃一口。

米拉心里焦急，一夜都没有睡觉，第二天中午的时候，她发现黑眼圈羊羔已经走到了生命的边缘，它的眼皮耷拉着，一副昏昏欲睡的样子。她见到的这种情景太多了，在每年冬天来临的时候，羊羔毙命的惨相使她都不敢到畜圈去了，都由她的丈夫处理死去的羔羊。可现在，丈夫死了，只有她面对这种悲凉的一幕了。

她不想叫这只可爱的黑眼圈羊羔死去，出生才两个多月，像一个可爱的婴孩。可用什么办法挽救它呢？一个不久前刚产过一个死婴的女人，她眼里饱含着酸楚的泪水，没有犹豫，解开上衣的扣子，颤巍巍地用手托出自己饱满膨胀的奶袋，毫不犹豫地将粉红色的奶头塞进羊羔的嘴里。

这个大胆的想法是一瞬间在米拉的头脑里生成的，她用泪眼望着奄奄一息的羊羔，心里装满了自己生下的没在人世停留的婴儿，她的心抽动着，手不由自主地按在自己的乳房上。脑子里闪过一个念头：或许，她能给这只可怜的羔羊提供一滴维持生命的乳汁。她生过婴儿，奶脉已经通了，她在自己的婴儿死后，两个圆滚的奶袋，总有种鼓鼓胀胀的憋闷感。

黑眼圈羊羔把她的乳头含在口里，嘴动动，突然，它垂下的眼皮一下子张开了，两唇紧紧地夹住了她的奶头，用毛茸茸的小脑袋一下又一下地拱着她的乳房，像找到了久违的母亲，用劲地吸吮起来。

她的胸脯热热的，心被它一拱一拱的柔软感觉划过，痒酥酥的，全身随着羊羔的拱动而颤抖着，母性的暖流蓄满了她的心房，她用双手轻轻地揽住羊羔，像哺乳自己的孩子，幸福的泪水从她的眼眶里涌出来，滴在羊羔洁白的细毛上，洇湿了一大片。

她沉浸在美妙的幻想之中，这种幻想使她暂时忘记了夏天发生的伤痛，能有这一刻的幸福，她在这个夏天之后的日子里，已经盼望了很久、很久……

但事实总是违背人的意愿。她渴望从自己柔软的乳房里喷射出一股甜甜的乳汁，却没能如愿。她伤心极了。

羊羔也停止了拱动，松开了温热的双唇，它失望极了，用失神的目光仰望着能给它提供母性温情却无法给它注入生命乳汁的女人，嘴里发出轻轻的呼唤声。

她哭了。伤心地坐在地上，用双手抓住自己的双乳，使劲地揉捏着，想从中挤出一滴白色的汁液来。

那个干瘦的影子又来了，他站在敞开的屋门前，看到了屋内的一切，当这个可怜的女人绝望地哭泣时，麦克的心里不是滋味，也流下了酸楚的泪。但他没有走过去，他看到了她敞开怀露出的美丽的双乳，他在心里暗暗想着，只要自己走过去，她定会气得发疯，便更坚定了要阻止她做出愚昧举动的念头，抹着泪，悄悄地走了。

米拉没有发现麦克来过，不然她会恼羞成怒，当面大骂他一顿。她的心思全在如何挽救羊羔的生命上。

黑眼圈羊羔还是死了。她抱着它哭了一天，最后，她将它抱到后山，埋在了丈夫和婴儿的坟堆边，望着又增加的一座新坟，她肝肠寸断，心里说着"这种日子不能再过下去了"。便又去找老族长了。

族长终于择定吉日，叫人在米拉的丈夫遇难的后山坡上，搭起一个神圣的祭台。祭山的礼仪就要开始了。

在祭奠的前一天，米拉给那头即将成为祭品的公牛拌上最好的草料，端到畜圈里，放在公牛面前。

"喂！"她叫着公牛，声音里有点发颤。

公牛面对着她，动也没动。

她用手推了推公牛的头部，它的颈子比收缩起来的肋部显得更粗壮，从正面看，由于巨大的头部比身体还大，使人看不见牛身体其余的部分，它好像是一个脱离了全身的牛头。尤其是它头上的一双尖角，像两把黑色生锈了的钝刀，毫无生气地栽在它的大头上，没有一点威武感，倒像一件摆设。当然，明天，它的这个巨头就成了祭台上的摆设，祭奠山神了。

她的心里有点酸，又叫了一声公牛："喂，你吃呀！"

公牛还是不动。

作为祭奠的开始　63

难道它已经知道自己将成为祭品，用沉默哀悼自己的无奈？她这样想道，脸色唰地白了，整个脸颊像一张白纸，在深秋的凉风中，嘶嘶啦啦地发抖。

这时，麦克来到了她的身后。他显然没有穿他的那双靴子，走路悄无声息。但她还是感觉到他的到来。

她的心情糟到了极点，猛地回转身，用凶狠的目光瞪着麦克厉声道："你还来干什么？这里不欢迎你来！"

"米拉，"麦克轻轻地叫了一声，认真地说，"别再干傻事了。米拉，你不应该愚昧了，因为你已经失去了丈夫和孩子，你该醒了！"

"你走开！"米拉用手指着麦克，愤怒地说道，"你像个鬼魂，纠缠得人不得安生！"

麦克说："为了我还没有招收到的学生，我得纠缠着你，就是变成鬼魂，我也要劝阻你。"

米拉失神地往后退了一步，一只手撑在公牛的背上，才没有使自己跌倒，她站在那里，浑身没有一点气力。她怕自己撑不住，想赶快离开这里，到屋子里休息一会儿。她抽回撑在公牛背上的手，摇摇晃晃地转身向屋里走去。

麦克走到公牛跟前，弯下身在米拉刚用手撑过的牛背上，将嘴贴了上去，在那片被手压倒的牛毛上蹭了蹭，嘴里喃喃道："米拉，我爱你！代表我将来的学生！"

已走到屋前的米拉听到这么一句，身子抖了抖，嘴巴张了张，无可奈何地摇了摇头，赶紧冲进屋里，一头栽倒在床上，无声地哭了起来。

不知哭了多久，天就黑了，她也昏睡了过去，迷迷糊糊地做了一夜的噩梦,在梦里总能听到一种可怕的声音。

最后,她被拍门声惊醒。起来拉开门一看,天已亮了,一抹灰灰的阳光射过来,刺得她睁不开眼睛。

过了一会儿,她才看清,外面站了好多人,她知道他们是来牵祭奠用的公牛,便从人堆里穿过,来到畜圈前。

只一眼,她就看到麦克躺在畜圈的地上满身血迹地死去了。旁边,公牛正在悠闲地吃着地上的干草,头顶两个钝刀似的牛角上染着殷红的血迹,似夏天牧草中开放的花朵,鲜艳无比。

把式

　　桑那镇是个小镇，只有一条弯弯曲曲的小街道，又窄又短，抽一根烟的工夫就可以走一个来回。住在镇街上的人家，都开着一间门面房，大多卖些各种各样与农家有关的便宜小商品，平时冷冷清清的，只有每月的初一和十五逢集的时候，四乡八村的农民都到镇街上来赶集购买针头线脑、修补农具，才会热闹上一回。平时没有多少人来买东西，但各家的店依旧开着门，即使街面上空荡荡的，好像被风刮过一样干净，没有一个人影，还是有人守着那间小门面，趴在柜台上打瞌睡，或者到隔壁打打扑克，说说闲话。偶尔几个男人也会凑到一起，东家拿来一包花生米，西家从自己的酒缸里舀来一斤半斤散白酒，就在谁家的店门口摆上几把小凳子，几个人边喝边大声说笑，无拘无束。慢慢地，就会聚起一大堆男人，还有一些流着涎水的小孩，看起来也很热闹，要是再赶上谁扯起一个新鲜的话题，就能喝着酒议论上大半天。

　　在这些喝酒扎堆的男人里，从来没见过丙把式。丙把式是一年前从外地来的，来得几乎悄无声息，加上镇上的人排外，没有人主动与丙把式来往。丙把式做的又是大家不太懂也不感兴趣的玉器生意，在镇子西头租了老曲家的一间门面，开着一家玉器加工店。玉器加工店的生意就和丙把式卖的玉一样，很清淡。镇子上几乎没有人踏进他家的店门，丙把式夫妻二人却在桑那镇长住了下来。

　　镇子上的人把手艺人都叫作把式。打铁的叫铁把式，做木工的

66　病中逃亡

就叫木把式。

丙把式当然就是玉把式了。可小镇的人都不懂什么玉器，也根本看不上这个沉默寡言的外来户，就不把他像其他的手艺人那样叫作玉把式。只听租给他房子的老曲说他的名字叫什么丙，小镇的大人从自家上学的孩娃那儿知道"丙"是个不好的学习成绩，就随口把他叫成了"丙把式"。丙把式对这个称呼从来没有说过什么，他和别人打交道少，除偶尔来收房租的老曲外，没几个人正眼看过他，他们夫妻两人就像不存在似的，根本没有人在意过丙把式。丙把式夫妻俩除过守着没有一个客人的店面和冷冷清清的日子外，偶尔也会关上店门，到老马家的"羊肉泡"馆子里去吃碗羊肉泡馍。吃完后，只要是天气好，不管是晌午还是傍晚，两口子都不急着回店，就从镇街上穿过，两人毫无顾忌地手拉着手，有时女的还会依偎在男人的怀里，两人相拥着走过镇街两旁或明或暗的目光，去镇子外面的小河边转悠。

桑那镇是个落后闭塞的小地方，这里的男人女人、老人小孩都很守旧，夫妻在外面一起走路都不会挨得太近，就别说拉着手了，相互拥抱只有在电视电影上看过。丙把式两口子却是毫无顾忌地在众人面前表现他们的亲热，叫桑那镇的人们大开眼界，只要是丙把式两口子从街上走过，人们便停下手中的活，像看一幕生动有趣的情景剧似的，目光定定地跟着他们夫妻俩的身影一路看着，直到看不见他们的影子，才恍惚回过神来。一回过神，有一种很酸的东西从心底泛起来，便有了一种不平衡，想着凭什么这两个外地人要比他们过得更有滋味、更有情调呢？就在背后边议论边骂。特别是那些成年男人和女人们，怎么难听就怎么骂，被骂的虽然损失不了什么，但多少还是能让骂的人心里得到一些补偿。但骂归骂，谁也管

把式　67

不了人家两口子的事，丙把式两口子下次照样手拉着手，相依偎着目中无人地从人们面前走过。其实，最不高兴的，是男人们，曾有男人扬言，要和丙把式谈谈。可看着人家丙把式一副冷淡的、根本不搭理人的样子，又怕是自讨没趣，也就强自忍了，可憋在胸口的气却是越聚越多，怎么也出不来。就有人给老曲说，叫他把丙把式两口子赶走。在这样一条寡淡且清冷的镇街上，老曲好不容易才把房子租出去，他哪里会赶走丙把式，但为了给丙把式这种伤风败俗的行为一些惩罚，就在众人的教唆下，每月增加了十块钱房租。丙把式对提高房租一点怨言都没有，竟然同意多出十块钱，气得别人一点办法都没有，倒是老曲平白每个月多了十块钱，都乐到心坎里去了。

到了这年冬天，大雪下过之后的一个黄昏里，一个高大粗壮两颊酡红的妇人，走路像匹种马似的，一扭一扭地手牵着一儿一女来到桑那镇。她见人就打听，说是要找自己的丈夫。大家还没有整明白她的丈夫是谁，正要细细盘问一番，好给自己沉闷无聊的生活增加一点新鲜感时，刚好丙把式两口子从老马家的"羊肉泡"馆子里吃完出来，两人仍是深情款款地手拉着手准备去河边踏雪。那个种马一样的妇人目光敏锐地越过众人，一眼就发现了丙把式，她的神情一下子生动起来，在别人都还没有闹明白时，一阵旋风似的冲上去，与丙把式两口子在雪地上撕打了起来。

打骂声把小镇的人都吸引过来了，大家从杂乱的打闹声里弄明白，丙把式就是这个妇人的丈夫，并且他们已经有了一儿一女两个孩子，丙把式有了相好，就抛下老婆儿女，和相好私奔到了桑那镇。就说呢，在这么偏僻的小镇开个玉器店，哪有生意做呢，原来丙把式是为了和相好躲藏在这里偷情。这下，看热闹的人们更不高兴了，看着往日里在他们眼里颇有些孤傲的丙把式被自己种马似的老婆掀翻在地，骑在身下挨打，不但没有一个人上去劝架，相反，好像一个日积月累已经被蓄满得快要溢出来的水泉，终于找到一个缺口，那水便一路奔涌，通畅而欢快。不但如此，为了更加解恨，小镇上的人还帮着种马女人声讨丙把式和与他私奔的那个女人。

在不逢集的时候，小镇很难得有这样的热闹看。大家都兴奋地围观着，看丙把式怎么收场。

丙把式他们一直闹到天黑透了，好多人手脚冻得冰凉，实在撑不住，才恋恋不舍地回家去了。丙把式的这个场面是咋收场的，有人在家里猜想，忍不住又穿上衣服出来看，外面已风平浪静，只是街道上的那片雪地被折腾得不成样子，凄凄凉凉的，残存着刚才疯狂打闹的场景。没有看到结果，人们还是兴致勃勃地猜想了半夜。只有高兴了没多长时间的老曲，却发了一夜的愁，他想着丙把式这下肯定要退房了，他的这间门面可再租给谁去。

第二天没有一点吵闹声，第三天、第四天……已经有了忧患意识的老曲一直没有等到丙把式来退房，却看到丙把式把紧闭了三天的店门打开。丙把式又像正常做生意的样子，只是再没有看到那个和丙把式私奔的女人了，他的老婆孩子却留了下来，在原来的床上又架了个高低床。丙把式的老婆长得手笨脚粗，家务料理得也不地道，但一家人还是平静地住了下来。

在房东老曲的眼里，生活依然照旧，只是改变了一些小小的细节，可是这些细节，对他来说，又算得了什么呢？老曲心里踏实下来，到月底去收房租时，他又给丙把式加了十块钱，原因是走了一个女人，又来了一个女人，还增加了两个孩子，水电肯定用得多，多收十块钱算是水电费。丙把式没说二话，多交了十块钱。

从此，人们很少再看到丙把式在镇街上出现，偶尔见他出来一次，也是一个人急匆匆地从镇街上穿过，随着他而过的，是一阵轻轻的尘烟，他也不到老马家去吃羊肉泡馍了，直接去镇子外面的小河边转悠。小河还是原来的小河，谁也不知道那河水到底是深了还是浅了，那水，总是不动声色地流着。倒是丙把式那个种马似的女人时不时地会牵着儿女出来到别的店里买日用品，母子三人目光都怯怯的，很少说话，那一对儿女见了人就赶紧藏在母亲身后，像对小老鼠。人们对这个女人还算客气，却无法把她和那天看到的种马样子联系起来。人们多少有点失望，认为她应该和丙把式再闹闹，治治这个不要脸的男人。大家都同情她，会站在她这一面的。可她没有，大家只看到她一脸平静，一脸的怯懦，连句多余的话都不说，人们只好收起对她的同情，心里有点看不起她了，男人被别的女人夺走，都私奔了一回，她却能平静得几近麻木，真够窝囊的。

不管怎么说，丙把式一家四口在桑那镇过起了平静的生活，他们的生意还是那么清淡，根本见不到丙把式挣什么钱，可他从没有向别人借过钱，也没有拖欠过房租，谁也不知道他的钱是从什么地方来的。慢慢地，有人开始对丙把式的生意起了疑心，上门去想套些他生意上的真话，总是得不到满意的答案。后来，除老曲定时去收房租外，小镇上没有人再去注意丙把式一家人了。丙把式一家人就像是几株野外自生自长的树木，人们对于自己的生活尚且力不从心，对他们的存在就更淡漠，或者说遗忘了。

一晃，两年就过去了。

这两年间，桑那镇发生了不小的变化，从外地来桑那镇做生意的人渐渐多了起来，本地人趁机扩大自己的门面房，把一半或者整个门面出租给外地人开饭馆、开服装店。老马家的"羊肉泡"生意一直不好，干脆收了摊子，把房子租给外地人开了发廊，收来的租金倒比他开"羊肉泡"时赚的钱还多。

老马家"羊肉泡"改做的发廊，装修得很华丽，是桑那镇目前最好的门面，但没有人去那里理发。小镇的人们还是喜欢那种简单的对他们心理构不成压力的理发店，还不习惯剪一次头发也要在这豪华的地方，在他们看来，那是大材小用，是浪费资源。所以发廊的生意一点都不好，可发廊里招收的人手却不少，都是清一色的年轻丫头，一个个打扮得比城里人还花哨，整天倚靠在发廊门口，撮着那血红的嘴唇，扑闪着蓝得发光的眼皮，盯着街上走过的男人，不停地抛媚眼。桑那镇的大多数男人，就像被勾走魂魄似的，身不由己地每天总要到发廊门口去转悠几圈。女人们看着男人们没出息的样子，心里有气，对着发廊骂了不少脏话。

桑那镇在骂声中繁荣起来。

就是在这时候，一直沉寂冷清的玉器生意也有了起色，来桑那镇的外地人多了，似乎懂得欣赏的人也多了，不时地有一些红男绿女开始出入丙把式的玉器店。

这年夏天的一个中午，有个骑着高头大马的男人，给丙把式送来一块鸡蛋般大的羊脂玉，上面还隐隐约约有块淡红色的擦痕。羊脂玉是玉中的极品。丙把式一看到羊脂玉，眼睛都瞪圆了，他从骑马的人手里接过玉，握在手心，慢慢地抚摸着，他的细腻与温润，眼里的那份专注，就好像是在抚摸一个年轻女人嫩滑的肌肤，他的手心里马上生出了一层羊油般细腻的汗水，他看着玉石上面的那道擦痕，心尖一颤一颤地。骑马的男人看出了丙把式脸上的变化，就对丙把式说："你看这能磨件啥玩意儿？"

丙把式盯着手里的羊脂玉，沉吟半天，还是没发一言。玉的主人急躁地一连催促了几次，丙把式才把手中的玉石递过来，慢慢吞吞地说了句："这活儿，可不好做，你另请高明吧……"

骑马的男人急了，扯着嗓门对丙把式说："我已经找过好多玉把式，他们都这么说。实话对你说吧，这是我祖上传下来的，一直没有打磨成器，不打磨成器，这玉还不就是一块石头？以前没觉着啥，放着就放着呗，也碍不了啥。可现在我手头紧，想到它，你就看着给打磨打磨吧，算我——求你了——"

丙把式听着收回手，还是刚才那副专注的神态抚摸着手中的物件。过了半晌，才对骑马的人说："既然这样，那我就试试看吧，不过——你可不能急，我得把它琢磨透，才能下手。"

那得多长时间？

少则一月，多则半年！

什么？骑马的男人倒吸一口气，皱紧眉头，他想了好长时间，才牙疼似的吸了口气说："那……好吧，可我……怎么信你？"

丙把式用很奇怪的眼神看了看骑马的男人，才漫不经心地用手指一下自己的柜台，说："你随便挑一件玩意儿拿去，先寄存在你那里。"

骑马的男人挑了一对玉手镯，就跨上马背走了。

从这以后，丙把式手里整天握着这块羊脂玉，一边端详着，一边抚摸着，他那陶醉的神情就仍像是抚摸心爱女人光滑细腻的皮肤，连晚上睡觉都把这块玉石握在手里，生怕一不小心那玉石就要飞走似的。有时睡到半夜，他还会突然爬起来，一个人钻进操作间里，也不见他动手操作，只是一个劲儿地端详，像得了痴呆症似的，弄得脾气也变坏了，要么一言不发，要么就乱发脾气。他的女人和两个孩子，经常被骂得慌手慌脚，种马似的女人像挨过打的马似的急促地喘着粗气，脸憋得通红，却连一句嘴都不敢还，只能唉声叹气。他们刚刚平静了两年的生活，就被这块突如其来的羊脂玉搅乱了。

过了一个多月，那个骑马的男人来了，但他看到的，还是原样的玉石，只是玉石似乎比原先更加光滑和圆润。骑马的男人象征性地说了句催促的话，显得有足够耐心的样子，骑着马又走了。

这样又过了一段时光，突然有一天，丙把式把手里握了近两个月的羊脂玉放下，一个人急匆匆出了家门，到镇街上转了一圈，天快黑时，他买了一只肥羊牵回来。丙把式租的这间房子本来就不太大，中间用木板隔开，里间的一半做了卧室还带着做饭，外间摆着放玉器的柜台，在墙角用木板隔了一个小操作间，空间就显得更加局促了。丙把式的女人侧着她种马似的粗壮身子，在前屋后屋走了几个来回，正发愁这只羊往哪里养时，丙把式已把羊牵进操作间，把自己和羊关在里面。操作间本来就够小的，再加上一只羊，便越发地拥挤，也不知道丙把式是咋过的，反正整整一个晚上他都待在里面，没有出来。就是从这天开始，丙把式晚上就进操作间，天亮才把自己放出来，给那只羊弄些吃的，自己也胡乱吃点东西，然后倒头就睡。有时可能是做了啥梦，睡着睡着突然爬起来，跳下床冲到操作间去看上一会儿，再回来接着睡觉。丙把式的女人也不知道他到底在干什么，又不敢问，只好默默地操持着一家人的生活。有一次，她曾小心翼翼地想把那只羊从操作间牵出来，到外面去放牧，却遭到丙把式强硬粗暴的拒绝。直到半个月后，丙把式才把那只羊牵出操作间，自己牵着羊到镇子外面的树林去放。从这以后，丙把式每天都去放羊，不要别人插手，他的女人几次想要帮他，都被他骂得狗血喷头，她不敢还嘴，越来越害怕丙把式，以为丙把式是用这种方式来痛恨自己拆散了他和他的相好,他整天和羊在一起,就是故意冷落她呢。她为了不失去男人,两个孩子不失去父亲,只能一个人躲在屋子里偷偷地哭。

半年后,当那个骑马的男人第六次来找丙把式时,丙把式把那块雕琢成型的羊脂玉交给了他。

骑马的男人接过这件琢成的玉器,双手捧着已成尤物的羊脂玉,惊得眼睛瞪得溜圆。其实玉石本身并没有怎么打磨,倒是那道擦痕,丙把式把它雕磨成一轮弯弯的月牙儿,月牙儿是淡红色的,在月牙尖上,还挂着一丝淡淡的若有若无的云彩,这轮弯月在晶莹剔透的玉体上,似乎散发着真切的毫光。

骑马的男人被丙把式的手艺镇住了,好半天脸上的震惊才一点点地褪下去,他把这件尤物放在唇边亲了又亲,说了不少感叹的话,然后把自己身上所有的钱财,还有那对作为押证的玉手镯全部给了丙把式,骑上他的马走了。

丙把式完成了这件手工,得到一笔可观的手工费,按说他这下可以松口气,好好地过平静的日子了。可他看上去却一点都不高兴,相反,他心神不宁起来,目光散淡,像是在看着什么,却什么也不在他的眼里。这还不算,他在骑马的男人拿走那块羊脂玉后,突然收拾东西,要离开这个地方。他的女人这下却不干了,因为两个孩子已在桑那镇小学上学,一家人刚稳定下来,不想就这么不明不白地离开。她难得地拾掇起两年前为捍卫她的婚姻所显露出来的强悍,非要问出丙把式突然要走的原因。丙把式躲躲闪闪,回答不上来,只是一个劲儿地坚持要走。女人终于愤怒,认为丙把式又有了别的用心,终于和他吵闹起来,她怕他逃离他们母子又去找他以前的相好,这个种马似的女人要起了脾气,以她身强力壮的优势把丙把式牢牢地困在家里，一步都不让他离开。丙把式在体力上干不过他的女人，只要他稍微有点动静，他的女人就像抓小鸡似的，把他扔到墙角，他根本走不出屋子一步。丙把式就没有离开桑那镇。

灾难是在两天后发生的。

那个骑着马的男人，在这天清晨突然又来了。这次，他还带着另外两个骑马的男人，这两个男人身体看上去都很强壮，他们从马背上跳下，冲过来一脚就把丙把式家的店门给踹开了。

那时，丙把式还在他女人的粗胳膊下睡觉呢。

骑马的男人带着另外两个壮男人冲进屋子，什么话也没说，就把丙把式从床上抓起来扔到地上，一顿狂猛的拳打脚踢，要不是他种马似的女人大叫一声，穿着花裤衩从床上跳下来，扑上去替他挨几下，估计他的小命就玩完了。

骑马的男人是来要他的那块真羊脂玉的。他说他拿到的这块上面有红色弯月的玉是假的，这只是一块普通的岫玉，上面的弯月是一块糖皮。

丙把式躺坐在地上，坚决否认调换那块羊脂玉。骑马的男人就叫另外两个男人在屋子乱翻一阵，却没有找到他们要找的真品。骑马的男人当着丙把式的面，把手里的这块假羊脂玉摔碎在地。这块碎了的玉渣质地生涩白硬，根本没有一点羊脂玉高贵气派的油质感，果然是一块岫玉。丙把式还是坚决不承认他做过手脚。骑马的男人气疯了，叫另外两个男人看住丙把式的女人，自己上去把丙把式踢翻在地，硬要丙把式交出那块真羊脂玉。丙把式绝不承认这块碎了的玉是假的，愤怒的男人把丙把式的头踩到碎玉渣上，要他看个清楚。

碎玉渣轻而易举地刺破了丙把式的脸，锐利的疼痛感使他忍不住惨叫起来，血从他的脸上流下来，把碎玉渣都染红了。骑马的男人一点都不罢休，照着丙把式的身上乱踢。

丙把式的女人实在看不下去，奋力挣脱开那两个男人，冲过来解救自己的男人。女流之辈终究敌不过三个身强力壮的男人，她挨了不少打不说，丙把式的一条腿还在混乱中被踢断，他疼得昏死过去。

后来，要不是老曲怕在他家闹出人命不好交代，跑去派出所叫来警察制止住这场恶斗，丙把式那天可真就没有命了。

丙把式的命算是保住了，可他被打得不轻。在家卧了几个月后，丙把式走出家门，人们看到他戴着一顶破毡帽，把帽檐压得很低，遮挡着半边脸上的伤疤，还拖着一条残腿，一瘸一拐地从镇街上走过，去镇子外边的那条河边，一个人坐在河边，痴痴地望着平缓流动的河水发呆。

丙把式的故事讲到这里本来就结束了。但因为丙把式是这么一个奇怪的人，发生在他身上的事肯定不会太简单。可是，后来发生的事，还有丙把式以前的一些事情，桑那镇的人都没有亲眼看到，只是听房东老曲讲的，也不知是真是假。

老曲说是从丙把式的那个种马似的女人那里听到的。

老曲还说，丙把式的这个高大粗壮的女人，是丙把式师傅的女儿，也就是他的师姐，是师傅硬要他娶的，他一点儿都不情愿。大家可能还记得吧，那年丙把式的女人找到他时，对他的那顿暴打，够厉害吧。丙把式这样的人，怎么会甘心和这样的女人过一辈子呢，他和种马似的女人结婚前，其实喜欢的是他师傅的另外一个女儿，也就是和丙把式私奔来桑那镇的那个年轻漂亮的相好。那个女人是丙把式师傅的后妻生的，也就是丙把式的师妹，她和丙把式早就眉来眼去，可丙把式的师傅哪里能容忍这样的恋情，坚决不同意他们结合。多年之后，鼓足勇气的丙把式不得已选择了和师妹私奔这条路。后来的情形大家都知道，丙把式的女人也不知是从哪里听到了她男人和她妹妹落脚的地方，便拖着儿女，辗转来到桑那镇，找到自己的男人和妹妹，她只动手打自己的男人，却没有和自己的妹妹打闹。倒不是她有多大的心胸能宽容她妹妹，或者认为是夺了妹妹的所爱而有所愧疚，而是她觉得妹妹是父亲的掌上明珠，她怕动了妹妹会伤害到父亲。至于后来，残废了的丙把式突然提出要和他的女人离婚，女人竟什么也没说，也没有闹。到底这个种马似的女人为什么在这个时候没有表现出过激的行为，房东老曲说，可能是这个女人看着丙把式可怜，不忍心吧。

也许，这个种马似的女人亲眼看到了丙把式用刀子割开他喂养的那只肥羊尾巴，从流油的肉里取出一块沾着羊油的羊脂玉来，玉的正面有一轮弯弯的油汪汪的红月亮，这个女人才一下子明白过来：丙把式为能留下这块真正的羊脂玉，把一块普通的岫玉仿造成羊脂玉的形状，植进了羊的尾巴，等过上几个月，岫玉的外层浸透了一些羊的油脂后，油润的感觉让外行人难以分辨，他想以假乱真，骗过那个骑马的男人，又把真正的羊脂玉藏在羊尾巴里。为了保留下来这块难得一见的玉中极品，他差点连命都搭上。就凭这一点，这个女人明白她无论如何也是斗不过丙把式的。她是失败的，彻头彻尾的失败，守着这样一个男人，她的一生又有什么意义呢？她动了放弃的念头。还有，她阻止不了丙把式的另外一个原因，就是她太知道自己的父亲，同样是玉把式的父亲，面对这块天然生成一弯红月的羊脂玉，他又何尝不会认为这是无价之宝，是世间罕有的玉中极品呢。

所以，这个种马似的女人一句话也没有说，就放自己的男人走了。

至于丙把式把这块他拼着命留下来的羊脂玉献给他的师傅,从此是不是能和他的师妹在一起,就没有人知道了。反正,丙把式走后,就再也没有在桑那镇出现过。

桑那镇还是太小,虽然繁华的气息也远远地从外面飘了进来,可外面的世界变化得太快,而桑那镇的人们也缺乏了解外面的欲望。

东方红

老燕把油门加到最大挡，拖拉机还是像头老牛似的，不紧不慢地往前爬着。人到了一定年纪，身上的部件功能都会退化，吃得再多，也甭想恢复年轻时的气力。这辆老式"东方红"拖拉机太老了，油门轰多大，别梦想它的速度能增加多少。可是，也没白费多烧的柴油，照射出去的灯光比刚才亮了一些，还有发动机的吼声也大了不少，但还是能听到外面的西北风把芨芨草撕扯得像鬼似的"呜呜"怪叫。风简直疯了，捽着胳膊踢踏着腿狂乱地横冲直撞，撞得"东方红"闪着长长的灯柱东摇西晃起来。天地似乎都要颠翻了。灯柱像把锐利的大刀，把夜切割得七零八落，以为黑夜会像一块破树皮，碎成片从天空飘落下来，狼狈地堆在灯柱下面。不想黑夜并不怕"东方红"的吼叫和灯光，抖搂了几下，又成一个整体，骄横着、嚣张着。老燕打了个酒嗝，他今晚没少喝，可他没醉，就是头晕得厉害。就凭陈有亮，想把老燕灌醉，门都没有！老燕迷迷瞪瞪掏烟，烟盒在口袋里挤扁了，好不容易从中摸出一支用手捋直塞进嘴里。烟是最好的"雪莲"，临上车时，腊香趁陈有亮趴在饭桌前昏睡，偷偷塞进老燕口袋里，悄悄叮嘱他犯困了就抽支提提神，千万别迷糊过去。虽说这老掉牙的"东方红"出不了事，可还是当心点好，喝了不少酒呢，到底是一堆机器，比不了牛啊马的，时间长了，与人能处出感情来。当着丈夫的面，腊香不敢劝老燕少喝点酒，丈夫没开口，她也没法留老燕住一宿，又担心老燕酒喝多了，一个人开拖拉机回去出啥事，便摸包丈

东方红　79

夫存下的好烟给老燕。老燕心里暖融融的，一路上用手捂住装烟的口袋，生怕丢掉似的，后来索性用手抓住口袋，就像是抓住腊香的一只手，他都想跟这只手说说话了。结果，他把烟盒捏挤成了一团。本来，他舍不得抽这盒烟，想留个念想啥的，可这会儿，他头晕得厉害，要犯迷糊了，夜太黑，太广袤，尽管拖拉机的两道灯柱射出去把夜穿出两个大窟窿，可他还是看不大清，他担心自己迷糊过去，想抽支烟醒醒酒。可是，哆哆嗦嗦半天，老燕划不着火柴，他认为是西北风从门窗缝隙里吹进来，故意坏他的事，便扔掉火柴棍，去摇驾驶室的门窗玻璃。玻璃没有上升的空间了，临走前，门窗玻璃已被腊香摇到了尽头，她倒不担心老燕喝过酒开这台老掉牙的"东方红"会出意外，履带式"东方红"就是开进阴沟里也翻不了，况且方圆几百里一马平川，四周不是收割过的田地，就是寸草不生的荒滩，这种重型拖拉机就是想翻个跟头都难。所以，腊香才放心喝了酒的老燕开夜车，也就十几公里路程，"东方红"爬得再慢，总比蜗牛快吧。只是深秋夜，腊香担心老燕受凉，这深秋的夜寒可一点也不比冬天刺骨的寒冷逊色。腊香偷偷溜到车上，把门窗玻璃全摇死。老燕白费一阵力气，认为自己把门窗弄严实了，这才重新划火柴。划了几次，扑哧一声，划出一团微弱的黄火，点着被唾沫湿了半截的香烟。

　　老燕吸一口烟，吞进去，烟雾从气腔经肺，又从鼻腔出来，很快，驾驶室被沁香的烟雾弥漫了。老燕顿时来了精神，浑身上下像被按摩一番，显得轻快了许多。可老燕心里却怏怏的，要不是看腊香面子，他才不会冒这么大风，给陈有亮承包的砖厂推一整天的土，弄得自己像个土猴，这台老掉牙的"东方红"也疲惫不堪。推土不是个好活路，挣不上几个钱，费神，还费油。当然，老燕不计较这些，"东方红"就是推土机，不推土，要它做啥！他只是不想帮陈有亮这个杂种，何况又是这种天气，西北风刮得快疯了，他老燕可没疯。陈有亮三天两头往老燕家跑，也不管他的态度多冷，没完没了地给他诉苦，眼看天气一天比一天冷了，万一霜冻提前来到，储备砖坯还差一大截呢，这个冬天他不能烧空窑啊。夏天时，陈有亮好不容易才承包到砖厂，要是错过这个冬天烧窑的好时机，明年开春没砖卖，他不但交不了承包费，而且明年一年都得喝西北风了。任凭陈有亮说死说活，嗓子嘶哑，老燕一点怜悯心都没有，以机器出故障为由，推辞不去砖厂推土。

可是，腊香来求老燕了。他不敢看腊香被泪水浸泡得发红的眼睛，在这个至今没有生育，受尽男人折磨的女人面前，老燕心再硬，也扛不住了，他立下的誓言瞬间土崩瓦解。

谁让他心里放不下这个女人呢。

抽完一支烟，驾驶室里出不去的烟雾像泡得时间太长，浓得变了味的茶，醇香消失了，剩下的是变质的味道，绕过来缭过去，老燕浑身刚涌起的通畅像被堵住的水流，又不畅快了。浓烟熏得老燕更迷瞪，他怕自己在烟雾中昏睡过去，摸索着把窗玻璃摇下一条缝。烟雾像鬼魂似的，顺着那条缝隙缓缓地往外飘去，同时，从外面钻进来一股凛冽的西北风，带着夜晚的潮湿气味。很快，驾驶室里的烟雾变得若有若无。呼吸到新鲜空气，老燕清醒了不少，把脸贴到玻璃上往外看，辨认走到哪儿了。外面黑乎乎的，"东方红"两道明亮的光束散到远处，在平坦广袤的夜幕里变得昏黄茫然。老燕仔细看了半天，才弄清楚刚走到情人田边。

情人田是农场开垦出来的最大的一块地，有两三百亩，大得看不到边。集体农场时一直种植棉花，开春时节男人前面打垄挖坑，女人跟在后面下种。夏天的棉花田里男人背着喷雾器打药，女人打权摘除多余的花。到秋天收棉花了，男人女人混成一堆，像云朵里的牛郎织女。那时的棉花地是块温情的床，总能让不少男人女人生出不一样的情愫来。情人田原是大家开玩笑说着玩的，后来，还真成就了几桩情事。于是，就这样叫开了。在这块田里，曾经也有过老燕和腊香的影子。那时候的腊香，一双眼睛像汪着水，藏了许多心事似的，她不正眼看人，老是躲躲闪闪的。老燕喜欢腊香的眼神，常常毫无顾忌地在人群里找腊香的影子。腊香总是躲着老燕，用一条白毛巾把黑油油的头发包起来，只要老燕往她跟前凑，她两手扯着毛巾，恨不得把自己整个儿包起来，待老燕满腹惆怅地走开，她却掀开毛巾，从后面偷偷地瞅他。那是怎样的一种情景啊！虽然艰辛，心里却因藏着爱，日子便过得甜蜜而流畅。

可是，地分给各家各户后，情人田里除过棉花，种啥玩意儿的都有，东边一块玉米，西边一块葵花，南边一块高粱，北边不是一块土豆，就是一片红薯，唯独没有种棉花的。因为棉花产量低，侍弄起来费事，还有，就是自家男人女人一起种棉花没有集体种时的那份热闹，少了许多情趣，没人愿意种了。可情人田的地名却落下了。明明是去下玉米种子，或者收获高粱，别人碰上问起，偏要说去情人田，而且说到情人田时，那嗓门忽地高出许多，就像以前集体出工时一样，带了些诡秘，带了些兴奋，说完了，转念一想情人田已今非昔比，脸上不觉又闪过一丝惘然。没办法，情人田的地名已经叫顺溜，改不了啦。

其实还没入冬，西北风比寒冬时节的劲力还是弱了点，算不得太冷，相反，喝多了酒，全身烧得像火，凉风吹一吹挺爽的。老燕干脆把窗玻璃全摇落下，探出头吹风。喝过酒，又叫烟熏了一阵后吹吹风，心里怪舒坦的，西北风把他和陈有亮喝酒时的别扭劲全吹没了。陈有亮算什么东西,凭什么好事都叫他占尽,什么青年标兵,第一任"东方红"拖拉机手,最可恨的,还是他娶走了老燕的心上人——腊香。其实,这都是陈有亮的哥哥跳进涝坝救落水孩子,成为光荣的烈士给他换来的,与陈有亮没一点关系,他有啥能耐?说句连贯的话都像便秘,劲全用在脸上了。可是,就这么个人却顺顺当当地把腊香娶走了。那年,在陈有亮和腊香的婚宴上,老燕不管其他人,一人喝了整整一瓶半白酒,却没醉,瞪着笑呵呵的陈有亮身边一身小红袄的腊香,眼睛瞪得血红。直到陈有亮和腊香过来敬酒,他看到腊香眼里的一汪水变成了泪,在她低垂着头,一颗一颗滴落到地上时,老燕身子一歪,趴到桌上,才醉了。

老燕把牙咬得咯咯响,他以为是西北风太猛烈,冻得牙打架呢。

这时,"东方红"颤动着突然跳了起来,老燕的头在门框上磕着了,疼得他倒抽一口凉气。可能是路上有水沟。自分了地后,路边、田头,到处是水沟,机耕路也没以前宽阔了,大家恨不得把路都变成地种上庄稼。

当初,分田到户时,集体的东西低价处理给个人,老燕本不想要这台农场唯一的老"东方红",它除过能推土外,一点都不实用,犁地赶不上新型小四轮拖拉机,人家身子轻,跑得快,犁的地又光又平,还碾压不到别人的地,不像"东方红",非得把旁边人家的地碾压出两条硬辙,还把地翻得不是东边高就是西边低,给浇水灌溉带来麻烦。再说,"东方红"又笨又重干活又不讨巧,以后只会遭到淘汰的厄运。老燕正犹豫时,做过第一任拖拉机手的陈有亮提出要"东方红",老燕怎么能让给他?给谁都行,就是不能给陈有亮。于是,老燕以时任拖拉机手的优势,没有使陈有亮得逞。当然,"东方红"的利用价值像他预想的那样，不到万不得已，没人叫他的"东方红"去犁地。像情人田这里的好地，老燕好多年都没开着"东方红"进去了。有时候，老燕一个人坐在许久没动窝的"东方红"驾驶室里，望着大片大片种着各色庄稼的田地，他想，当时陈有亮提出要"东方红"是不是一种阴谋？目的就是要他老燕买下这台作用不大的推土机，他看出了自己的犹豫，故意刺激他的？一想到这儿，老燕忍不住"呸"一声陈有亮，骂句杂种！不过，他已经不再后悔了，"东方红"跟了他这么多年，跟它处出感情来了。

夜黑得无边无际。黑暗里的情人田也无边无际。以前，老燕开着"东方红"在这片望不到边沿的田里，一犁地就是七八天，掉头，升犁，下犁，单调枯燥，却很有成就感。现在呢？老燕想现在的情人田是破碎的，孤清的，也是世俗的。世俗？他忽然被风呛了似的呵呵笑起来，也就是一块田地，因了庄稼才有了生命，五谷杂粮本就是这世上最俗的东西，他还管那地世俗不世俗！

深秋了，玉米、高粱之类的高秆作物已经收走，黑乎乎的地里什么也看不见，情人田在老燕的眼里终于又变成一个整体。没有了作物的情人田白天就像一个瘪着怀却敞开的妇人，因为没有鼓鼓的胸脯而失去了致命的诱惑，到了晚上，无边的黑暗又使它重新拥有了魍魉的魅力。老燕将油门松下一个挡位，想想，又松下一个挡位，怒吼的"东方红"像发完威的雄狮，狂怒的吼叫声终于缓和下来，轻轻喘着气慢慢移动着，两道灯束如同两把刷子，在漆黑的夜里刷出两个窄小的光圈。这时的老燕受情人田的引诱，有些冲动，他已经握住了往左边拐弯的制动杆，往左拐个弯，把"东方红"开进宽阔的情人田里，犁一会儿地，感受当年"东方红"畅奔在田里的那份快意。这些年，越来越显得落后的"东方红"比这支离破碎的情人田还要孤独和苍凉。犁铧一直就在"东方红"的后面挂着呢，就是去给别人推土，用不着犁地，老燕也舍不得摘掉犁铧。尽管很少有人叫他的"东方红"去犁地，可他认为犁铧是"东方红"身上的一部分，它们是个整体，既是整体，又怎能卸掉呢？

老燕的左手松开了制动杆。酒精还没把他的脑子烧糊涂，他可不能拉制动杆，甭看情人田里黑乎乎的，像夜一样平坦，可那貌似平坦的下面，还有着丰富的内容——还有不少没收走的土豆、红薯之类需要霜杀的作物，这可是大家预备过冬的。他要是把"东方红"开进去，这个错可就犯大了，不只挨大家骂那么简单。算了吧，"东方红"只是个推土机，这个瘾不过也罢。老燕有些不舍地朝浓黑的情人田看了看。

摸索着将油门拉杆又推向最高挡，"东方红"再次发怒，猛地抖了一下，加快了速度。老燕收回探出的头，他的脸已叫夜风吹得冰凉，可他没觉着冷，身上的燥热却一阵阵地翻动，酒劲涌上来了。老燕干脆拧动门把手，打开车门，让视野更宽阔一些。尽管什么也看不清楚，但老燕还是想看。不看外面，静坐在驾驶室容易犯困。夜风涌进来的通道更大了，像是对这轻而易举得来的胜利有些疑惑，夜风倒不似刚才那么猛烈，却比刚才更加寒凉。

酒后容易口渴，老燕早就渴了，他一直忍着。这会儿，他从窜进驾驶室的西北风里，闻到了阵阵湿润的水汽。

就是说，老燕的"东方红"快到大涝坝了。这可是农场的命脉，几千亩农田灌溉，全靠大涝坝里蓄积的河水。

陈有亮的哥哥，就是在这个大涝坝里成为烈士的。

那年开春，几个孩子在涝坝边捉蝌蚪，有个孩子不小心滑进水里，吓得那些孩子大喊大叫。陈有亮的哥哥当时正在附近的田里播种，闻声跑来，扑通跳下去救小孩。涝坝里淤泥太深，多少年没清理过，落水的小孩被陈有亮的哥哥举过头顶，他自己却越陷越深，闻讯赶来的大人们救出了小孩，陈有亮的哥哥因呛水太多没抢救过来，牺牲了。

老燕想停下喝口水，他抵挡不住口渴。于是，他摘掉油门，踩住离合器，把变速杆放到空挡位置，"东方红"喘口气，晃了两下，歇息了。

老燕踩着履带，摇晃着身子跳下车。还好，没有跌倒，慢慢地晃到大涝坝跟前，老燕头脑还清醒着，不敢蹲下喝水，怕自己酒后犯晕，一头栽进去，成为陈有亮哥哥第二，面对大涝坝，他跪下来，有了大地的依靠，稳妥多了，却像是给大涝坝行礼，老燕"扑哧"笑了，迷瞪着眼看到水中有个残月，像害了白内障似的，若隐若现。老燕已经忍耐不住了，把脸贴近水面，嘴伸进水中，闭上眼，牛似的喝了起来。正喝着，猛然睁开眼一看，黑洞洞的水中有了两个，不，是三个，更多像白眼球似的碎月亮在晃动，吓得他打个激灵，赶紧爬起来跑回"东方红"。

离开大涝坝，在喧闹的发动机声中，浸着西北风的凉意，老燕慢慢有了尿意，他弓起身，摇摇晃晃地在裆里掏了好久，才拉出那截肉来，拖拉机颠簸着，老燕等了一会儿，却放不出水来。好几次，如果不是他抓住门框，就会被晃出门外。要是掉到拖拉机的履带上可不得了，老燕的腿脚不太利索，这黑天黑地的野外，可没人帮他。

老燕缩回身子，倒靠在座位上歇息了一阵。尿意是憋不回去的，相反，比刚才更紧了。他倚在门框上努力往外看，想看清走到哪儿了。整个世界都是黑的，根本看不清楚。管他呢，到哪儿都一样，得先解决要紧问题。老燕刹住车，这次还熄了火。

没有"东方红"的吼叫，整个世界一下子变得异常安静，静得让人失去了所有的感觉。老燕还不能适应这样的安静，他从座位上坐直身子，等了一会儿，听到西北风从远处刮过来的声音，这才钻出驾驶室。老燕踩着履带跳下地，酒精作怪，腿软得站不稳，跌倒在地。慢慢地，他爬起来一瘸一拐地向前走了几步，掏出裆里的东西放水。过了好久，还没尿完，他失去了耐心，觉得眼前有几个黑影发出唰唰的声音，晃动起来。老燕身子一抖，尿水洒到了鞋上，脚背微微热了一下。他睁大眼静静看了一会儿，发现是几丛堆积的玉米秆，西北风吹得干枯的叶子沙沙响，晃动的却是老燕自己，玉米秆根本就没动。

大惊小怪。这个地方连狼都不来，纯粹是自己吓自己。

老燕笑了一下，正常放水。尿的时间很长，老燕闭上眼都快睡着了，过了好久才感觉身上利索了。哆哆嗦嗦提上裤子，已经适应了黑暗的眼睛才看清这是什么地方。

这里是大会战。

刚开荒时，父辈们曾在这里搞过大会战，男女老少唱着歌，比赛开荒挖地，年轻人为了比拼，在路边挖了不少地窝子，白天晚上轮流干，临时住在地窝子里。

大会战就成了这里的地名。

大会战对老燕来说，有着刻骨铭心的过去。他往前摇晃了几步，在"东方红"灯光照射的范围找寻当年失足的那个塌地窝子。那里长满了干枯的野草，像一片黑乎乎的坟堆。老燕的腿脚不灵便了，眼神却出奇的好，摇摇晃晃地在乱草堆里走几个来回，找到了那个塌地窝子。老燕捡个石子，狠狠地扔过去，他听到石子掉落的声音，沉闷，清冷。石子落下的地方，就是老燕成为瘸子的地方。

那时，老燕还是小万，二十啷当岁，从部队复员回来，垂头丧气打不起精神，因为女友腊香被组织出面嫁给了革命烈属的弟弟陈有亮，作为弥补，老燕当上了农场的民兵营长，这下，他不用下地干活，整天带着基干民兵在场部一二一走队列，扎着武装带在田地里巡逻，提防阶级敌人搞破坏。这样的待遇给了老燕极大的安慰，慢慢地，他似乎忘记和腊香还有那档子事，除了有时看到腊香和陈有亮走在一起，他的眼神会暂时游移外，腊香就像梦一样被留在了昨天。他的情绪很快被民兵营长的职务调动起来，精神饱满，浑身有使不完的劲，尤其是大型集会或者搞活动，他带领大家喊口号时，脖子上的青筋暴得老高，那高昂的状态，绝对吸引大家伙的眼球。能在农场成为一个人物，此处失彼处得，老燕想着，老天也算是公正的。

那年秋天，情人田里的棉花差不多快收完了，一片灰黑色的棉花丛，中间穿插几缕败绿，零零落落的几个没开的花骨朵，很壮观也很苍凉。这样的季节，却挡不住偷情的男女，基干民兵抓住了一对搞破鞋的。场部要在现场开批斗会，老燕奉命召集剩余的社员，列成三路纵队，喊着号子，踏着步子，向情人田开进。作为领队，老燕感觉像个老师似的在队列前带着学生走路，喊几声口号不过瘾，便离开大路，一个人走在旁边的田地里，像带着一支正规部队的首长，时不时地冲着大家挥一挥胳膊，喊几声口号。一路上，总听着后面的队伍喊得不够响亮，老燕就倒退着一边踏步子，一边扯开嗓门给后面鼓劲。这支不专业的队伍气氛确实被老燕调动得热烈起来。当时没人提醒，或者有人提醒了，却被喧腾的口号声淹没，反正，老燕激昂地喊着口号，突然间就不见了，后半截口号声从塌地窝子里传出来，大家才知道出事了。

老燕从掉进地窝子的那一刻起，注定他再也当不成民兵营长了。他的一条腿摔折，再也踏不出整齐的步伐了。

从失去女友的痛苦中解脱出来不久，老燕又失去了风光的民兵营长职务，场长担心他受不了这个打击，愁得头发都白了几撮，不知怎么安排老燕才好。事实上，老燕的确受不了，自暴自弃，脾气大得见谁都想骂。场长和颜悦色地对老燕说，除过民兵营长和这个场长外，让老燕随便挑，他挑中的绝无二话。怎么说，老燕也是因公受的伤。

老燕毫不犹豫地挑中"东方红"驾驶员的位置。拖拉机手不用踏步子，瘸子照样能当，况且"东方红"的油门用手掌控，用不上腿脚。场长当即愣了，"东方红"当时是腊香的丈夫陈有亮在开，场长以为老燕是故意挑那个位置。谁让陈有亮夺了老燕的女朋友呢。老燕不管场长怎么想，他就是想做"东方红"的驾驶员。没办法，场长只好做陈有亮的工作，你陈有亮不能啥事都占一头，娶了人家的女人，就把"东方红"驾驶室让出来吧。

陈有亮有一千一万个不情愿，可组织出面，他没办法，就像他娶腊香一样，不是组织，腊香能嫁给他？只好把"东方红"交给了老燕。

大会战，也是老燕与陈有亮会战胜利的一步啊，虽然付出了一条腿的代价，总还是胜了嘛。后来，老燕经常会想，当时，要是他提出叫腊香回到他身边，不知场长会不会同意？不过，那样一来，他不就成第二个陈有亮了！嗨，人啊，该有该没有的，命里都注定好了。

不知不觉间，西北风似乎小了许多，可这会儿他却感觉到冷。

风小了，寒气更逼人。老燕一摇一晃地回到"东方红"上，摇上玻璃，把寒气关在外面，发动、挂挡，加大油门，歇息过的"东方红"又向前移动了。

驾驶室的空间小，占领了这个小小空间的寒气，很快被发动机的热量同化。驾驶室烘热了，容易打瞌睡。刚在外面冷风一吹，又突然回到暖和的驾驶室里，一冷一热重新把老燕的酒劲给挑拨了出来，再加上"东方红"颤抖的身子，像极好的摇篮，摇得老燕的头更加晕乎。他努力撑着向车窗外看去，窗外是泛滥的夜色，"东方红"的两束灯柱无力将夜切割开，光线微弱，根本看不到远处。看了一会儿，老燕的上下眼皮打起架来。怕自己撑不住，老燕又摸出一支烟，这回划火柴没费事，一下就着了。老燕接连抽了几口烟，酒精麻木了他的味觉，也抽不出烟的好孬，抽着抽着就没劲了。烟在他的嘴上叼着，忘了吸。老燕已记不起这是腊香给他的烟了。

烟雾混合着柴油味的温热，在迷迷糊糊中，老燕似乎看到了腊香温婉的笑容，她还是那么耐看，望他的眼神很羞涩。老燕在心里恨起自己，当年为什么不跟场长说，他不要"东方红"，就要腊香呢。他会让腊香过上好日子的，不管腊香干什么，他都不会像陈有亮那样，不管有人没人，想怎么呵斥就怎么呵斥，陈有亮太不是东西了。老燕伸出手，去拉想象中腊香的手，腊香的手真暖和，可是太粗糙了，他心疼了，女人的手怎么能这么粗糙呢。在发动机的震颤声中，老燕将头歪倒在靠背，夜太大，太长，"东方红"的步履太过缓慢，它走不出夜的边。烟还剩下一小截屁股粘在老燕的嘴角，他不知道烟已经灭了。

腊香的好烟这次没能使老燕提起精神。

"东方红"以它不紧不慢的态度，忠实地执行着拖拉机手清醒时给它的命令，依然向前行进。它并不疑惑自己失去了方向，也不惧凛冽的西北风，在黝黑无沿的夜里，它只管唱自己的歌，走自己的路。

老燕全然不觉，他的"东方红"载着他，在这个黑乎乎的夜晚，经过了老场部，从小学门前的石子路上爬过，经过了一个个小村落。当然，也经过了老燕家门前，沿着笔直的农场大道，在一个拐弯处，没有拐弯，直接进到一片还未收割的土豆地，将还在酣睡，已经成熟的土豆碾压成土豆泥。

从土豆地里出来，又冲进一片白菜地，将茂盛的白菜压出两条白绿相杂的菜毯来。最后，"东方红"从白菜地开入没有任何遮拦的戈壁滩，将农场、田地，还有老燕的家，老燕的过去，全丢在后面，并且，越丢越远。

老燕却浑然不知。

感觉到脸上有东西在爬，暖洋洋的感觉终于使老燕从酒后的沉睡中醒过来。四周万籁俱寂，没有一点声息。

"东方红"燃烧完最后一滴油，自动停住了。

老燕移动身子，抬起麻木的肩膀，两条胳膊像不是他的，完全失去了知觉。脑子也失去了知觉似的，一时间，老燕竟搞不明白自己身在何方。当然，他的眼睛没有失去知觉，左右看了看，慢慢地才明白是在自己的"东方红"上，却弄不清是在什么地方。老燕探头往外面看，完全是一个陌生的自己从没有来过的地方。

脸上很痒，老燕伸手去抓，却什么都没抓着。从右边的玻璃窗上透进来的日光，暖暖地照在他脸上，怪不得痒呢。他眯起眼，往右边太阳升起的地方望去，东方红了，红彤彤的一片，预示着，这是深秋里的一个好天气。

擦肩而过

　　吃过午饭，老万像往常一样走出家门，到西外大街闲逛。这是老万每天的必修课。他原来在阀门厂工作，后来厂子改制，他们这些老工人，说得好听点，叫提前退休，说得不好听，就是下岗，每月靠领取三五百块生活保障金过日子。老万才四十多岁，正是年富力强的时候，总不能揣着三五百块钱理直气壮地待在家里无所事事吧，他想再找点事做。以前不了解情况，想着凭自己壮壮实实的身体还能找不到事干？可找了大半个月，才知道这世上什么都缺，就是不缺人。黑压压的，到处都是找事做的人，年轻的，高文凭的，有技术的，老万哪头都挨不着边，根本没他的空间。得，好歹他每月还有个三五百块糊口钱，就别分那些可怜人的羹了。老万想得通，在人才市场、中介公司、街道办事处转悠几圈，眼睛里塞满了为工作一脸焦虑的人，他心里豁然开朗，相比之下，他还是幸运的。找工作的心似退潮的海水，变得平静下来，像真正到退休年龄的人那样，老万安享起不用上班的闲舒生活。

　　这样的日子刚开始过起来很惬意，晚上看电视到睁不开眼才罢休，早上起不了床，倒省下一顿早饭。午饭后，电视不能再看，上早班扫大街的老婆有午睡习惯，必补上这一觉，并且她睡觉时不能有丁点动静，否则影响她养精蓄锐。老婆晚饭后还有个必修课，到街心公园混在一帮老头老太太中间跳交谊舞，说是动静结合，科学搭配，跳舞使人心情开朗，能延年益寿。老万过去是铸铁工，也就是翻砂工，这活笨，不需要技术，只要肯出力，不怕脏就行。老万一干就是二十年，从来没叫过苦叫过累，可是，这劲头用在跳舞上，却一点也派不上用场。可别小看跳舞，绝对是个技术活，刚退休那阵，老万为打发寂寞，曾跟老婆去街心公园练习跳舞，看似简单的几步动作，左转右转，可把老万难坏了，抱着老婆像抱着钢坯，有力气不知往哪儿使，把老婆的脚都踩肿了。老婆嘴里"一二三，蹦跶跶"了两天，自己男人跟个木头橛子似的，硬邦邦，根本踩不上节奏。老婆生气不再教他，径自找她的舞伴去了。老万站在边上，盯着老婆被一个秃顶中年男人揽住腰身，在人堆里疯狂地左冲右突，老婆鬼附体似的，居然瘸着腿，一高一低地绕着那个男人滴溜溜转。老万闹不明白，跳舞就是男人女人搂在一起转圈子，有啥意思，可看老婆的表情，一脸的享受，时不时地还跟秃顶男人花朵般粲然一笑，男人似乎更加卖力地拖着她旋转。一个年纪不小的女人见老万在旁边瞧得专心，凑过来酸溜溜地对他说，看到没有，中间那个穿大红裙子的女人，一把年纪，装少女呢，一看就是个骚货，瞧她把自己往那个男人怀里硬塞呢。老万被老女人的话噎得翻白眼，恶狠狠地瞪老女人一眼，转身走了。从此，他晚上不再去看跳舞，憋在家看电视。穿红裙子的女人就是老万的老婆，他没觉着老婆有多骚，原来的模子没长好，又是清洁工，打扮不来自己，现在好歹一把年纪了，再穿成怎样也没多少女人味，只是跳起舞来有点忘乎所以，全身心投入进去，舞姿不是真正舞台上的优雅，是显得张狂了些，但与那个老女人说的"骚"，还真差点距离。老万倒希望自己的老婆骚呢，她现在除了跳舞，没一点激情，他连在家守着她的欲望都没有，下午只好去大街上溜达。

这是春天的午后，虽然还没有铺天盖地的红红绿绿，但那铺洒了一地柔柔的、暄暄的、暖暖的阳光，让人感觉很舒服。老万要出去的念头像一颗经了阳光雨露的种子，压抑不住地从心里往外蹿。吃午饭时，突然刮起了小风，春天没有沙尘的风像把明晃晃的刀子，把太阳的媚劲修理得越发露骨。但很快，风慢慢变得强悍起来，卷起的尘土冲进阳光的每一丝缝隙，纯净的阳光很快变得混沌起来，不一会儿，天地间昏黄一片，太阳自认不是风沙的对手，索性隐了光芒，悄悄地不知躲到哪儿去了。老万心里的种子一点儿也不受气候变化影响，洗刷好碗筷，要出门。老婆准时上床，忙里偷闲地扫眼窗外，对他说风越刮越大，发骚就在屋里发，别出去弄一身尘土回来，我可没时间洗衣服。老万看都没看老婆，心里骂句，在屋里围着你骚？也不看看你有没有让我骚的条件！

　　老万顶风冒尘，英勇地走向风尘中的大街。

　　天气不好，街上行人稀少，仅有的几个匆匆而过，甚至有人撒开脚丫子狂跑。唯有老万不急，他在风沙中悠闲地背着手，眯着眼在稀落的行人中搜索目标。通常，这个时间能在大街上闲逛的女人，大多没正经职业，不然，上班时间，谁会丢下工作在街上溜达。老万要是不提前退休，这段时光，他肯定在烟尘滚滚的车间里，甩开膀子完成每天的定额任务呢，哪容他到大街上闲逛，还要不要岗位、工资奖金了！

　　风刮得尘土满天飞，时不时地，会刮过几片塑料袋、纸张什么的，在天空飞舞。行人越来越稀少，这种天气即使有闲心也不会出来，吃饱了撑得慌，也得看是啥天气。出门的女人更少得可怜，偶尔过来一两个，人家可能看过天气预报，早就预备着风衣对付这种天气，脸上蒙着纱巾，将自己包裹得严严实实。老万看到的，像一截移动的带些颜色的木头，根本看不到他想看的。但是老万不甘心,又往前走了一段,到了地铁口。平时,人最多的是地铁出入口,人流波浪似的,一波接着一波,看得老万目不暇接。此时,地铁口也被风刮得冷冷清清,等了半天,很少见到人影。老万顶风溜达,他已经不背手了,尘土不断眯他的眼,他得拿手挡在额前防风沙,心里的嫩芽在尘土天气里慢慢萎缩,算了吧,没必要在风尘里傻等,就为看几个女人。其实,老万是个正经男人,甭看他以前在工厂只是个翻砂子的,工友们坐在一起说荤话他跟着大伙笑,自己很少参与。可是退休后,他实在没事可干,大把大把的时间,拿什么去填?他又没啥爱好。偏又是正当盛年,老婆看他不上,一天到晚跟他没话可说,他实在无聊,看女人也是为消磨时间,慢慢地心里会有种对女人重新认识和欣赏的满足感。老万还总结出了经验:看女人的背影尤其是屁股,其实是种享受,这是女人最具魅力的部位,像一道优美的风景,对这个年龄的老万有无穷的诱惑力。可再好看的风景,也不是非得每天都看,再说,看不看的,看多看少,又能怎样!所以,老万在风尘中准备打道回府。

  老万把心里种子的芽苗掐掉,转身要走时,突然眼前一亮,一个没穿风衣,下穿黑色弹力裤的女人被地铁口吐了出来。从这个女人略显肥胖的身材看,凭经验,穿这种弹力裤的女人一般不会叫老万失望。他心动了一下,站住等她。走近了,老万看到那女人用手半遮着眼睛和嘴,老万看不清她长得啥模样,他一点儿都不泄气,他很少注意女人是否长得漂亮。他的眼睛跟随女人的身体,转到她的背后。她算不上多诱人,勉强说得过去,这个女人没叫老万太失望。她的屁股被黑弹力裤包裹得比较圆鼓,随着她走路的速度,一上一下有点动感。老万心里嘀咕,眼前的女人真不会装扮自己,如果她把弹力裤选小一个号,会收到天壤之别的效果。可是,她没

擦肩而过 95

有。所以，她是个略显逊色的女人。

这种天气，能看到这样的女人已经很不错了，老万不敢有过高的奢求。何况，这个女人奔着老万回家的方向走，多好的事情，他跟她一阵，可以顺路回家，两不耽误。

老万为这个意外的收获暗自得意，忽紧忽慢地跟在女人后头，两只胳膊交叉挡在额前，使眼睛既能避开沙尘，又能不动声色地咬紧女人。

如果，老万能放下这个不太满意的目标，自顾回家，就不会发生后来的事情了。可是，老万没有放弃，他距离这个女人五六步，一直跟在人家身后。

两人走了一阵，女人的手机突然响了，她从包里掏出手机接听。风太大，手机里传出的声音被风吹得乱跑，女人停住脚步，一手捂着手机，一手捂住耳朵，一下又一下地对手机喊："啊，啊，听不清……"

老万没反应过来，他的应急能力有点弱。见女人停下来，他居然也停在一棵发芽的小槐树旁，装作看别处的风景。这里没风景可看，风又刮得猛，老万太做作了，一看就是做假。老万只好仰头看小槐树上的芽苞。小槐树根部的土还是新的，大概是开春才移栽过来，还没缓过劲，芽苞比旁边大槐树的要小，在狂风中小槐树东摇西晃，却不见得会倒。老万不必为它担心。

女人嘴里埋怨电话听不清，眼睛向老万扫来。老万接住了那眼神，他心里本来就虚，这下慌神了，心里在想，女人是不是识破了他的诡计，这下可丢人了。老万赶紧转身逃开，跑了两步，一想不对，自己一直往前走的，突然改变方向，不更叫人家怀疑？老万转回身，本来想装作系鞋带，可是他脚上是那种没带子的皮鞋，别弄巧成拙，自己找难堪了。老万装腔作势地干咳两声，别过脸向前走去。

快要走近那女人时，她忽然不对手机说话，两眼紧紧盯着老万，把包紧紧捂在胸前。老万一下子反应过来，原来女人不是识破他的诡计，而是怕他抢劫哩。老万心里这下反而释然，他坦然走过女人身边，听到女人又对手机里说："啊，说啥呢……听不清……"老万没敢看女人是否一直在注意他，他匆匆走了过去。

刚走出几步，老万听到身后发出惊天动地的巨响，一股气流差点将他推倒。回过头一看，"噢"地怪叫一声，傻眼了。

一块巨大的钢架广告牌摔裂在老万刚站过的地方，那棵刚发芽苞的小槐树替老万丧了命。

小槐树被砸得稀巴烂。

女人被广告牌掀起的风推出好远才摔倒在地。她吓傻了，手机摔在地上，她顾不得防备跟前的老万了。

这一惊非同小可，老万的脑袋从那一刻就木了，不知是怎么回到家的。老婆显然刚睡醒，眼角挂着眼屎歪在沙发上发呆，两只无神的眼睛看着老万进屋，奇怪地说道："天还没黑呢，是不是太阳打西边出来了！"

要是往常，老万肯定会对老婆的嘲讽给予有力的还击，这次没有，他似乎没听到老婆的讽刺，还对她轻微地点了点头，到厨房弄杯凉水灌下去。老婆在客厅冲老万喊："暖壶里有热水你不喝，喝凉水坏了肚子我可懒得伺候你。"喝过凉水，老万慢慢从惊恐中缓过神，四周望望，确定已经回到家中，才长出一口浊气，对老婆说："刚才我差点丧命，风把广告牌从高空刮落下来，砸烂一棵小树，我就在那棵小树底下站着。"

老婆扫了一眼窗外。窗外一片昏黄，黄沙粉刷过一般，他们家

擦肩而过

在十楼，倒是可以听到风刮过的声音，却看不到肆虐的风。老婆歪着脑袋看老万，大概在想象老万如何逃过高空坠落的广告牌似的。她没看到风有多大，能想象的空间实在很小，何况，那么大风，老万居然还在外面转悠，这事比广告牌掉下来差点砸着老万更叫她费思量。不过，老婆不是个很复杂的人，刚睡起来还没缓过劲，没精神费力想别的事。她无精打采地望望老万，连询问的意思都没有，抓起电视遥控器，准备打开电视。

老万眼巴巴望着老婆，以为她多少会有点好奇心，问问他的情况，他都想好怎么回答了，当然会省去他为看女人这段，只说自己觉得那棵槐树太小，被风吹得东歪西倒，想扶一把，然后，他就把那惊险的一幕渲染渲染。可是，老婆已经把电视打开，里面传出欢快的乐曲，肯定是哪个连续剧刚播完一集，在放片尾曲呢，不然，乐曲的节奏不会这么快。老婆不再看他，连续换了几个频道，到一档娱乐节目，才感觉累极了似的放下遥控器。

"你难道不想听听事情经过？"老万看着老婆的脸色，试探地问了一句。自从退休回家后，老万对老婆说话越来越没底气，他那几百块钱的生活保障金，只够他一个人省吃省喝，想要贴补家里，简直是天方夜谭。没有钱，便没了地位，没法使老万在老婆面前底气十足。

老婆揉揉眼角，专心擦了下眼屎，又往外看了一眼，没好气地说："你不是好好地回来了吗！"然后啪地关掉电视，起身往厨房走，边走边说："该把米饭蒸上，儿子回来要喊饿的。这鬼天……哦，对了，今晚你就凑合着吃米饭吧，我的腰病又犯了，一点都不想和面烙饼子。"

老万愣怔在那儿，他对老婆的态度无能为力。老万从小吃面食长大，除过米饭，他不挑食，老婆知道老万在吃上不讲究，就好口大饼，一般做米饭时，会给他单烙张大饼。可是今天，她连这点心思都没有，老万心里怪不舒服。望着老婆离去的背影，半天没回过神儿来。什么意思？她怎么连问都不问一句？平时要哪儿发生什么事，她的好奇心不是很强嘛，一定要老万详详细细跟她说上不止一遍。可是眼下，她是不相信我说的话喽？认为我在逗她玩，还是给自己这个天气出去找个惊险的说头？难道我的样子很像说假话吗？可不能给她造成这个印象。老万越想越不是滋味，追到厨房，一本正经地说："你别不相信，我说的是真的。"

老婆回过头，奇怪地看着老万说："我说过不是真的吗？我相不相信又怎样？真是的，闲得慌就学做饭，我总有伺候到头的那一天，看你喝西北风去！"

老万不会做饭，他也不想学，一闻到油烟味就想吐。其实老万算得上好男人，不抽烟不喝酒，不聚赌，不乱花一分钱。这样的男人如今上哪儿找去！

老万被老婆呛了一通，窝着火，不再与她说了。

儿子放学回来，进门果然喊饿，书包没放下，就扑到饭桌前用手拈菜吃。老婆紧叫慢喊要儿子去洗手，他已拈进嘴里不少菜，鼓着腮帮大嚼着放下书包，不管嘴里吃东西，往厕所钻。儿子上六年级，个头已赶上了他妈，可是，除过每天必看动画片外，对其他事的热情越来越淡。

老万惊魂未定，满脑子都是广告牌砸在小槐树上的情形，在老婆那里得不到安慰，心里憋得慌，想给儿子诉说诉说。老万一改往日的懒惰，给儿子拿来碗筷，亲自盛上米饭递到他手里。儿子什么话都没说，端起碗狼吞虎咽开吃。儿子没有一点咀嚼间隙的吃相使

擦肩而过 99

老万开不了口。他一点儿食欲都没有,眼睁睁看着儿子吃完饭,他才扯开话题。

儿子似听非听,推开饭碗就去开电视,还没摁到少儿频道,就被他妈拽去写作业了。老万趁老婆收拾碗筷,凑到书桌前,继续对儿子说他的惊险经历。儿子对写作业很厌烦,对老万的经历更没兴趣,他摔掉笔,生气道:"你别烦我好不好,不停地说,影响我写作业呢,今天老师布置的作业一晚上不睡觉都写不完!"

老万怔怔地望着儿子,一时回不过神儿。儿子就当他不存在,没事似的在作业本上划拉,嘴里竟然哼起了歌。那一刻,老万心里各种滋味都有了,回到客厅,拿起遥控器换到本市生活频道,他希望生活频道能报道今天午后的大风,最好能有广告牌从高空掉下来的消息,以证实自己确实遇到过危险。

果然,生活频道正在播报今天大风给本市造成的危害,而且不是在泛泛地讲,非常细致。老万很兴奋,急忙喊老婆来看,电视上要报道他下午遇险的事。老婆倒是来看电视了,可屏幕上是乌蒙蒙的天空,有东摇西晃的树木,有被风刮倒凌乱一片的自行车,还有在风沙里缓慢挪动的汽车,被风扑倒的路牌。自始至终,没看到老万遇到广告牌惊险跌落的那一幕。直到节目播完,主持人也没提一句跟老万有关的话。老婆从电视上拔出目光,奇怪地望着老万。想给老婆证实自己遇险的想法泡汤,老万在老婆狐疑的目光里,张张嘴,想要再解释,可哪里能解释得清!老婆的目光越来越冷,老万被压抑得快喘不过气来,最终一句话没说,默默地去卧室睡了。

老万哪里睡得着。他闭上眼睛看到的全是广告牌跌落下来把小槐树砸倒的情景,老婆见老万翻来覆去睡不着,用嘲讽的口气对他说:"你是不是闲傻啦,怕我说你在家什么心不操,刮这么大风,

病中逃亡

别人都不出门，你偏赶着出去闲逛，出去也就出去了，回来还要编个惊险的谎话唬我！"

老婆怀疑老万了。怀疑他什么？老万心里慌了，为自己说不清楚而焦虑，他开始后悔这样的天气跑出去，可后悔也没用，此时，最想老婆孩子相信他。

接连几个夜晚的失眠，使老万产生了不少想法。无论如何，他得想法叫家人相信，他绝没有编造谎言，不然，老婆还以为他真是闲得脑子出了毛病。他在失去工作的同时，也失去了在这个家里的地位，但他不能最后失去尊严和信誉。他得用事实来证明自己！可怎么证实？当时又没人有先见之明，提前在那里安装摄像头拍下那个画面，别说摄像头，那时狂风大作，连个目击者都没有。刮那么大风，除过那个被他跟随的女人，再多一个人都找不到。

唯一的办法，就是找到那个女人，只有她，才能证实老万差点像那棵小槐树似的被砸得稀巴烂。还有，老万得感谢那个女人，要不是她突然间把他当打劫的，使他离开那棵小槐树，他早叫广告牌砸个稀巴烂了。

这样一来，老万有了动力，每天去大街上找那个被他跟踪过的女人。茫茫人海，要找一个不知名姓，又没看清面目的女人，比大海里捞针还难。但老万坚信，不知道名字，没看清面目都不要紧，只要再次见到那个女人，无论看到她的脸还是屁股，他肯定能认出来。重要的是有恒心。刮大风的恶劣天气，那女人能从地铁出来，就算她不在附近住，那次只是到西外大街办事，也表明西外大街跟她有某种联系，不然，谁吃饱撑得往这儿跑？退一万步说，就算没关系，她不可能一辈子不再来这儿吧？绝对不可能！老万不信这个邪，他非要等到那个女人不可。

擦肩而过　101

西外大街最热闹处，是地铁口，除过深夜，平时都有不断变换的人群，每天看到的几乎全是新面孔，很难碰到熟人。老万慢慢地在地铁口溜达，眼睛专拣穿着打扮新潮的女性瞄准，脸蛋长得漂亮不漂亮，老万不大在意，他这个年龄，眼睛直勾勾盯着女人的脸看，人家高兴不高兴，他自己都不好意思。他只管看人家背影，主要看人家的屁股。这个时候看，老万不再像以前那样偷偷摸摸，离好远才敢看，近了怕让人发现，骂他色鬼。眼下，老万的底气足了，他不再是单纯看女人，他是在寻找目击证人——那个与老万一起受惊吓的女人。这样的理由堂皇得让老万理直气壮，眼睛再盯女人，不再躲躲闪闪，而是大大方方，好像这世界上所有的人都已经知道他看屁股是为找人，都会因此对他抱以宽容。

这个时候的老万，还体会到另一种快乐，这种快乐是从他面前流走的女人屁股上获得的，无法跟别人分享，也不企图分享。老万的快乐很奇怪，一回到家就消失了，像气球似的，家是锥子，把鼓鼓的气球戳穿了。这不能怪老万，是老婆把她这个年龄最绚烂的一面放在舞场上，对他，跟对待木头一样，老万看不到老婆的可爱之处。还有，老婆先天性欠缺，她的屁股像一块没法开垦的荒地，永远不可能有风景，老万甚觉遗憾，想着只有在别的女人那里补上这一课了。

老万改掉了晚上看电视、早晨睡懒觉的习惯，他有了重要的事情，不再是闲人，这使他有了心理上的支撑。还别说，老万看女人久了，还真看出了名堂，他认为女人身上最曼妙，最有韵味的，是屁股，这是女人身上最美的一道风景，而这样的风景在不同女人中又各有千秋。许多女人的屁股比她们的脸有看头。圆的、翘的、肉的，扭来摆去，能叫人浮想联翩，意犹未尽。在大街上看女人屁股，竟成了老万眼下最主要的生活内容。比吃饭都重要。有时，发现一个呼之欲出的，老万会忘情，竟然能跟着人家走出几站地；有时，不但会受到人家的白眼，还常常耽搁回家吃饭，为此，没少挨老婆的唠叨。但老万理直气壮，在心里嘀咕，都怪你这个老婆子不相信我，害得我才这么辛苦去找那个女人！

老万的举动引起了一些人的注意。地铁口街边的店铺主、小路口的交通协管员，更多的还是那些无所事事的老头老太太们，他们大多是附近居民，几乎每天都在街边溜达，甭看是随意溜达，眼睛却毒着呢。原本老万也没引起注意，一个中年男人，面相也不刁钻，就是有点发愣，最多也就是一个不如意的人。可时间久了，老万的目光再也不飘忽，而是跟没关紧的水龙头似的，眼里滴滴答答往外渗水呢。这下，老头老太太们不能不管了，一个大老爷们儿整天追着女人屁股后面，这个人肯定有犯罪嫌疑。

老头老太太们观察了几天，把治安隐患反映给居委会，要他们报告派出所，将这个流氓抓起来。居委会到底是一级组织，行事不莽撞，说得调查清楚，不能凭感觉断定人家是流氓。便叫人跟上观察了几次，果然发现老万的眼里流露出的色彩有些异样，认定是个隐患，他们很快弄清老万的身份，知道他是领最低生活保障金的下岗工人，没有什么不良行为。居委会这才松了口气，但也不能任他在街上老瞅女人屁股，与文明不搭调。又不想与他正面冲突，瞅个机会，找老万老婆谈，想请她配合劝阻老万，千万别犯下傻事，到时再要挽救就来不及了。

老万的老婆一听此事，肺都气炸了。丢死人了。她扔下扫把，回家把正准备出门的老万堵住，"噼里啪啦"一顿质问。老万望着一脸怒容的老婆，满脸茫然。老婆的质问使他想起自己的最终目的，他自始至终没回答一个字。不否定，也不承认，更不解释，对老婆的态度置若罔闻。他想，只要找到那个女人，一切都会真相大白，那时，老婆就什么都不质问了。眼下，他实在不想多费口舌。

老婆问不出所以然，见老万仍是一副魂不守舍的样子，气得没法，把老万骂了一通。没关系，骂又不疼，老万把老婆的骂声拨拉拨拉，用脚踢到一边，越过骂声依然走出家门。门外是喧闹的市井，将老婆愤怒的脸和尖锐的声音淹没，老万很快融进去，兴奋起来，两眼晶亮，一边缓缓往地铁口走，一边打量从身边流过去的妖娆风景。老万如痴如醉。老万自己都觉得奇怪，以前他害怕老婆知道他出来的目的，现在老婆终于知道了，他反而从中又感受到一种从未有过的兴奋，并且心里不再不安，可以放肆地观看，体验这种刺激和快乐。老头老太太经过老万身边时，很警惕地盯着他，老万不管不顾，他迎着那些目光，甚至，还冲着他们微笑、点头，像遭遇知己或故人似的。其实他很感谢这些老头老太太们，不是他们，他还不能如此坦然呢。有时，老万恍然间会想起那场大风，想起被大风刮下来的广告牌和那棵小槐树，他有些迷惑，自己到底是来找人呢，还是专门看女人的屁股？

不管怎么，对无所事事的老万来说，他无聊的生活算是有了新的内容。

有意思的日子过起来快，转眼秋天到了。各色树木的叶子在秋风中稀里哗啦落下，很快剩下枝枝杈杈，在秋日淡薄的阳光下忧伤而茫然地伸向空中。像四季的风景一样，老万的风景也有了荣枯的气息，但不妨碍老万，他的目光在众多的背影里精准地捕捉到他需要的那份。但有味道的日子并不会叫你一直这样有味道，就像他干了二十几年的翻砂工，忽然间就失去一样。活该老万倒霉，那天还没走到地铁口，就遇上一个大屁股女人，女人的脸长什么样，老万没看清，他不经意回头时，发现了那个硕大的屁股，很悠闲地在他的视线中扭动。她的屁股被弹力牛仔裤兜着，很有弹性地上下颠动，像个皮球。老万的眼神一下被这个屁股黏住，不由自主地返身跟上，几乎不错眼珠地盯着扭来拧去的一团肉，心里充满了快乐。老万的痴迷样叫大屁股女人看在了眼里，却不动声色，第二天，纠结几个男人候在路边，将老万暴打了一顿。老万受重伤住进了医院。事后才听说那个大屁股女人可不是好惹的，她才三十六七岁，已经离了三四次婚，结了离，离了结，像习惯性流产，后来干脆不结，也不用离，便和许多男人睡觉，活得倒比以前风光，有吃有住，像歌星似的赶场子。招惹上这种女人，老万吃定亏了，两千多块钱的医疗费只能吃哑巴亏自个儿掏了。老婆这下可气恼了，指着老万的鼻子破口大骂，丢人现眼不说，挣不了钱还乱花钱。在儿子的白眼、老婆的骂声里，老万忽然清醒过来，他不是特意去看女人的，他是在寻找证人向老婆孩子证明自己春天的那次历险！可是，这怎么跟老婆说？寻找证人不是不可以，可跟看女人有什么关系？说到底，老婆的火发得没有错。只是，老万心里不愿意承认。

　　出院后，老婆像个称职的狱警，把老万关了禁闭，不容许他走出家门半步，否则，将强行将他送往精神病院。老万本来就是胆小怕事的人，一个广告牌掉下来都能惊吓成那样，被大屁股女人的男人们暴打一顿，他不敢不遵从老婆的管教。看女人看出劫难来，已经够丢人了，如果被送进精神病院，他的后半辈子就没活头了。可是，老万的心愿没了，又不能向老婆证实他受过危险的侵扰，他心不甘哪！在老婆的监控下，老万失去了自由，可他的心是自由的。儿子上学走了，一旦老婆出门去扫马路或者到街心公园跳舞，将老万一人锁在家里,老万心里会涌出各种各样的想法,最多的还是能够出去,继续寻找那个女人,证明自己确实没说谎。只有那个女人出现,他的生活才能回归以前。以前哪怕无聊,可到底是自由和轻松的。

老万趴在十楼的窗口前,窗玻璃隐隐约约照出他的影子,他看见自己的面孔,充血的眼睛好像刚刚流过泪,红肿着呢。他想不起来是什么时候在什么情况下流的泪,看来,流泪已经不是他可以控制的了。他突然间厌恶自己的泪眼,想狠狠地往那双泪眼啐口水。老万没有这样做,他打开窗子,附身向外看,根本看不清楼下的情形,偶尔会看到天空有一只鸟儿伸展翅膀自由自在地滑过,别无他物。看得久了,老万慢慢觉得,自己的身心随那些鸟儿飞到了西外大街上,在人头攒动的地铁口,他的眼睛依然能在女人堆里,找到那个在他脑海里勾勒过无数次在风中打手机的那个女人的屁股。老万的心呼啦一下热了,眼泪不知不觉涌满眼眶,多少伤心和委屈在这一刻化为乌有。那个依然被弹力裤裹住的屁股像一道闪亮的光芒,吸引住他的目光,他的眼里再也没有其他的人、其他的声音了。他追到女人跟前。女人还是围着纱巾,秋日的风已开始凌厉了,时不时地会裹挟起沙尘。女人惊异地望着面前眼眶里噙着泪水的男人。老万激动得手足无措,跟女人说起春天里的那场大风,大风里被掀落的广告牌和被砸烂的小槐树时,声音几乎哽咽,泪水不能控制地爬满了他整张脸。女人静静地听完老万的诉说,身边涌过一阵又一阵人流,女人没有被人流冲走。他们像在走一段长长的黑暗甬道,终于看到了出口的那片光亮,老万说了很多感激的话,要她证明那天危险的情形。老万说得很慢,他要用这种语速帮助女人回忆。在那样一个非常时间发生的非常事件,女人一定不会轻易忘记的。果然，女人听完老万的诉说，舒出一口气，脸上的纱巾跟着起伏不定，然后，女人说："先生，您认错人了，我一直在法国，上个礼拜才回到北京！"

男人的刀子

　　他们已经是第几次这样闹腾了？九次，十次，还是更多？没有人记得清了。父子俩越闹越不像话了，这次，父亲嘴里喷着酒气，手里拿着刀子，追得儿子满世界逃避，逢人就喊，杀人啦，杀人啦，亲生父亲要杀自己的儿子了！

　　人们看着这对每次都像演戏一样的父子，没有一个人上前劝说，扯着脖子看着他们父子把戏演下去。谁都明白，这对父子的神经都不正常，真要叫他们动真格的，父亲恐怕还没有这个胆量和勇气。可他们这样的闹腾方式，对谁也没有好处，大家对此看得多了，也只能是对他们父子反反复复的折腾越发的反感。哪有这种玩法，真是何苦来着。

　　可是父亲控制不了自己，只要他每次喝多了酒，塔尔拉的角角落落都能见到他的踪影，不是和一帮青年人梗着脖子抬杠，就是与别人的媳妇打情骂俏。追杀儿子是重头戏，是很显见得他威风的，一般都会放在人多的时候才开演，为的是博得更多人的观看。说起来，他活到这个份儿上，全是这个该死的儿子给闹的，如果没有这个儿子，他的老婆就不会弃他而去，抛下他孤单单地守着一个空房冷炕苦度日月了。可是，没有这个和他相依为命的儿子，他就什么都没有了，除了越发孤单冷清的日子，他甚至连个说话的人都没有。想到这一层，在每次追杀过儿子之后，儿子几天都不理他，他的心里就很后悔，觉得很对不起儿子。可是后悔归后悔，等到他再喝多了闷酒之后，还是控制不了自己的行动，依旧会上演一场让别人看得都已经麻木了的戏。

说起来，这不能完全怪他，要怪，只能怪那个没有良心的老婆，她真能狠下心来，抛下丈夫儿子，一走就是五年。这五年里，他去了所有能去的地方寻找自己的老婆，老婆好像一滴水在这个世界上蒸发了似的，连一点踪迹都没有找到。老婆的绝情伤透了他的心，他无法让生活像原来一样平静下去，他变得自暴自弃，时不时地就拿儿子出出气，来泄一泄时常郁积在胸中的闷气。

儿子其实是他的心肝宝贝，他像天下所有的父亲一样，把儿子看得非常重要的，当然这没有错，就是他太看重儿子了，容不得儿子受一点点的委屈。为了儿子，他一次又一次地和老婆吵闹，不管老婆的对与错，只要是老婆对儿子稍有一点颜色，他绝对会看老婆不顺眼。他有时候也会为儿子的不听话生气，可是他能容许自己对儿子的溺爱态度，好像儿子是他个人的专利似的，他怎么对待儿子都是出于爱。而老婆偏偏就是个倔强的主，你越不愿意她用什么态度对待儿子，她就偏要用那态度来对待儿子，就是要跟他拧着干，这一拧，也好像和儿子前世有了仇一般，动不动就大声地叱责儿子。这让他心里非常不舒服，像谁在他眼里揉进了许多沙子似的，弄得他左看右看就看老婆不顺眼，便和老婆吵。越吵，越觉得自己的这个老婆不像个老婆。老婆的嘴犟着呢，说到最后，居然所有的错都在于他，好像他是个罪魁祸首，是这个家庭不平静的因素。后来，他觉得一切言语都不起作用了，他的心里才有了动用刀子的念头。当然，他没敢用锋利的刀子刺自己的老婆，他是用刀子来吓唬人的，他其实就是个纸老虎，可老婆还是被他这个纸老虎的劲吓跑了。事后，有人告诉他，他的老婆原来去喀什卫生学校学习时，早就和一个男同学好上了，那个男同学不但英俊，而且身体棒得像个种马，懂得怎样用肢体语言把女人的积极性调动起来，早把他老婆的魂勾走了。她心里早就有想法了，只是碍着儿子不好和他闹离婚，偏偏他又把儿子看得比什么都重，老婆被忽视心里当然更不平衡，就借着儿子常常来和他闹，这下，总算是有了确切的借口离开他了。谁愿意生活在一个动不动就耍刀子的男人身边啊！其实他是中了他老婆的圈套了。

可他自己并不这样认为。说起来，当时场部只给塔尔拉分了一个去喀什卫生学校学习的名额，还是他想尽办法给自己的老婆争取来的学习机会，那时他是塔尔拉的农技站站长，算是个技术人才，大家对他很尊重的。老婆不告而别后，他像疯了似的，跑遍了喀什市的角角落落，甚至把卫生学校的老师学生，还有那个老门卫都考问了不下十遍，也没有打听到老婆学习时与那个男同学过往从密。所以，他一直不承认老婆是心里有了别的男人，更不愿承认老婆是跟着野男人跑了，他时常内疚的，是他用刀子把老婆吓跑了。可他又想，女人真是难以捉摸，柔起来跟水似的，能把人化了，狠起心来却也真够绝的，像他老婆，就能丢下他和儿子，一去就再也没有音讯，留下他和儿子凄凉地度着日子。他心里其实是很苦的。

可现在，他又用刀子来吓唬他的儿子了。

儿子显然是吓唬不住的，他没有像他母亲那样被吓跑，他的承受能力显然要比他的母亲大得多。尽管每次他都是被父亲追得满世界乱窜，但他并没有因为父亲手里的刀子而有所惧怕，他在躲避父亲的"追杀"时，也体会到了父亲心里的痛苦。那种痛苦是他没法替父亲承担的，他也知道父亲并不需要安慰，他需要的是一次次的发泄，痛痛快快的、淋漓尽致的发泄。儿子唯一能做的，只能是帮助父亲完成这种游戏似的发泄过程。所以，每次被父亲"追杀"一番之后，他还会回到家里。

儿子已经是个懂事的孩子了，对于母亲的出走，他有自己的判断能力了，他很同情父亲。

父亲和儿子配合倒挺默契。父亲酒醒了后，往往对自己的行为会做出一番后悔的举动，买许多好吃的给儿子，甚至给儿子端来热水亲自给儿子洗脚，他要用自己的行动来向儿子道歉。这倒弄得越来越长大了的儿子很不好意思，他埋着头，把脚硬从父亲的手里抽出来，坚持要自己洗。儿子是一点怨言也没有，父亲愧疚的心就变得柔柔的，好像有什么东西化在了心里面，真是不枉自己的一番疼爱，儿子能与自己如此心有灵犀，这叫做父亲的经常热泪盈眶。每当这个时候，他总会抚摸着儿子的头，问儿子一声，为什么儿子在他追杀时，要那样喊呢？他真诚地对儿子说："我又不是真要杀你，只是心里憋屈得慌……"

儿子毕竟还是个孩子，他望着父亲的脸回答说，他知道父亲不会真杀他，可在那种情况下，他是忍不住的，不喊，心里就好像缺少什么似的。儿子也很真诚地说："就像你要拿着刀子追杀我一样，也是控制不住自己的！"

父亲想着，儿子的话不无道理，便点点头，把儿子揽到怀里，紧紧地抱着，很慈父的模样。儿子在父亲的怀里一动也不动，这是最温馨的时刻，他听到父亲稳健有力的心跳声像鼓点一样震动着他的耳膜，那埋藏得很深的委屈，也就一点一点地淡没了。这是父亲和儿子之间不需要任何语言的交流。直到儿子在父亲的怀里睡着了，父亲轻轻地把儿子抱到床上放好，看着儿子熟睡的脸庞，他的热泪再次盈眶，甚至抽泣起来。他怕自己的哭泣声惊醒儿子，便轻轻地下床关掉灯，来到窗户跟前，他蒙眬的双眼望着窗外的夜晚。夜晚是静谧的，从别人家窗口透出来昏黄的灯光，温暖地穿过自己家的窗玻璃，照在他硕大的、胡子拉碴的脸庞上，他似乎看到了别人家里的温馨，更感受到了与自己这个冷寂的家无关的那份温暖，他的心里更酸了，哭声再也压抑不住，他捂住嘴冲出房间，到客厅里放声大哭起来。

　　哭过之后，他的心里空荡荡的，好像原来塞满的各种纷杂的情绪都随着他的一通泪水，被冲得一干二净，这使他显得无所事事，便随手翻着儿子留在茶几上的作业本、铅笔盒，还有那个他百看不厌的蝴蝶标本册。标本册是他给儿子买的，那时候他的老婆还没有出走，儿子和他，还有他的老婆，一家三口人在春天沙枣花开得最盛香味最浓郁的时候，用他制作的网，捕捉了各种各样的蝴蝶回来。父子俩头趴在一起，摆弄着那一堆花枝招展的蝴蝶，商量着怎样把它们制作成标本。可面对这些优雅地扇着翅膀的活蝴蝶，父子俩却谁也不敢下手，或者说谁也不忍心下手。别看他是个大老爷们儿，要让他亲手残杀这样一个美丽的生命还是很难的，他甚至都害怕自己手上沾着的那些五彩缤纷的粉末，那可都是蝴蝶们一生的精华啊。最后，还是他的老婆有气魄，她骂了他们父子俩一声，夹起一只花蝴蝶，在父子俩颤抖的目光中用尖利的大头针从蝴蝶毛茸茸的头部、背上穿过，然后压到了木板下面。过上几天，一个个栩栩如生的蝴蝶标本就做成了，他和儿子兴高采烈地把这些标本编了号，按顺序固定在标本册里。

　　那是多么快乐的一种日子啊。那时候，他和老婆也吵闹，可是再怎么生气，他从来没有动过老婆一指头，更别说他拿出刀子来吓唬她了。他一直坚信着，一个男人碰上怎样刁蛮的老婆，都不应该动手打她，而应该用男人的方式制服她，这比什么都管用。女人也喜欢男人骑在她身上用男人的方式"欺负"她们。当然，那时候她和他吵架也没有多厉害，而且总是男人占着上风，女人还是懂得给男人一点自尊的。但是后来就不行了，老婆变得叫他越来越不可思议，他还是用男人的方式治理着她，她有时一点儿都不配合，动不动就拒绝他，态度非常恶劣，使他男人的尘根越来越力不从心。在老婆那里寻不到共鸣，他只好和儿子产生共鸣了，而老婆似乎也发现了儿子这个以前未曾开垦的"处女地"，也盯着儿子来"共鸣"了，她和儿子是"共鸣"得越来越多，而他与老婆之间的矛盾因此也越来越大了，他绝对无法忍受老婆和儿子"共鸣"的方式，他可以自己委屈，却不能让儿子受气。现在回过头来想一想，老婆真是心里有鬼呢，也可以说是用心良苦，她要不用这种方式来惹怒男人，她能狠下心不明不白地出走吗？看来别人的传言是有道理的，他真的是落进了老婆制造的"陷阱"里。不然，像他这样连个蝴蝶都不敢用大头针扎穿的男人，就是手里拿着刀子，又能把她怎么样呢。她当然知道他不能把她怎么样了，她也不会这么去想，她要的只是这样的结果，是这种能够说服自己抛夫弃子，绝情地一走了之的理由。

　　自从老婆走了后，他经常彻夜难眠，心里充满了深深的懊悔。刚开始，他想不通的时候，就把老婆的出走怪罪到儿子身上，他和老婆的每次吵闹都是为了儿子，儿子是他和老婆关系裂变的根源。有了这种念头，也才有了他酒醉后追杀儿子的情景。现在想来，儿子是绝对无辜的。后来，他想来想去，想到问题还是出在刀子上，可他同样用刀子吓唬过儿子，而且比吓唬老婆绝对惊险得多，但儿子一点都不记恨他，老婆怎么就记恨了呢？还是老婆有问题，她不能算一个好女人。

但他是一个好男人，他时常这样安慰自己。好男人应该有一个好女人。他需要一个好的女人。于是，在这年的秋天，他重新物色了一个女人。

这个女人是个死了丈夫的寡妇，还不到三十岁，颇有姿色，是个俏寡妇，打她主意的男人不少，可那些不怀好意的男人施出多种方式诱惑她，她都不为所动，为了抚养她和前夫生下的两个孩子，她一直独守空房，耐着寂寞。这样的女人应该算是个好女人了。

他看上了这个女人。他不像那些心怀鬼胎的男人们，心都是歪的，他是真诚的。要得到这种女人其实也很简单，他动用了婚姻，和女人一起抚养两个幼儿。男人是强壮有力的男人，也是个心眼实在的男人，寡妇是不会拒绝这种好事的，两个孩子有了个能挡风遮雨的父亲，她自己又有了一个名正言顺的男人。冬天的时候，他们很快就结了婚，两家人合成了一个五口人的新家。寡妇果然是一个好女人，屋子打扫得干干净净，锅里随时都着冒热气，炕始终是热的，无论男人回家有多晚，女人都会躺在炕头上热热地等着他。有了女人的家才叫真正的家啊。男人再也不用望着别人家温暖的灯火，心里那么凄惶了。

女人不光能滋润男人，还能改变男人。

男人不再去喝酒了，他把以前用来喝酒的时间都用在了女人身上，整天守在这个年轻俏丽的女人身边，像一头被桩子拴住了的马，他什么事都听女人的，是那种心甘情愿地听，女人叫他往东，他绝不往西，一心一意地和女人过起了日子。他被有了女人滋润着的日子给陶醉了，慢慢地，他忘记了前妻抛弃他和儿子的事，忘了心中的怨恨，变得心平气和起来。他对女人的两个幼儿像亲爹似的，绝对做得像个父亲，一点儿也不比当年他对自己的儿子差。当然，女人把男人的儿子也当亲生儿子一样对待的，她懂得怎样去讨好这个大儿子，做好饭先给他盛一碗，并且总是给大儿子碗里夹满满的一碗肉，衣服也是先给大儿子做新的，自己的孩子穿旧的。平心而论，她把这个后母当得非常到位。

可是，大儿子心里却总觉得隔着一层什么，他主要还是不习惯这种新生活，不习惯这样的温情脉脉。父亲有了女人后的突然变化，使他失去了许多乐趣，好像一种十分贴己的东西被人从身上强拉硬拽生生被剥掉了一样，那感觉是十分疼痛而且陌生的。像以前，父亲喝多了酒后，拿着刀子追着他到处跑，父子俩像做游戏似的，虽然恐怖点，但很有意思。尤其是父子俩在追杀过后的交流，那可是男人和男人之间的交流，多真诚啊。如今这一切都没有了，女人的出现隔断了两个男人心灵的默契。这还不算，父亲对儿子的态度也大变了样，动不动就对他不满，指责他。女人要是给大儿子特殊照顾了，父亲马上会站出来阻止，好像他这个儿子是不需要并且还不应该特殊照顾的，有时甚至还会当着一家人的面呵斥儿子。叫两个小弟弟看着，儿子非常难堪。父亲其实是不想让女人误认自己对儿子有偏爱，他实际上只是想把一碗水端平。但是，父亲没有顾及自己的亲生儿子，他以为就像他曾经举着刀子追赶儿子时一样，是会得到儿子的理解和谅解的，却不知道自己的行为就像是拿着那把当年追赶儿子的刀子，慢慢地割断了他和儿子之间的纽带，使儿子和他越来越远了。儿子的嘴唇上已经长出细茸茸的胡子，到了懂得要脸面的年龄了，面对父亲的指责，他是硬撑着的，看上去，他就像一个非常听话的孩子。

儿子表面是软弱的，但他内心非常坚强，他默默地承受着父亲

男人的刀子

对他的指责，也慢慢适应着父亲的变化。父亲现在的位置很特殊，儿子懂事了，他得学会为父亲考虑，为这个家庭考虑。

可是，父亲却越来越不顾儿子的感受了。

话还得从这一年春天说起。这已经是两年后的一个春天了，就是说，他们这个新家庭已经组成两年多了。按理说，这个家已经磨合得差不多了，大家都习惯了这种新的生活方式，儿子和父亲的关系呢，也慢慢地形成了新的格局。

父亲越来越偏向于女人带过来的两个小儿子，对自己亲生的大儿子越来越冷淡了。儿子也逐渐习惯了父亲的这种冷淡。儿子轻易不会去触及这种冷淡，他把自己在这个家庭里的位置留得很小，无论父亲怎样对待他，他的表情总是淡淡的，他在两年的历练中，已经学会把自己的很多情绪都放在了心里，对于父亲曾经和他有过的心灵相通，他当作记忆储存了起来，只是偶尔才会从记忆里翻出来，酸酸涩涩地品咂着。

或者是关于父亲温馨的记忆越来越少的缘故，儿子这时候更多地会想起自己的母亲来，他总是一个人躲在屋子里，闭着眼睛回想母亲的音容笑貌，还有她的气息，那是很遥远的气息了，却能让儿子的心里重新泛起一丝温情来。

这年春天，又是蝴蝶飞舞的季节。女人的两个小儿子偶尔看到了大哥哥的蝴蝶标本，他们为这个美丽的蝴蝶标本而兴奋不已，他们想把这个标本占为己有。大儿子当然不肯了，即使父亲出面调解，他也毫不动摇，这是他的母亲亲手给他制作的，是他唯一的念想，说什么都不愿送给他人。为此，父亲非常生气，他对前妻本来就没有一点儿好感，那个不守妇道的女人，没有一点儿良心的女人，让他觉着耻辱的女人，他恨不得从自己的生活里抹掉她所有的痕迹，这下见大儿子居然这样维护着前妻，终于勾起了他胸中的怒火。他先是忍着，质问儿子难道忘记了那个女人抛弃他们父子的凄楚了吗？忘了她给他们带来的伤害？不记得他们父子俩那被搅得一塌糊涂的日子了吗？儿子瞪着父亲，没有回答父亲的质问。父亲被儿子的沉默激怒了，终于失去了理智，他想从儿子手中强抢蝴蝶标本，儿子已经长大了，他很有劲，一下子就挣脱开，拧身跑了。父亲难忍下这口气，便找到刀子，重演了一次好久没有上演过的追杀儿子的闹剧。

儿子看着追上来的父亲，他仿佛看到了两年前的父亲，手持刀子追他的情景，他来了兴致，抱着蝴蝶标本越跑越兴奋，所以他一点都不害怕，反而跑得也不太用心。他太想和父亲再玩一下这个游戏了，也许正因为他的兴奋点在父亲的追杀上，反而忘了发出那几声喊叫。

父亲已经不是两年以前的父亲了，他一点都不懂儿子怀旧的心思，他一点怀旧感都没有了。现在的父亲心里真正装满了对儿子的不满，所以他一追上去就用刀子真砍儿子。起初，儿子还以为父亲和原来一样是闹着玩呢，慢慢地，才发觉父亲是动真格的了，父亲没有喝酒，他的头脑清楚着呢，劲儿也大。儿子这才有些怕了，钻来钻去地躲避着父亲的刀子。儿子累得满头大汗，气都喘不匀了，总算躲过了父亲冰冷而绝情的刀子，但他的蝴蝶标本被父亲抢去了。父亲是真气急了，抢过蝴蝶标本，也不拿回去给女人的两个小儿子，二话不说，用手中的刀子就把蝴蝶标本砍碎了。

儿子几次想从父亲手中抢救下蝴蝶标本，可父亲的刀子使他没有这个机会。他眼睁睁地看着父亲把他心爱的蝴蝶标本砍成了碎渣。

儿子的心随着蝴蝶标本的碎片，也破碎了。他哭了，在心里重重地记下了父亲残忍的这一笔账。他暗下决心，从此不再和父亲说一句话。

儿子不理父亲了。

快到秋末的时候，人们开始为过冬做准备了。塔尔拉的冬天特别漫长，需要储备大量的白菜、土豆、大葱，还有足够烧一个冬天的柴火。塔尔拉的柴火越来越不好打了，附近能烧的柴火都被人砍光了，打柴火得去很远的山里，一个来回就得三天时间。柴火不够，父亲去打了几车柴火回来后说，打柴火的人太多，连山里的柴火都越来越不好找了。柴火要节约着烧，父亲打算今年冬天只烧一个火炕，要把儿子单独睡的炕停了，叫儿子睡到他们的大炕上来。他把这个打算给儿子说了，儿子不说同意，也不说不同意，只是沉着脸不理父亲。父亲又问了几声，儿子仍像个聋子似的不理睬不说，还突然起身走了。父亲看着儿子沉默的背影很生气，骂了句："兔崽子，你不愿过来睡，就把你冻死算屎了，反正老子打不来柴火，供你多烧一个炕！有本事，你就自己出去打柴火来，在老子面前耍什么威风……"

女人忙劝男人别这么说话，儿子大了，有自己的想法，再说，五口人睡在一个炕上，怎么说他也不习惯……

这两年多来，男人有了知冷知热的女人，可生活负担却加重了很多，他的脾气也变得越来越不好了，尤其是对这个儿子，他简直无法捉摸，什么事都闷在心里不说出来，就会使小性子，让他越来越气恼。女人贴己的话却像给火上泼了油，男人一脚踢翻了儿子刚坐过的凳子，吼叫道："小兔崽子翅膀硬了，不把老子当回事，哪天把老子惹急了，把你宰了！"

那一刻，儿子在屋子外面听到了父亲的话，他自己的心里奇怪地响了一下,那响声很奇特,像是裂帛,嘶嘶啦啦的,又像是一段枯木被折断,响得清脆又彻底,他被这个声音刺痛了。他知道这是他与父亲血脉断裂的声音。这个声音使他一下子觉得自己长大了。他长大了,是个男人了。

自认为已经是男人的儿子,把自己积攒的零钱全部拿出来,去场部商店买了一把最好的"英吉沙"刀子。他把刀子揣进怀里往回走时,路过一个废弃的马厩,他看四下无人,想试一下自己的刀子,便走过去用刀子狠劲砍破门板上的锁链,几刀就砍断了,他看到毫发无损的刀刃,仰头大笑了两声。这时,一股凛冽的寒风从他面前匆匆走过,挟裹着他的大笑不见了踪影,他的脸明显感觉到了寒冷的流动。他用正在成熟的手掌,抹了一把脸上的寒冷。

他转过身时,看到了头顶的一只蜘蛛,在一棵沙枣树与屋檐之间,正在忙碌着织补一张透明的网。已经是初冬了,塔尔拉在初秋就没有蚊蝇了,何况是到了初冬,看来这只蜘蛛是在枉费心机,织补的只能是一个空空的梦想了。替那几只蜘蛛惋惜了一番后,儿子抬头看了看天,天有些阴沉,是冬天的天气了,塔尔拉的冬天很坚硬。他把刀子装进刀鞘又揣进怀里,他手摸着怀里硬邦邦的刀柄,感觉自己真是长大了,像一个成熟的男人了,他才心里踏实地往家里走去。

高原上的童话

盛夏的八月,是帕米尔高原最动人的季节。明净的阳光似一张金光四射的绸网罩在恭格尔和慕士塔格峰上,这两座被誉为冰山之父和冰山之母的万山之祖,似纯色的白银铸就的一对恋人,相互依偎着释放出万道光芒,照射在冰山脚下的牧场上,温柔地抚摸着绿毡一般的青草,散发出鲜花般的芬芳,醉倒了一片片白云似的羊群,还有黑缎子似的牦牛。

八月阳光的滋润,冰雪融化出一串串乳汁似的细流,哺育着绿色的草地,养育高原上的生灵,造就了高原上宁静而明朗的尘世,成了一个远离喧闹的童话世界。

原始的风景似梦幻一般,随着盖孜河的河水,一路欢歌,流经帕米尔高原,把高原上的纯美,弹奏成一曲曲动人的旋律。传到另一个世界。

这就是高原的八月,一个阳光充足,水草丰美的美丽季节。

在这个季节里,黑孩随着父亲,沿着欢快的盖孜河畔,平生第一次进了石头城。健壮的父亲用一只有力的手臂把黑孩揽在怀抱里,另一只手驾驭着枣红马。直到看不到金黄的太阳,见到一片血红的黄昏,黑孩和父亲才进到石头城里。

石头城不是遍地石头,有一条宽敞的街道。是那种马走在上面,能敲出"嘚嘚"脆响的路面。黑孩靠在父亲怀里,能感觉到身下枣红马蹄脚的慌乱来,走在这种路上,枣红马像黑孩一样,心脏跳得有些快，对路边的整齐平房和一下子增多的人畜，是陌生的，却充满了好奇。

黑孩的眼睛都不够用了，他抽动着像他父亲一样挺直的鹰嘴鼻子，呼吸着他尚不熟悉的县城里的气息，他觉得这里的一切都是新鲜、奇异的，和他所熟悉的牧场、原野，没有一点可比的地方，他的心里充满了恐惧，身子一个劲儿往父亲的怀里缩着，但又忍不住那些奇异的诱惑，用探询的、胆怯的目光打量着一个个店铺，一个个从他面前走过的人。

他们在一个大门前停住。父亲一手挽着马缰绳，一手搂住黑孩的腰，轻捷地跳到地上。黑孩站稳脚跟后，望了望眼前的大门，心想，这里就是父亲所说的学校吧？

学校的影子在黑孩的脑子里幻想了无数遍，却没有幻想成眼前的景象，面对这个完全陌生的大门和大门里那一排排高大、雪白、冰山一样坚硬的平房，黑孩惊呆了：多么美好的所在呀！难怪父亲说到要送他上学校的时候，一脸的庄重、一脸的神圣。

黑孩被父亲牵着手，走进学校的大门。院子里虽然没有原野上宽阔，但全是原野上一样的砾石，黑孩和父亲走在平整的砾石上，心里安静了不少。

这时，大门口的一间平房里走出一个老人，他和蔼地叫着、询问他们。黑孩被突然出现的叫声吓坏了，他的心"咚咚"地跳得很快，矮小的身躯一个劲儿地往父亲的腿上靠着，他不知道发生了什么事。

黑孩用惊恐的目光盯着那个老人。老人的目光一落到他脸上，黑孩就赶紧低下头，盯着自己的靴子，连喘气都很紧张。直到父亲拉了拉他，叹口气，说声"走吧"，黑孩才敢抬头，望一眼老人的背影，随父亲走出了校门。

高原上的童话　　121

黑孩走到街上，不断地回头望着身后的学校，一个劲儿地在心里念叨着：我见到学校了，我就要上学了！

父亲一声不吭地拉着黑孩牵着枣红马，默默地走着。黑孩满心的欣喜，想问一下父亲他上学的事，见父亲沉默不语，就没有问，随着父亲来到一个店铺里。黑孩是第一次进店铺，像进到陌生人的家里，全身的不自在，但又掩饰不住好奇心，目光慌乱地扫了店铺一眼，他只看到花花绿绿的一片，目光就被一个闪亮的物体吸引住了。

那是一群孩子围住的一个物体，有洗脸巾那么大，放在店铺的柜台上，闪亮的地方不停变幻着，一会变出一条狗，一会变出一只鸟，并且叽里呱啦地发出黑孩完全听不懂的话语来。

黑孩惊呆了，不由得大叫一声，让父亲快看。他的惊叫声吸引了那群孩子，他们偏过头，望了黑孩一眼，又去看那个物体了。

黑孩一脸的惊恐，不是怕那些孩子，而是那个物体，他抓紧父亲的手，手里攥出了汗。父亲来过几次石头城，见过世面，把从别人那里听来的名称告诉黑孩，让黑孩不要怕，那是电视，里面的人不会出来。黑孩望着那个叫电视的物体，怯怯地对父亲说："可那里面不是人，有狗、有鸟，还有牛哩！"

父亲被问住了，一脸的羞红，本来就红的脸膛，更加酱红。这时，有个巴郎子走过来对他们说，这是动画片，是给小孩演的。

"可他们还有声音。"黑孩说道。

"那是动物们在说话。"巴郎对黑孩说。

黑孩没有见过狗会说话，还有鸟和牛，并且是一种他听不懂的话语，他不敢再问，眼睛盯着"电视"糊里糊涂。

石头城的店铺，门都很大，可以牵着马进去，黑孩家的枣红马在店铺里很不安分，一个劲儿地要往外走，拉得黑孩的父亲挺费

病中逃亡

劲,父亲就赶紧买些盐巴、茶叶之类的用品,当然还有他离不开的酒,牵着黑孩走出店铺。

黑孩恋恋不舍地跟着父亲走出店铺,天色已经有点暗了,但还没有黑透。高原上的夜晚来得缓慢,离天空近些,所有的空间被瓦蓝的天色衬得清亮,一轮圆月像透明的馕饼,已经蹲在冰山顶上,散发着一圈圈银白色的光环,被冰山折射出道道银辉,洒在高原的角角落落。

黑孩像来时一样,钻在父亲怀里骑在马背上,他们在月光下踏上了返回的路程。黑孩完全沉浸在电视里动物会说话的情景之中,他的脑子里全是狗、鸟、牛被变小的影子,还有他听不懂的声音。一路上,他一直在想那个巴郎说的动物在一起说话,他弄不明白,狗咋会说话呢?还有鸟、牛,它们在一起能说出人话来,可他家的狗、牛咋没有说过话?这是多么奇怪的事呀。黑孩几次想问一下父亲这个问题,可抬头看父亲,父亲脸色沉重,默默地望着前方,他没敢问。

父亲是个好父亲,很爱他的孩子,从来不对孩子发火,更谈不上打骂了。但碰上父亲脸色沉重地时候,黑孩对父亲还是有种畏惧感的,父亲就是父亲,他有他的心事。

枣红马驮着黑孩父子俩,一点也不显得沉重。马是好马,纯种的高原牧马,脾性温顺,像高原上的牧人一样,健壮而稳当。不急不躁,用细碎的步子踩着砾石上的月光,发出轻快的蹄音。高原上的牧人没有马鞭,从不抽打自己的坐骑,他们的马更懂得怎样在长途上养精蓄锐,关键时候,比如叼羊比赛、追赶羊群时勇猛冲击,根本不用牧人催促,只需两腿一夹肚子,就会像箭一样射出去。

走到平缓的谷底,父亲勒住马,抱着黑孩跳下马,将马缰绳往

高原上的童话　123

马背上一扔,从马背上的羊皮袋子里掏出两个干硬的青稞馕,没忘了掂上一瓶"昆仑特曲",牵着黑孩来到平缓的盖孜河边,准备他们的夜餐。

枣红马打着响鼻,也跟到河边,拣丰厚的青草,埋头啃起了夜草。草在月光下变得坚挺,像蓝色的小刀,直直地插在地里,草尖上挂着晶莹的露珠,在月光下泛着清澈的蓝光,此时的夜草,是马的上等好料,马贪婪地嚼着扎实的青草,不断喷出畅快的响鼻。

父亲在河边蹲下,将手中的两个青稞馕随手往河的上游抛去,青稞馕在蓝莹莹的河水上空划出两个漂亮的弧线,随即无声地落到水面上,与水碰撞溅起几颗水滴,便与清亮的河水融合了,缓缓地随河水向下游漂来。

黑孩蹲在父亲身边,像父亲那样本该把双手伸进清凉的水里洗一下手的,可黑孩满脑子全是动画片,竟忘了洗手。父亲望了黑孩一眼,没有吭气,自顾洗着双手。这时,青稞馕刚好漂到他们面前,父亲一手一个,从河里捞出青稞馕,像捞起了河水里的两个月亮,青蓝青蓝,直刺人的眼睛。青稞馕滴下一串水珠,也是蓝的,砸在蓝色的河面上,蓝色的河水抖动了几下,荡开几个波纹,不一会儿,又恢复了平静。河水里的蓝月亮碎了,成了无数个,又摇摇晃晃地汇成一个,静止在蓝水里,一动不动。

父亲递给黑孩一个被河水泡软的青稞馕,也没劝说黑孩要洗手。父亲从不强迫黑孩,这是父亲一贯的做法。黑孩默默地接过馕饼,轻轻咬了一口,青稞馕酥软喷香,又沾着凉水,在八月的夏夜里很爽口,黑孩显然饿了,像捧着个月亮,大口大口地吃起来。吃着吃着,低头看了一眼河里,能看到自己的影子和馕的影子,还有一个更大点的蓝亮蓝亮的圆月,他抬头望着冰山顶上蹲着的那个月亮,得意地吃着,仿佛是吃那个月亮似的。吃完,手伸到河里,掬河水喝了,打着饱嗝又望了一眼冰山顶端,那个月亮还在那里蹲着望他呢。他笑了,没有发出声音。

父亲喝着酒,就着青稞馍,沉默地望着水中的月亮出神,听着儿子打饱嗝,就问了句:"饱了?"见儿子拍肚皮,将酒瓶递过去,说:"喝两口,夜路长哩。"

黑孩从没喝过酒,见父亲给,也没推辞,接过酒瓶喝了一大口,呛得咳了几声。第一次尝到酒的辛辣,也感觉到肚子里清凉的河水和辛辣的酒搅和在一起,有了热热的舒畅,就笑出了声,也为在石头城新奇的见闻而高兴。

回到家时,天快亮了。家里的酥油灯还亮着,母亲抱着熟睡的孩子坐在屋里一直等着黑孩父子归来。父亲一路上把一瓶酒喝完了,到家时已经有点醉了,摇摇晃晃地进屋倒头便睡。

母亲想问一下到石头城去的事,只好问黑孩。黑孩对母亲问的上学一事回答不上来,只对母亲说,他在石头城见到"电视"了,讲了动画片里狗、鸟和牛会说话的事。母亲没有去过石头城,更不知道电视是何物,她也没心思知道这些,她想知道儿子上学的事又没法知道,就叫黑孩快去睡。黑孩没有一点儿睡意,找借口去喂枣红马,就去了畜牧圈,他心里一直想着动画片里动物说话的事,他已经等不及了,就想知道他家的狗和羊,还有牦牛会不会说话。

黑孩先叫醒了自家的黄狗,拍着狗的脑袋,一声一声地问它,叫狗说话。黄狗睡眼惺忪地望着黑孩说不出一句话来,问得急了,只呜呜地低声叫着,连"汪汪"声都懒得叫,气得黑孩骂它笨,连话都不会说。黑孩又去牦牛圈里,把牦牛一个个弄醒,牦牛们见是自家小主人,都懒得站起来,趴在地上不解地望着黑孩,黑孩问遍了所有牦牛，也没有听到牦牛们说出一个字来。他拍牦牛把手都拍疼了，一个劲儿地骂牦牛们笨，牦牛们还是一声不吭，倒是那些羊们，被黑孩拍牦牛脑袋的声音惊醒，在圈里慌慌地走动，挤在一起，此起彼伏地"咩咩"叫开了。羊的叫声引来了母亲，母亲到羊圈里看到黑孩胡闹，叫黑孩去睡觉，黑孩很不情愿，他觉得羊都叫了，可能还有希望，可母亲硬抱着他回屋了。

　　后来，黑孩才知道，要到石头城里上学，需要好多"普卢"(钱)，这些都是石头城学校门口那个老人告诉父亲的，所以父亲那天一直很沉闷。黑孩当时没注意听那个老人说的话，他一直不知道上学也要普卢。

　　父亲提出让黑孩上学，是六月的事。高原上的六月还在圈里窝冬，都没办法出去放羊。那天，父亲想锻炼一下已经八岁的黑孩，将刚套住的两只雪鸡交给黑孩，叫他拿到盖孜河边的公路边去卖。公路上不时有汽车过往，司机最爱买高原上的雪鸡了。黑孩曾跟着父亲在公路边卖过，他问父亲要卖多少钱？父亲说当然是越多越好了。黑孩提着雪鸡到公路边去卖，好不容易等到一辆车，他举着雪鸡大声喊叫，一点儿都不胆怯。可等车停下，司机问黑孩价钱时，他却说不出话来了，他不懂钱的面值，只能一个劲儿地对司机说着"普卢、普卢"。司机比画着问他，黑孩犹豫了好久才伸出一只手。他认为一只手是个大数字。司机没还价，掏出一张五十元的钞票。黑孩望着司机手中的钱，没有接，摇了摇头。

　　司机给黑孩讲了半天，说这是50元，是你要的价，你嫌少了？是一只手的钱呀。

　　黑孩还是摇头。

　　语言不通，急得司机想走，又舍不得雪鸡。最后还是车上的另一个人机灵，叫司机掏了五张十元的钞票。这回黑孩接了，在手里捏着，见比前面多了几张，想了想，从中抽出两张退给司机。

　　黑孩是个聪明的孩子，平时放羊时数羊会几个数字，他认为他把雪鸡卖了个好价钱，由一张钱变成了三张，他也没有贪心多收别人的钱，他是个老实的孩子。

　　回到家，黑孩把卖鸡的钱交给父亲时，把交易的事比画学说了一遍。父亲意识到什么，愣了半天，才说："你该上学了。"父亲也没上过学，知道不上学识字的害处，想着叫儿子上个学吧。

　　黑孩高兴极了，他曾见到别的小孩去上学了，但他不知道上学具体干什么。他只知道，只有上学才可以去石头城，那是个别人描绘的他想象不出的大地方，他做梦都想去的。

　　黑孩盼着八月，那个阳光灿烂的季节，一个充满诱惑的季节，在黑孩的印象里，八月的高原，到处是青草，绿遍了山野，空气里全是清香的草味。他可以在那个时候去石头城，去全高原唯一有学校的地方，见到许许多多的人了。

　　可去了一趟石头城，上学的事却没有办妥，黑孩还以为那天去石头城的学校里，父亲已经和那个老人说好了。黑孩没想到，他没有报上学校。

　　"普卢，我会想法子的，现在学校放了假，上学还要一阵子呢。"父亲对黑孩说，"你等着吧，我一定让你上学。"

　　黑孩不语。

　　"我说的话会算数的，孩子。"父亲又说。

　　黑孩心里踏实了些，有父亲的这句话，黑孩又赶着牛羊去放牧了。但他的心里总是不太畅快，到了牧场，牛羊都散开，埋头吃草，黑孩躺在草坡上，望着冰山发呆，温暖的夏阳照在他身上，不一会儿,他全身燥热起来,身上穿着羊皮袍子,本来是不会热的,这种羊皮袍夏天太阳晒不进去,冬天寒风钻不进去,冬暖夏凉。高原上的人一年四季就穿着羊皮袍子,戴着羊皮帽子,别人是享受不到这种穿戴的。

黑孩全身热得直冒汗,他真想把羊皮袍子脱了,可他试了几次,没敢脱。胡大是有眼的,人不可光着身子面对胡大,那是对胡大的不恭,否则胡大会降罪给你,这个父亲早给他讲过,他不敢顶撞胡大。黑孩身上像火烧似的,他受不了了,就走到盖孜河边,掬起清凉的水泼到脸上降温,这一招还挺管用,冰凉的雪水浇在脸上,多清爽呀。黑孩就这样用手掬水时,突然看到自己两手掬起的一汪清水变成了黑色,并且这黑色在慢慢扩大,漫延到河水里。他盯着河水里的黑影,黑影在慢慢地移动,像浮在河水里随水漂流似的,可河水是向下流动,黑影却往上游移动。黑孩抬起头,看到瓦蓝的天空下,一只苍鹰铺展开羊皮袍似的两扇大翅膀,正在缓慢地滑动着。河水里的黑影正是那只苍鹰的影子。不紧不慢又异常平稳,两个翅膀根本不扇动,却掉不下来。

一看到鹰,黑孩心里一动:那不就是电视里动画片中会说话的鸟吗?在经历了对狗、牦牛说话得不到回答的沮丧之后,黑孩一直不甘心,他就不信电视里的狗、牛们能说话,他家的狗、牛就不会说话。他一直怪自家的狗和牦牛太笨,像自己的小弟弟一样笨,会走几步路了还不会说话,整天让母亲抱在怀里。自己家的狗、牛们笨,天上的鸟不会也笨吧?黑孩想着,就挥动着双臂,向天空中的鸟(鹰)大声叫着"啊——啊啊"。鹰在天上滑动着,似一朵乌云,根本不理会黑孩,黑孩大声喊叫:"你听到了吗?我是跟你说话呀。"

鹰在盘旋。

"啊——啊——啊。"黑孩喊着。

鹰还在盘旋。

"啊——啊——啊。"黑孩的喊声在空旷的山谷里回响着,在鹰的周围回旋,却听不到它的回复。黑孩仰着头。脖子早就酸了,可他不愿放弃这次机会,一直喊叫着,直到后来他的嗓子都喊哑了,凝望着瓦蓝的天空上,那个乌云一般的苍鹰。他快哭了。

黑孩是在失望,直至快绝望的时候,听到苍鹰发出"啊——啊——"两声尖厉而长久的叫声的。那两声叫似锋利的铁器在坚硬的冰面上划过一般,直刺黑孩的耳膜,震得黑孩全身都麻木了。黑孩只觉得眼前一黑,看到一个巨大的黑影从天空快速跌落下来,在接近草地的一瞬,又旋风一般冲天而起,刺向了蓝天。

那是苍鹰捕获猎物的一瞬间,也同时留下了黑孩最渴望的啸叫声。

黑孩高兴极了,他终于听到苍鹰的话语了,这种话语和他呼叫苍鹰的喊声一样:"啊——啊!"

太兴奋了,黑孩的深眼窝里涌出了两串热泪。泪水以挺直的鼻梁为界线,分成两股,流经他酱红色的脸颊,滴在脚下的草地上。他看到草很绿,绿得有些发黑。

童稚的黑孩开始了无休无止地和他家牛羊,还有黄狗的对话。不管在什么地方,他都对它们实施着教它们话语的工作。

他对狗说:"啊,你开口呀,先从'啊'开始学。"

他对牦牛说:"啊,你也说'啊'。"

他对羊也这么教。他从小就是母亲这么教会说话的,并且他的弟弟正在由母亲教着,已会了一些简短的话语。

高原上的童话

父亲见黑孩这样，劝他别傻了，牛羊咋会说话呢。

黑孩认真地对父亲说："可那天连天上的鸟都说话了。"

"咋会呢？"父亲说。

"石头城的电视里的牛、狗，还有鸟都会说话，"黑孩对他的父亲说，"你那天也亲眼看到的。"

"那可能不是真的，"父亲说，"我从没见过牛羊会说话。"

"可鸟已经说了，咱家的牛羊也应该说话才对。"

父亲脸憋得通红，一个劲儿地抽莫合烟。被儿子问得急了，父亲就对儿子说，可能那鸟不是咱们这儿的，它说的话也像石头城里电视上那些牛羊说的，是另一种语言，我们听不懂的异族语言。

"那个鸟不是我们族的？"黑孩问。

"当然，"父亲说，"你肯定没听懂它说的是啥话吧。"

半晌，黑孩才点了点头，回味着那只苍鹰的话，还有石头城里电视上动物们的语言。

黑孩的父母一直为儿子上学的事发愁，主要是发愁学费。高原人自有高原人的规矩，他们的牛羊只当作食物，绝对不拿出去卖钱，牛羊只可以交换别的物品。但学校里没有用牛羊交换报名上学的规矩。牛羊是赐给高原人充饥的东西，他们绝不能违背胡大的旨意。除过牛羊，别的东西能换成钱的，只有雪鸡了，可八月的帕米尔，根本见不到雪鸡的影子。

正当黑孩父亲为学费发愁的时候，有人找上门来，要黑孩的父亲帮着捕捉天上的苍鹰，捕到一只鹰，可以给一百块钱。

父亲是捕捉雪鸡的好手，在附近很有名气，可鹰却没捕过，但他很在乎捕鹰的价钱。一只鹰一百块钱，等于好多只雪鸡呢！

来人告诉黑孩的父亲，只要他能引出鹰来，剩下的事情不用他管了。

引出苍鹰,这是黑孩父亲的绝招,他有一只祖传下来的鹰笛,能吹奏出尖厉而苍劲的鹰曲,能用不同的方式,同时吹出雄鹰雌鹰求偶的声音,吸引苍鹰从山顶的岩洞里飞出。

黑孩的父亲却一脸的疑问。

来人说,到时候你就知道了。

父亲来到大峡谷里,选择了苍鹰爱出没的地方,拿出一个白得发亮的鹰笛。来人接过鹰笛,仔细端详着,这是一只苍鹰的腿骨,被挖出骨髓,雕琢出音孔,简直像一截滑腻发亮的羊脂玉,却保存着骨质的天然成分,是一件绝妙的艺术品。来人爱不释手,将鹰笛放到双唇间,用足了劲,竟然没吹出一丝声音,却把脸憋得通红。

黑孩的父亲要过鹰笛,用舌头舔了下嘴唇,用双唇衔住鹰笛,底气运足,双腮鼓突,鹰笛发出了尖厉的声音。这声音抑扬顿挫时断时续,响彻了整个峡谷,在峡谷上方的天空盘旋。

可能是鹰越来越少的缘故,黑孩的父亲吹了整整一个下午,也没引出一只鹰来。直到第二天中午,才见一只苍鹰缓缓地从岩石缝里飞出……

来人一见鹰出现了,高兴极了,从自己带来的铁笼子里抓出一只雪白的鸽子来,又从包里掏出一块沉重的铅块,他将铅块绑在鸽子的腿上,就嘱黑孩的父亲继续吹鹰笛,自己抱着鸽子向苍鹰冲去。

来人跑到盘旋的苍鹰下,使出力气往天上抛带有铅块的鸽子。鸽子被抛向天空,铅块坠着它扑棱着又落到地上。来人捡起鸽子,复又抛起。反复几次,终于引起天上那只鹰的注意。

来人不抛了,退回来,任鸽子在褐黑色的砾石堆上扑棱着。

高原上的童话

终于，那只苍鹰一个俯冲，箭似的射向地上的鸽子，用尖利的双爪抓住鸽子，往天上返回时，却没有了先前的迅捷。铅块很重，苍鹰似乎飞得很吃力，但它没有丢弃猎物的习惯，就扇动着大翅膀，费劲地飞着。到远处，在一块大石头上落下来歇息。

　　来人追了上去，赶着鹰飞。鹰飞起，依然紧抓着猎物，它飞一段又落下歇息。来人又赶，鹰又飞起……直到天快黑的时候，那只苍鹰终于没有力气飞上高高的山岩，被来人轻而易举地捕捉住了。

　　黑孩是天黑后放羊回到家，才看到那只被关在笼子里的苍鹰。黑孩见到鹰，几天的沉闷被眼前的鹰冲得不见了踪影，他跑过去围着铁笼子把鹰看了又看。他还是第一次这么近地看鹰，鹰身上的羽毛干净极了，像刚出生的黑羊羔，闪着水晶般的光泽，特别是鹰的双眼，似两颗暴突的珠子，干硬的尖嘴更像一把带着刀鞘的利刃，掩饰着锋利，但锋芒毕露。黑孩去问父亲，这鹰是抓给谁的？是不是给他和它说话的？

　　父亲先是没有吭气，抽了一阵莫合烟，才说："是给你换上学报名费的。"

　　父亲的这句话说得一点不轻松。

　　黑孩没有在意父亲的表情，他说了句："让我先和它说说话吧，让你们相信，它会说话的。"又跑去看鹰了。

　　父亲在屋子里和来人吃着肉，喝着酒。来人显得很兴奋，述说着明天捕鹰的计划，讲解着他用来捕鹰的一整套工序，说是从书中学到的，还真管用。

　　黑孩的父亲一直沉默着，不吃肉，只是一个劲儿喝酒、抽烟，他望着酥油灯下满脸红光的来人，心事重重，他的眼前不断闪现出下午那只鹰抓着沉重的猎物，飞起又落下的情景，他仿佛看到了鹰的命运，心里一点都不畅快。他想到那些长年蹲在岩洞里的鹰们，这只被捕住的鹰，它的家人肯定还在岩洞里等候着，像他的女人一样，他没有回来，女人就一直等着，他总会回来的，可那些鹰却等不到这只鹰回去了。

他的心里堵得难受。在高原生存的生命，对寂静习惯了，却不习惯晚上不回家，只有到了家里，心里才踏实。

在高原人的心目中，鹰是神圣的，是令人敬佩的苍生，它不像羊、牦牛，甚至雪鸡，它们生来就是给人备下的食物。可鹰不是，鹰和人一样，是高原的主宰者。

黑孩在羊圈旁的鹰笼子前待了半夜，他有足够的耐心问鹰，因为他曾听到过鹰对他说过"啊——啊"，他就不信，眼前的这只鹰就会不开口。他想着有了这只鹰，他就可以有钱报名上学了；可以到石头城里去，看到"电视"了，看那些牛、羊、狗，还有鸟儿们，听到它们说话了。

母亲来催过几次，叫黑孩去睡觉，他都没理，他还没有叫这只鹰开口说话呢，他咋睡得着？

黑孩对鹰说："啊，我对你说话呢，你咋不回答我？"鹰静静地蹲在笼子里，不狂不躁，在蓝色的月光下，一动也不动，却睁着黑珠子似的双眼。

黑孩伸手去摸鹰的身子，羽毛很光滑，可它就是不理黑孩。

黑孩抚摸着鹰说："啊，你就和我说说话吧，我知道你会说话，那天有个和你一模一样的，不是说了吗？"

鹰还是一动不动。

黑孩又说："我知道你聪明，不像我家的那些羊、牛、狗，它们笨，像我弟弟一样，才开始学话。"

鹰不动。

"是不是，"黑孩又说，"你嫌笼子里小，他们抓住你，你不高兴？"

鹰的头这时动了一下，两只圆眼望了黑孩一眼。黑孩在月光下看到鹰的两只眼睛像两个深深的黑洞，他的心抖了一下。

"我知道了，"黑孩说，"我知道你生气。你不生气才怪哩。他们把你关在这么小的笼子里，你肯定很难受。"

黑孩没有多想，就把笼子打开了，见鹰还是不动，他就伸进手把鹰抱出来，放在了地上。

"这下，你该和我说话了吧？"黑孩说。

鹰动了一下身体。

黑孩又摸了一下鹰，鹰动了一下。黑孩劝它："你说呀，我都把你放出来了，你咋还不说？"

这次鹰扇动了一下翅膀，差点把黑孩扇倒在地。

鹰"呼"的一下飞了起来。宁静的夜空里留下了一道黑色斜线，被月光照射着，在黑孩的眼前闪动。

同时，黑孩也听到了两声尖厉的"啊——啊"叫声，那是鹰发出来的。

黑孩兴奋地挥动着手臂大声喊叫着："我听到了，听到你对我说话了！"

黑孩没注意到，他的父亲一直站在身后，默默地看着这一切。在黑孩欢呼时，他父亲一动不动，两只被酒精烧红的眼睛，望着纯净的夜空下，那个越来越小的黑影出神，当他看到那个蹲在冰山顶上的圆月，像刚烤出的青稞馕饼似的，散发着层层热气时，黑孩的父亲轻轻地叹了口气。

看不到鹰的影子了，蓝色的月光下，只剩下了朦胧的天空，像梦中的世界一样宁静。

黑孩收回目光，往身后一望，看到了月光下默立着的父亲，他还似在梦境里一般，对父亲说："这回你看到了吧，鸟会说话的，我没骗你吧。"

父亲无语。

"我这回听懂了，"黑孩又说道，"它说的是异族的语言，是'天——天'，因为它飞上天空后，才这么说的。"

黑孩这样说时，两眼已涌出泪水。他的泪是为会说话的鹰流的，也是为自己流的。

夏天的羊脂玉

一到大暑,玉龙喀什河的第一个汛期如期而至。说是洪水,其实没有一点洪水的恣意狂妄,倒像一群怀孕的母绵羊,温顺地铺满了宽阔的河床,缓慢地向塔克拉玛干沙漠深处流去。浑浊的河水,来自遥远的喀喇昆仑山上的冰雪,裹挟着大量的泥沙,也带来了人们盼望已久的玉石。

采石的人们早已做好了一切准备,亢奋地站在玉龙喀什河边,望着一河的浊流去用焦灼的目光抚摸着温顺的河水,想着泥石流下面的玉石,像喝多了烈酒似的周身燥热。脸上全是温热的红斑。

这时候的天空,少有的晴朗。整个春天,还有初夏一直飘浮在和田上空的尘沙,也因了玉龙喀什河汛期的到来,被冲刷得异常干净。空气里也多了红杏早熟的香气,更多的还是采玉工脸上流露出的像天上太阳一样的灿烂光辉。

已有人在河边搭起了采玉时栖息的帐篷,架起了炉灶。只是天太热了,帐篷里像蒸笼一样,汗水像河水一样流个不停,炉灶是派上了用场,一个劲儿地烧着沸水,一壶一壶地冲着奶茶,灌了一肚子的奶茶。却没有人抱怨,甘愿忍受酷暑的煎熬。这是准备采玉呀,谁敢抱怨?玉是有灵性的,特别是最贵重的和田羊脂玉,这是玉中的极品,比人有灵气,稍有不慎,它会不来。采玉的人都知道,对玉要绝对的虔诚,不敢有一点亵渎之意。

汛期是要持续几天的,多则半个月、一个月,少则也得八九天才能告一段落，这完全取决于天气。如果天气好，昆仑山上的冰雪就化得多，汛期就长了；气温降了，冰雪就化得少，山上就结冰了，不流不动了，玉龙喀什河里就成了石头滩。玉就在石头堆里采。一般采玉的人们不把采玉叫采玉，而叫找矿。找到矿了，就是采到玉了。采玉的人却不愿把玉挂在嘴上，怕玉听见了，藏在石头堆里找不到。

汛期持续着，人们心情正好着。虽然内心很焦急，但都不表露出来，只有耐心地等着洪水退去，才好下河床里展示找矿的本领。

真正的找矿，是折磨人的，没有好的耐心，是找不到好矿的。

塔尔拉地处玉龙喀什河中游一带，属于河床缓冲地带，是找矿的最佳位置。上游水太急，玉石随着石流，落不了脚，只有到了塔尔拉，河床宽了，地势平坦了，水流缓慢，玉石就沉到了水底，落到石堆里，单等人们来找了。

但在整个汛期，人们都汇聚到河边。日夜守候着，生怕迟了一步，找不到矿。要知道，第一个汛期过后，是矿最多的了，往后，就越来越找不到好矿了。汛期持续了十天左右，浊流有点下降的趋势。玉在喀什河畔真正热闹了。有的人家连自家羊群都赶来了，全家老小，一个不少，全搬到了河岸上。尽管塔尔拉居住的村庄离河边不远，可谁还愿意留在村里，心思全在河边了。人们一年的吃穿用全在矿上拴着呢。

莫雷尔也不例外，早在五天前，全家人就住到了河边。他家是全村最后一个来到河边的，这几年，莫雷尔一直是最后一个到河边，他也就孤身一人，说是全家，也就他和那几只羊，算是完整的家人，来去方便，可他总是落在别人的后边。

莫雷尔的性子缓，像玉龙喀什河里的洪水，不急不慢，可他在缓慢中，每年总能找到好矿，比不上别人的多，却也比别人的矿好，年年有收获，落空的时候比别人少。所以，大家都说莫雷尔运气好，问他找矿的诀窍，他也答不上来。时间长了，大家都说莫雷尔怪。莫雷尔就是怪人。

天气还很好，没有凉下来的意思。这样的话，洪水回落得就很慢，人们在河边走来走去的，心里焦急，有的就喝上了酒，有的摆开了摊子(赌博)，有上了年纪的，围坐在一起，边喝着奶茶，边议论着关于矿的话题，都是暴露在七月的骄阳下。这时候的河边上，气氛就有点闷闷的，那种热闹劲也多少有点闷闷的，叫人提不起劲来。

莫雷尔一贯拒绝河边上的热闹场所，他将自家的羊放出去，任他们在戈壁滩上啃草，自己回到帐篷里，歪在一堆铺盖上，就迷迷糊糊地睡着了。

这一天，莫雷尔正歪躺在铺盖上迷糊着，忽然间被一阵乱叫声惊醒，他爬起来往河里一看，河水还是那么多，还是那么浑浊地流着，没有一点要退却的迹象，又不是该找矿了，乱叫啥呢？莫雷尔一向对别人的惊呼不感兴趣，他又歪倒了。

正迷糊间，莫雷尔被人推醒，恍恍惚惚地听推醒他的人说，是有人被洪水冲走了。

这怎么可能呢？水流这么缓慢，连玉石都冲不走，咋能冲走人呢。

来人急急忙忙地说完就走了。

直到天黑，莫雷尔才弄清楚，确实是有人被河水冲走了。

被河水冲走的，是塔尔拉的能人阿里江。他被人从下游找到时，已成了一个喝饱了泥水的僵尸。有人看到阿里江的尸体后说，他也真是的，等不及了，哪有跳到河水里就找矿的，这不是找死？！也有人说，阿里江也是太能了，总想走在别人前面，这回算是走到前面了。

莫雷尔起初听到这一消息，惊得说不出话来，想了想，慢慢地就平静了下来。他想着阿里江是个找矿能手，绝不会傻到河里有水，就跳进去找矿的地步吧。阿里江才不会那么傻呢！

莫雷尔卷了支莫合烟，慢慢地抽着，辛辣的莫合烟味在燥热的夜晚里更加刺鼻，莫雷尔已经闻惯了这种气味，他不在乎，只是一口一口地吐着白烟，脑子里想起阿里江以外的事来，好像阿里江的死与他无关，他的突然死去原因也与他无关。

的确应该是这样，当年，阿里江从外地来，不明不白地加入塔尔拉采玉的队伍里来，莫雷尔并不像其他村人那样，另眼相看多出的一个找矿人。这矿又不是谁家的，是上天赐给塔尔拉人生存的唯一出路，谁都可以依靠玉石生活下去，阿里江的加入又没抢去谁家的饭碗，人们却容不下他，但谁也没有正式出面干涉他找矿。阿里江在找矿方面确有非凡的本领，不光是找到了不少的羊脂玉，而且还异想天开地沿着玉龙喀什河一直往上游走去，他想着越往上游走，就可能找到最好的矿，听说他还走进了昆仑山，最终被冰冷的雪峰给顶了回来，确认了塔尔拉人祖先已经验证过的事实：塔尔拉是最好的找矿地带。阿里江的这一壮举被塔尔拉人嘲笑的同时，也被年轻的一代所推崇，他们心里想着我们咋就没有走到玉龙喀什河的上游——昆仑山中，去探一次险呢？一时阿里江在塔尔拉年轻人的心目中，就成了英雄。后来的事对莫雷尔的打击很大，就是他一直暗恋着的塔尔拉最美丽的姑娘——来丽，不明不白地成了阿里江的妻子。莫雷尔后来只听说那年阿里江找到了一个大矿，一个足有五斤重的羊脂玉，就用那块羊脂玉换取了来丽的爱慕。莫雷尔一直没弄清楚，在和田这个产玉的地方，一个五斤重的羊脂玉不算稀

夏天的羊脂玉

奇，在这个全疆唯一不用公斤衡量重量的玉乡，五斤只是五斤，而不是五公斤，一块羊脂玉是打不动整天跟玉打交道的采玉姑娘的，莫雷尔知道，阿里江能娶到来丽这样的姑娘，还有别的，是别的什么，他不知道，他只知道阿里江一来到塔尔拉，就采到了羊脂玉一样的来丽。原来的来丽的确在他心目中像羊脂玉一样贵重。

　　一切都过去之后，莫雷尔的痛苦也就过去了，只是他有点变了，变得不爱和任何人接触，本来他就是一个孤独的人，就更加孤独了。

　　抽完三根莫合烟后，莫雷尔嘴里发苦，他喝完了一大壶温热的奶茶后，嘴里还是很苦，他对这种苦味熟悉已久，自从来丽嫁给阿里江后，他觉得什么东西都是苦的，包括这些日子，还有那种高贵稀罕的羊脂玉，羊脂玉那种滑柔、细腻，天然羊脂一样凝重，说是含在嘴里，满嘴羊脂香味对他也是苦的，是那种生涩的苦味。他品尝着这种苦味，一直在想着一个永远也想不通的问题，为什么人们要喜爱这种玉石，又不能吃不解渴，它只能是一个饰物？

　　莫雷尔胡思乱想了一阵，站起身来，走到外面，看了会儿晴朗的夜空。大漠的夜晚很明亮，玉龙喀什河边也因了阿里江的死而变得异常寂静，偶有一两声羊的叫声传来，也只是单调的几声，过后又恢复了寂静，有点点烛光从每个窗棚、帐篷里透出来，在明亮的夜空里也显得太微弱，根本不值得一提。他到河边走了走，碰上几个静坐在河边的人，别人与他打招呼，只问他去过阿里江家了没有？莫雷尔答了声，没有！

　　别人就说他们都去看了，死得惨哩，塔尔拉还从来没有人这样死过，图个啥呢？汛期快过去了。

　　图个啥呢？莫雷尔在心里念叨了一下。

别人又不说话了,看着河水发呆,也不和一贯不善言辞的莫雷尔说话了。

图个啥呢?莫雷尔在心里又念叨了一遍这几个字,突然全身一紧,在七月燥热的夜晚里打了个冷战,他不明白自己是怎么了,会打冷战。他在河边站了一会儿,决定去村子里,到阿里江家看看,别人都去看了,自己也该去看看。他就来到村里,来到了阿里江的家里。

阿里江的家里灯火通明,却没几个人了,只有几个老女人还守在来丽的身边,怕来丽想不开。

来丽及他们的儿子阿里洪坐在地上,发着呆。惨白的灯光照在同样惨白的来丽脸上,莫雷尔见了满心的惨白。他走过去,也没有合适的话说,就用手一个劲儿地摸着阿里洪的脑袋。七岁的阿里洪莫名其妙地望着莫雷尔,望得久了,阿里洪就开口说:"你不停地摸我干啥,我又不是羊脂玉,有啥摸头?"

莫雷尔被孩童奇怪的话语击了一下,随即把手拿开,不知所措地望了望来丽。来丽这时也望了一眼他,一眼的呆痴。

那几个劝说来丽的婆娘,这会儿赶紧站起身来,像换了班似的,一边唠叨着,一边退出去走了。

留下莫雷尔一人,陪着来丽母子,他变得局促起来。自从来丽嫁给阿里江后,他就没有来过他们家,更没有和来丽说过话,这会儿又不知说啥才好,就站了会儿,又不好就此走掉,想了想,他就走上前去,看着躺在床板上的阿里江。

阿里江已被洗去了身上的泥沙,正安静地躺着,像熟睡了似的,只是他的身体比平时胖了许多,是河水泡涨的,脸也有点变形,还微张着嘴,嘴边还闪着白光,一晃一晃的,怪吓人的。莫雷尔当着来丽母子的面,没好意思后退。就弯下腰,装模作样地细看一下死者，他留心看了一下阿里江的脸，目光在嘴上又闪了一下，这回他才看清楚，阿里江的嘴里含着一块晶莹透明的玉，他肯定那是羊脂玉，所以阿里江嘴边被灯光照得一直在闪着光。一弄明白阿里江嘴里含的是羊脂玉，莫雷尔的肚子里忽地涌上一股酸水来，直冲到了喉咙里，他恶心得想吐，赶紧抬手捂住嘴，想往外退。这时，阿里洪站起来，跑了过来说："我爸嘴里放的是一块羊脂玉，他们（指那些老人）说我爸就不会臭了！"

莫雷尔嘴里支吾着，赶紧退了出来，在外面吐了个昏天黑地。吐过，他不想再进去，就回到了河边的帐篷里，一晚上没睡着觉，一闭上眼，全是阿里江嘴里的羊脂玉在眼前闪着刺目的白光，他怎么也睡不着。

阿里江死后的第三天中午，玉龙喀什河里的水开始回落了。这时河水已经有点变清了，但还是看不到河床里的石头，凭经验，再过两天，汛期就会过去了，今年的找矿工作也快开始了。

午后，阿里江的儿子阿里洪来河边找莫雷尔。说是他妈找莫雷尔有事。

阿里洪说话声音很响，吸引了河边人的目光。莫雷尔走出帐篷时，他发现大家都看着他，他没多想，就随着阿里洪去了他家。

阿里江的尸体还停放在床板上，屋子里已经有股臭味了，有不少苍蝇盘旋在尸体周围。来丽站在一旁，正用扇子驱赶着那些苍蝇。

见莫雷尔来了，来丽停下手中的扇子，望着莫雷尔，凄苦地笑了一下，说了句："我只好叫你来了。"

莫雷尔一怔，忙说："赶紧找人收拾一下，安葬了吧，这天气放不住。"

来丽说："叫不来人，他们都等着找矿。"

莫雷尔说："我去叫，水还没退完呢，等啥呀。这面的事要紧呢。"

"算了。"来丽说，"他们不会来的。"

莫雷尔就没话，静静地站着，他也没有上前，他怕看到阿里江的脸，更怕看到阿里江嘴里的那块羊脂玉，他会恶心呕吐的。

来丽说："我只有求你帮我了，我一个人咋办呀。"

莫雷尔没吭声，在心里说道，我早该来帮她一把的，我咋没想到，现在只剩下来丽孤儿寡母的，出了这么大的事，自己咋就没往这想一想？

莫雷尔和来丽来到戈壁滩上的墓地里，选了一块地方，开始给阿里江挖墓坑。戈壁滩上的石子沙土很硬，挖一个墓坑不容易，又只有两个人，没人替换，挖了一天，也没挖到小腿深。来丽就坐在墓地里哭开了，一边哭一边说着自己命苦。

莫雷尔劝了一阵，见没有用，就一个劲儿地挖坑，心里头也是闷闷的。

来丽哭够了，又来挖坑，边挖边说，当初，阿里江可没有亏过谁，这会儿死了，却没有人帮着来挖墓坑，这人心都长到哪去了。

莫雷尔不吭气。

来丽又哭开了，边哭边说，当初阿里江给村里人带来了多少好处，他一来就发明了一种制造羊脂玉的办法，大家钱没少挣，却骂他人太能了，处处把他当外来人看。

说到制造羊脂玉，莫雷尔想到，当年阿里江到了塔尔拉后，不久就发明了用质地上好的普通岫玉制造假羊脂玉的事，他把岫玉植到大尾羊油脂最厚的羊尾巴肉里，然后把装有岫玉的羊尾巴伤口用针线缝上，让羊带着岫玉过上一年后，再割开羊尾巴取出来，岫玉

夏天的羊脂玉　　143

里浸透了羊脂,能以假乱真地充当羊脂玉出售,挣了不少玉贩子的钱。那时候,塔尔拉的人谁不说阿里江能干呢,连莫雷尔自己都种植过,虽然他没种植成功。但别的人成功了,不都是为了羊脂玉多挣钱嘛。

说到底,玉到底是何物呢?一想到羊脂玉,莫雷尔就想到了死后的阿里江嘴里含的那块玉,不由得他又呕吐了起来。

墓坑挖到第三天的时候,玉龙喀什河里的水已退尽了,找矿的人们一窝蜂地冲到河床里找矿去了。墓坑还没挖好,半天了才挖了一人多深,离埋人还差一截子。

莫雷尔到河边照看自己的羊群时,已见到有人找到矿了。人家兴奋地告诉他,他无动于衷。别人就对他说:"再不去找,今年就别想了。"

有人就说:"人家莫雷尔不用找矿的。"

"为啥?"

"他找到了更好的矿。"

莫雷尔一听,也没发火,这几天他也听到了人们说他与来丽的风言风语,他没有计较,他只想着,尽快帮来丽埋了阿里江才是,阿里江的尸体已经腐烂了。至于别的,他没多想,他也不想去想,他对来丽现在没有一点想法,过去的都已经过去了。

再回到墓地,来丽见莫雷尔不吭声,就说:"要不,你去吧,别耽搁了找矿。"莫雷尔说:"挖吧,再挖一天,就好了。"

来丽说:"你走吧。"

莫雷尔就发火了:"你挖不挖?不挖你就走开!"

墓坑挖好后,要埋阿里江时,阿里江的儿子阿里洪要取了他爸口中的羊脂玉。莫雷尔拉住了阿里洪的手,说不要取。

阿里洪说:"这可是一块真羊脂玉。"

莫雷尔说:"让它跟你爸去吧。"

来丽听了,泪水涌了出来。

下葬时,是早晨,太阳刚升起来,把墓地照得血一样红。莫雷尔望着墓地上一堆堆沙土沐浴在血一样的阳光里,他的心里红红的一片,像着了火似的发烫,烫得他口干舌燥,就随手抓过一瓶奠给阿里江的"昆仑大曲"酒,用牙咬开盖子,狠灌了一阵子,然后将酒瓶摔碎在戈壁石上。那些玻璃碎片在阳光下闪着血一样的光,刺得他两眼生疼,他的眼前又闪动着阿里江嘴里含着羊脂玉的光来,他不敢再看,闭紧双眼,慢慢地涌出一股泪来,在阳光下,像流出来的血水。

填完墓坑,莫雷尔突然问来丽,阿里江为啥掉进河水里?这是他一直想问的一个问题,也似乎是他早就知道了的一个结局。

来丽哽咽着说,他的眼里只有玉,只有羊脂玉,他强迫我嫁给他,却说我是一块假玉,他说他喜欢真正的羊脂玉,他经常无理取闹,那天喝多了酒,又动手打了我后,就说要去找真正的玉,后来……

莫雷尔用手势制止了来丽再往下说,来丽的悲痛刺得他的心好疼,他真不知该怎样来理解这件事,他在心里深深地憎恨起这玉来,都是这破玩意儿把人害成了这样,在每个夏天,都为它奔命,却真正地没有奔出一个好命运来,可悲的人们……他转过身,望了一眼呆站在一边的阿里洪,他的眼睛被阿里洪手上的一束白光刺得生疼,他的心抽动了一下,随口问阿里洪:"你手里拿的是什么东西?"

阿里洪将手伸了过来:"这是玉呀,一块真正的羊脂玉,你咋连玉都不认识了?"

莫雷尔望着阿里洪和他手里的羊脂玉，竟无话可说。

这时，来丽冲了过来，问儿子这块玉是从哪里来的。阿里洪理直气壮地说："这是我爸嘴里含的那块，不是我偷的。"

来丽一听，泪涌了出来，一巴掌就打在了儿子的脸上，骂道："你个畜牲，谁让你拿出来的？"

挨了打的阿里洪也不哭不叫，只是紧紧地攥着那块滑润的羊脂玉，牙关咬得紧紧的，用愤怒的目光瞪着他的母亲，本来圆胖的脸蛋也变了形。

莫雷尔的眼睛晃了晃，他看到的阿里洪分明是一个精明的阿里江，一个把玉看得比命都贵重的采玉人。玉是什么？玉使一个孩童过早地成熟了，心变得像玉石一样冷硬，可以不顾父子的亲情，心里装满了无穷无尽的玉。

莫雷尔的心就乱了，乱得全身麻木，他目光也变得麻木，呆呆地望着来丽愤怒地硬从阿里洪手里抠出那块玉来，烫手似的两手替换着，最终怕烫似的将玉扔向阿里江新鲜的坟堆。玉落在坟堆上的戈壁乱石上，碰撞出一种沉闷而坚硬的声音，这声音灌进莫雷尔的两耳里，分明是活着的阿里江常常找矿时发出的那种叹息声，那是找矿找得艰难却不甘心时发出的叹息声。

莫雷尔奇怪地在这种叹息声中望着那块从坟堆顶滚到坟堆下面的羊脂玉。他看到，它混在戈壁石中，在耀眼的阳光下，也只是一块石头。

骑手

马真是个好东西。无论有多么远的路，哪怕是没有路的荒滩，马都可以替你走，把你驮到你想去的地方。

马使他成为真正的名骑手，成为那年赛马会上的佼佼者，使他出尽了风头，一个骑手的荣誉全落在他身上。马只得到几句称赞，但马毫无怨言，还给他在炎热的夏天，在没有一棵树的布鲁克草原上，遮出一丝阴凉，让他躺在马肚子下，免受烈日的直射。

马多好呵，马使他成为布鲁克草原上的英雄，成为人们崇敬的骑手，他才娶上了草原上像花一样的女人。他应该感激马才对，可他对马越来越怨恨。

他对马的怨恨，来自他的女人，那个如花一般的女人。

女人是个好女人，布鲁克草原上的一朵花，其实更像天山冰峰上一朵盛开的红雪莲，高贵艳丽，令许多人望尘莫及。他采到了这朵高贵的花，应该心旷神怡，悠然自得。但他没有，他在得到这个女人的新婚之夜，像一个刚跨上马背的少年，战战兢兢，不敢驱马前行，似在一个梦境里神游。心里没有踏实感，最终没有抖动缰绳，奔驰一番。女人一脸的庄重，美丽的双目像忧伤的野兔，望着他，没有惊慌，却摧毁了他正在发展着的激情。

"我不是马！"女人只这么一句，他就溜下了马背，仅此而已。

他驾驭不了这个女人，她太高贵，她的气质不像一匹狂暴的烈马，她更像一头羊，一头绵羊，一头不容侵犯的母绵羊，有一种内在的神性护佑的精灵在她的目光里包含着，那种忧伤是马没有的。马是高傲的，把距离都不放在眼里，不可一世的样子，随时准备接受征程的挑战，它一辈子都不躺下，连睡觉都站着，能诱发人的征服欲。

可羊不是这样，羊听凭人的摆布，叫到哪里，就到哪里，明白自己的使命，只是人的食物，随时等候人的宰割，但羊的气质，不容忽视，它的目光像一把刀子，能刺透人心，人怕羊的目光，尤其是那种任人宰杀时的顺从。

人都呵护着羊群，任羊群在前面走着，自己骑着马跟在羊群后面，羊把人和马带到了草场，不是人把羊群赶到牧场。就这么简单。

他在女人面前，像一个卑劣的牧人，完全丧失了骑手的风采，任女人用绵软的双手抚摸着他的头发、脖子，似抚摸马的鬃毛一般，败在了女人手里。

他怨恨起马来。马把他推上了骑手的宝座，让他一往直前，春风得意，娶了美丽的女人，却不能征服女人、驾驭女人，他为此苦恼不堪。

他想找人去诉说自己的苦恼，但被他战胜的老骑手已经死了，能够战胜他的新骑手还没有出现，他徘徊在老骑手的家门前，望着老骑手留下的黑马，拴在屋后拴马桩上，犹豫着，不敢踏进老骑手的家。

老骑手是为他死的，死得很壮烈。在他成为名骑手的那次赛马会上，他骑着他的枣红马，似一团火焰紧紧地燃烧在老骑手的黑马身边，快把老骑手和他的黑马烧着了。那种较量，其实是马与马之间的争锋，它们的眼睛里冒着火星，相互轻视着对方，他从两马齐驱并进的狂奔中，看到了马这种动物的不可一世的傲气，它没有把骑手看成驾驭它的主人，却像它在驾驭着人，输赢都是由它决定的。确实是这样，马不愿跑，你能把它怎样？用鞭子抽，抽急了它会把你掀下马背，让你受疼痛之苦。

那次，他就是急红了眼，狠劲抽打自己的马，他的枣红马也急红了眼，不要命地往前蹿，失了前蹄，把他掀下了马背，他的右腿卡在了马镫里，被马拖在地上，它也没有放弃争第一的势头，继续狂奔。

是老骑手救了他。老骑手为了救他，侧身俯冲去抓地上的他时，从马背上掉了下来，被后面的马群乱蹄踩死了。他却在老骑手的帮助下，回到了马背，成了赛马第一名。

老骑手用生命铸造了他这个英雄，他为老骑手的惨死一直内疚着，曾跪在老骑手的尸体前，泣不成声。他在心里发誓，他一定要照顾老骑手的家，在生活上帮助他们。老骑手的女人还很年轻，她也是当年布鲁克草原上的一朵花，她为老骑手生下一个儿子后，依然丰韵犹存，并且更有看头，惹得那些有女人的男人常来打她的主意，但她一个都没有看得上，她带着三岁的儿子，放牧着一群牛羊，日子过得一点也不艰难，只是失去男人后，她没有了以前的欢乐，不愿和别人来往，形影孤单，草原上再没听到她优美的歌声。

他在老骑手死后不久，来过一次老骑手的家，他向这个女人倾诉了心中的悲痛和对老骑手的感激之情，他在透露出他愿承担老骑手的家庭负担，照顾他们母子的生活时，这个女人冷冷地笑着，对他说这不能够，她可以对付生活中的任意一件事，她不是一个弱女人。

他向她述说自己的心情，她听着听着就大笑起来，没有一点凄苦的成分，却对他的一副悲伤和不安深表嘲讽。

"你能帮我干什么？"她笑过后说道。

"我可以干老骑手生前所做的一切活计。这样，我心里才能安宁一点。"他说。

"你不能！"她说，"他作为我的男人，他能和我做的夫妻，你就做不了！"

他被她的话击得站立不稳，他像一个赛场失败的骑手，羞愧地牵着自己的马悄悄地走了。

这回，他来到老骑手的家门口，他没有推开那扇虚掩的木门，他的目光全落在老骑手的黑马身上。

这是一匹好马，全身上下黑得透亮，像泼了一层油，在阳光下闪着光，吸引着他的目光，也吸引住了他的心。好马总能攥住骑手的心。他不由自主地走了过去，用手去摸黑马的背。马腾跳了起来，拒绝了他的爱抚。他的心也跳了一下，他发现眼前的马已经有点发胖了，后臀滚圆，四条腿也粗了，跳起的姿势不再威猛，但雄风犹在，烈性没减。

他喜欢暴烈的马，见到一匹烈马，他总有种征服欲望在燃烧。当年，他就是见那匹枣红马刚烈，才买了它，把它驯成一匹优秀的赛马，与老骑手抗衡的。黑马的秉性，让他忘记了一切烦恼，他身上的血在奔涌，心在燃烧，他不能自控地解开了黑马的缰绳，跃身跳上了黑马的光背。

好骑手是不需要马鞍的。他是一名好骑手，只要在马背上，他的双腿就能把自己紧紧地固定在马背上。

但黑马狂跳着左突右奔，还是把他掀下了马背。他没有被掀翻在地，稳稳地站住了。黑马挣脱着，想脱开他手上的缰绳，他用手一带，顺势又跃上了马背。黑马大怒，往前猛跑了几步，一个急停步，两只前蹄插进了草地之中，两只后蹄一扬，后臀提起，直立起来。他抓紧了马鬃，揽住了黑马光滑的脖子，两腿用劲，把马肚子夹出两道凹坑，马在空中定了一下，随即落到地上，腾挪跳跃，发出一声声尖厉的嘶鸣。这是马无奈地妥协时发出的叫声，但黑马不同于一般的马，它的挣扎还在继续，突然间掉头又奔跑起来，在开都河边一下驻足，故技重演，还想掀掉身上的人。

他已经料到黑马的这一招，提前抱住了马脖子，没有被掀到地上。他伏在马背上，整个人贴在马的身体上，像一个吸附物，使黑马最终服输了，它打着响鼻，吐出一连串的白气，四只蹄子不断倒换着，踢踏得草叶乱溅，一个劲儿地嘶鸣着。

黑马和他都出了一身的汗水，他闻到马身上的汗味，心里舒坦极了，他贪婪地吸着鼻子，让马的汗气味滋润着他的肺腑，抬头望着西斜的烈日，激动得全身都在抖动。又一次征服，使他心胸间的郁闷顿时消散，他拍着黑马的脖子，一副悠然自得的样子。

"怎么样？咱们跑一圈吧。"他对黑马说道。

提起缰绳，他在马的屁股上拍了一把，想把黑马驾驭到开都河里，过河到对岸的大草场上跑一圈。

没想到黑马不理他的驾驭，在河边打着转，喷着响鼻，就是不下河。

他急得在马背上左驱右赶，吆喝着，回答他的，又是一声马的嘶鸣。

这时，身后的木门"吱呀"一声开了，老骑手的女人摇摇晃晃地走了出来。她大概病了，一脸的倦容，把手搭在额头，细细地瞅着河边的一切。

他尴尬地望了望女人，翻身跳下马背，轻声说了句："这马性子够烈，我驾驭不了它。"

女人看了看他，走上来接过马缰绳，没说一句话，就往马背上爬。可能是她太虚弱，一下没有爬上马背，差点摔倒。

他想帮她一把，可无从下手，想劝她一句，又不知说什么好，站在一边手足无措。

她终于爬上马背，一抖缰绳，黑马就下了河。河水不深，清亮清亮的，透着夕阳的光辉，马一走进去，光辉就被黑蹄踩碎了，整个河里金光乱闪，晃得他眼都花了。

女人把马骑过了河，跑了个小圈，又涉水回到了河这边，跳下马，牵着缰绳，对他说："这马认生哩，看把你折腾的。"

他擦了擦额头的汗，看她走路的样子有点晃，竟然说："你病了？"

"发了两天的烧，身子有点虚。"她说。

"你咋不通知我？"他说，"我去给你叫医生。"

"不要。"她说道，"现在已经不发烧了，没事的。"

他没有话说了，过了一会儿，他才说："自己身体要保重。"

她勉强地笑了笑，叫他到家里去坐坐。

"我刚酿的马奶子酒，没有人喝哩。"她说。

他帮她拴了马，随她进了屋子。她拿来两个茶碗，倒了两碗喷香的马奶子酒，里面加了酥油，黄灿灿的，诱人眼。

她端起酒碗，喝了一大口，对他说，刚娶了美人，不好好待在家里，来惹我家黑马。

他低下头，把一碗酒喝完，心里又沉闷起来，不吭声。

她又给他倒酒，笑着说："当新郎不好，却想着骑马。男人没一个好东西，放着花一样的女人不骑，就想着马。"

他又把酒喝完，心咚咚地跳着，马奶子酒在他的身体里燃烧着，他有一肚子的委屈，却没法倒出来。

"你酿的酒好喝。"他说道。

女人愣了愣，又给他倒上酒，说了句："好喝就多喝点。"说完，她喝完自己碗里的酒，突然就流下了眼泪。

他吃了一惊："怎么了？我说错了？"

"没有，"她说着，一仰脖喝了一碗酒，"那个死鬼（自己的男人），没有说过我酿的酒好喝，常说别的女人酿的酒味正。"

"唉。"他叹了口气。

她也叹了口气，对他说："男人可能都是这样吧。"

他说："不是，你酿的酒确实好喝。"

"那你女人呢？她酿的酒呢？"

"她，"他摇了摇头，"她什么也不会，酒还没酿出来呢。"

她看着他，觉察出了什么，偏着头，笑着。她的样子很迷人。

他是有点晕了，又喝了一碗酒，头也大了，酒劲往上涌。他想到自己的女人，她看自己的目光很空洞，却很认真，但目光里缺乏一种让他接近的东西，好像她和他隔着什么两人无法沟通的网膜。眼前的这个女人不同，目光纯净，背后没有隐藏的东西，她的目光叫人心动，使他全身蠢动，尤其是他的心，跳得没有了规律。他的脸也烧了起来。

她就那样看着他，笑着，又说道："你是个骑手，能调教出一匹好马，就能调教出一个好女人来，她不是一匹暴烈的马驹，她太温顺了，是一匹听话的母马，像绵羊那样温顺，是不是？"

他听得心跳更厉害了，他不知道自己摇了摇头，还是点了点头。

"骑手都是这样，"她说，"他能面对烈马，却不能把温顺的羊驯成坐骑。"

"羊总是羊呵，"他终于开口说道，"羊变不成马的。"

"胡说，"她说道，"羊咋不能变成马？只是羊太矮小了，在马面前，它只有自卑，弱小，只能是人养的食物。要是羊像马那么大，它也会成为人的坐骑。"

"那么你呢？"他打着酒嗝，对她说："你是羊，还是马？"

她哈哈笑了起来，笑过，说："你喝多了，我不是羊，也不是马。"

"你是什么？"

"我是人，是女人，是老骑手的女人！"

"你不是！你是一匹马，是老骑手大哥的一匹好马。"

"看你胡说的，是酒喝多了吧？"她说着，又给他倒酒。

"你是，你是马！"他坚持着说。

她不理他了，她说她要去寻自己的儿子，不知他疯到哪里去了，得找回来。她这样说着，却不走，给他倒酒，她劝他喝，自己也喝着，脸上红红的，像蒙了一层红布。

他望着她，眼睛直直地："你是马，是枣红马，你看你的脸像马的脸一样，是红的。"

她笑着，推了他一把，说："我脸红，是发烧给烧的。"

他的全身燃烧了，被她的目光和脸，还有她的那一把秀发。他被烧得着了火似的，说了一句："那我也发烧吧。"就呼地站起来，扑向了她，把她按倒在地毡上。

她不惊讶，也不吭气，只是一个劲儿地挣扎，挣脱不了他，但她还是要挣扎。她越挣扎，他越来劲，他像对付一匹暴烈的马，他要征服她。他的想法像狂风一样席卷而来，一次比一次狂热，一次比一次粗暴。

在躯体的生拉硬扯下，在肉体的互相接触下，他感到她的心灵在彼岸呼应着他、感应着他，他更加来劲，蹬翻了酒碗，踢翻了酒壶，他什么也不顾。

"你就是马！"他喃喃说道。

她挣扎着，却抱紧了他，而且通过他的眼神、表情、抚摸，勾起了她对往事强烈的回忆，她回忆起自己男人活着时，也是这么狂热，这么猛烈，她的心里疼了一下，但随即被他的动作淹没了她的回忆，甚至她的心。她在挣扎，抬起脚，蹬上那扇木门，把血红的夕阳关在了门外，她在心里嗓子里发出的，却是一声莫明其妙的声音。

她的声音叫他听起来像马的嘶鸣，是那快被他征服的声音，他更来劲了。

他试图到达她的肉体，感受她，弄懂她。他抚摩着她的脸、背，像抚摸一匹光滑的马，他吻着她的脸、脖子、胸、腹部，像一只寻找隐秘食物的动物，嗅着她的身体，对于感觉上没有经过专门训练的他来说，他看到的迹象有点模糊，但他一定要弄懂。

她引着他，在不断地前进，使他有种肝肠寸断的近乎绝处逢生的惊喜。她嘴里说着话，这些话他听不懂，他都认为是另外一种语言，像马发出来的，他也没必要听懂。

后来，他们坐在地毯上，相互看着自己，突然间又都不好意思起来，两人相帮着穿好衣服。

她说了句："我还发着烧呢。"

他说："我也发着烧呢。"

她说："好呵，你也会说话了，你说帮着照顾我母子哩，却把他该做的都做了，连我发烧你都能传染上了。"

"这是我应该做的。"他起身告辞时说道。

骑手　155

她不吭气了,也不看他,但把他送出屋时,身子也不摇晃了,似没害过病一样。

他看着她的模样,说道:"你的病看来好多了。"

她没有回答他的话,却说:"你说我的酒好喝,就常来喝,我一个人也喝不完。"

他狠劲地点头。

她又追上来说:"你别恋着我这个人,你家里还有一匹马,不,是一只羊等着你呢。"

他和她的事还是叫他的女人知道了,他的女人和他闹了起来,他就把女人给收拾了,像收拾一匹暴烈的马。

他的女人也不是温顺的绵羊了,变成马了,他费了不少劲。

过后,他的女人目光变了,没有了忧伤,热热的,亮亮的,她还说了句:"你就是这样当骑手的?"

他大笑起来。

他和她女人之间的隔膜不见了,女人也开始给他酿马奶子酒,她说,骑手不能没有马奶子酒。

他第一次喝自己女人酿的马奶子酒时,女人问他:"我酿的马奶子酒好喝吗?"

他只点了点头,没有开口。

牧人与马

那时候,太阳很毒,把地上烤得都快冒烟了。幸亏地上有草,草厚得像毡一样,把地上盖得很严实,太阳就烤不到,就烤草。草是绿的,有水分,有太阳永远吸不走的水分,草就不怕,依然水灵灵地绿着。

照相的是个瘦得只剩下骨头的男人,偏戴着一副宽边大眼镜,眼镜对他应该是个负担,看上去很重,压在他都是骨头的脸上,叫人看了心里都沉甸甸的,直替他费劲。这么热的天,连羊都脱了不少毛,卸了累赘似的,想凉快呢,可照相的男人却留着一蓬黑乎乎的胡须,浓密得吓人。

其实牧人们都不觉得热,惯了,比这更热的天,把那么绿的草都热得趴下了,他们都挺过来了。这会儿,牧人们却有点热了,是为照相的瘦男人热的。看着照相的瘦男人一头一脸的汗珠子,似从骨头里烤出的油似的,滋滋地响着,这种情景牧人们都不陌生,牧人吃了那么多烤羊肉,烤羊肉时,羊肉在火上就是这么响的。可现在,照相的瘦男人不是烤羊肉,并且没有多少肉,全是骨头,还要撑着那么重的眼镜,把骨头都压得疼哩,何况是这么热的天,都想把草烤趴下的毒日头。

牧人们是替照相的瘦男人着想哩。

牧人就想着,今后绝不戴眼镜,那不是个好玩意儿,戴着人累哩。

尽管这样,还是没有人照相。

牧人与马　　157

不是牧人们不愿照相，是牧人总觉得照相不值，那么一张硬纸片片没有什么用处，上面有自己的影子，再看也不是真人，有啥意思？

更主要的还是牧人手里没有现成的钱，他们只有现成的羊，一群一群的，羊是他们的财富，可不是随便可以用的纸币。当然他们有钱也不愿去照相，这是多么没有意义的事情。

牧人就替照相的瘦男人难受，这么远跑来，又这么热，他多难呵。

有一个牧人实在看不下去，不忍心照相的瘦男人受这份罪。这个牧人就站出来说，要照一张相。

"一张相二十块钱哩。"有人说。

这个牧人说："认了吧，你看他多么不容易，热得骨头都冒油了。"

可他心太黑，照一张就二十块。

照相的瘦男人忙说："不贵不贵，我这是一次性成像，还带彩色的。"

可在城里，照一张相才两块钱。

这个要照相的牧人去城里照过一次，确切点说，是去镇里照过一次相，还是为了办身份证才照的。不然，他才不会干没意义的事哩。

这个要照相的牧人实在是可怜照相的瘦男人，才要照相的。牧人要照相了，就提出要和他的马一起照，问照相的瘦男人行不行。

照相的当然同意。

牧人离不开他的马，他就想着让他的马也照一次像吧。就牵过自己的马来，是一匹红得火似的好马。

照相的瘦男人给牧人和马摆姿势，用了好长时间，可能是马不习惯这样那样的姿势，总摆不好，牧人就对他的马很生气，竟抽了两鞭子马的屁股。他还从来没有打过这匹红马呢，这是一匹很听话的马。

可这匹马就是不听照相的瘦男人摆布。

牧人又抽了红马两鞭子。

照相的瘦男人无奈，就提出让牧人的女人给他牵着马，一块儿照。

牧人就问："还是二十块？"

还是二十块！照相的瘦男人答道。

牧人叫过自己的女人，牵了红马。红马就默默地顺从了。牧人看出红马是很勉强的。牧人的心里就不很舒服。

摆好姿势，终于要照了，牧人却提出不要他的红马了，叫自己的巴郎子把马牵走，他不愿和这个今天不听话的马照相。

照相的瘦男人就要按下快门了。牧人却提出叫他的巴郎子一起照相，因为少了匹红马。

照相的男人同意。牧人就唤过自己的巴郎子。

这一唤，牧人的三个巴郎子都叫嚷着要照相，牧人就为难了，就提出三个巴郎子都一块儿照。他很爱自己的巴郎子，他们都还没有照过相呢。

照相的男人没说话，折腾了半天，满脸的不高兴。

牧人就说："还是二十块？"

"还是二十块。"

牧人很高兴，一家人照了一张高高兴兴的相片。

两分钟后，相片就出来了，是彩色的，很好看，牧人们都争相传看着。

照过相的牧人手里捏着照片，脸上像喝了酒似的，红得闪光。

于是，照相的瘦男人就得到了二十块钱的照相费，他总算没有白来。

牧人像得了便宜似的，二十块钱照一个人的像，却照了全家人，这是多么好的事呀。如果像这样子，这张相片还是有点意义的。

但牧人心里总像欠着照相的瘦男人什么似的，过意不去，就邀照相的瘦男人到他的毡房里做客。

照相的瘦男人扶着大眼镜，擦着头上的汗就去了。

牧人很高兴，亲自去放倒了一只正在吃草的羊，宰了给照相的男人吃。反正他有的是羊。

照相的瘦男人很能吃肉，吃得胡子上都沾着肉渣子，可他还是那么瘦，他一个人几乎吃了半只羊，他吃的半只羊不知都到哪里去了，那么个骨头架子，根本看不到肚子，却硬塞进去了半只肥羊。

照相的瘦男人吃得越多，牧人越高兴，牧人总觉得欠他的。并且给他喝了多半瓶酒。

吃饱喝足，牧人还把照相的瘦男人一直送到路上，两人有说不完的话，可都是酒话，越说越多。到最后，两人说得口渴了，四野没水，牧人骑着马，还返回去抱了西瓜来给照相的男人吃。

照相的瘦男人渴极了，吃了不少西瓜，把瓜皮扔了一地。牧人就把地上的瓜皮拾起来，翻过来，扣到路边上。

照相的瘦男人不解，问牧人扣西瓜皮干啥，牧人就说，这样太阳就晒不干瓜皮，要是碰上没水喝的人，就可以啃瓜皮解渴。

把照相的瘦男人惊得半天合不拢嘴。

这真是一个伟大的发明。照相的瘦男人感叹着走了。

牧人骑着马往回走时，坐骑总是跑不起来，只打着响鼻，任牧人怎样抽打，也只是默默地走着。

牧人很生气，回到自家毡房前，好好地将红马抽打了一顿。红马今天太不听话了，从照相的时候就不听话了。

牧人打累了，到毡房里躺下，好好地睡了一觉。醒来时，已是第二天了。

这又是一个太阳很毒的热天。

牧人要出去放牧，却死活找不到他的红马了，牧人很着急。太阳升得很高了，还没把羊群放出去，羊在圈里，饿得叫成一片。

牧人打发女人、巴郎子四处去找自己的红马。他自己也一路找着，竟不知不觉来到了路上，他看到路边上有一排已晒得很干的西瓜皮，他想起这些瓜皮是他昨天和照相的男人吃过的瓜皮，却干成了这样。他低头抓起一块干瓜皮，瓜皮在他手里捏碎了。

牧人很惊讶。

后来，牧人在他毡房里的那张有他女人和三个巴郎子的照片上发现，他的红马在照片上，站在他全家人的身后，正望着他呢。

可再也没有找回那匹红马。牧人奇怪红马怎么会在照片上？照相的事好像是很久远的事了。

马是牧人的腿，是牧人身上的物件，牧人一直待红马像自己家的人似的。

可那天牧人动手抽了红马两鞭子，是为了可怜那个照相的瘦男人，当着那么多人的面，伤了和马的感情，竟是为了照一张相，牧人不顾红马的自尊。红马是怕那个瘦男人手中闪光的照相机，它没有见过那玩意儿。

还有牧人那天送走照相的瘦男人后，回来又抽打了红马一顿，牧人竟有那么大的火气，不知道火从哪里来的，怎么看着都觉得红马不顺眼。

于是，牧人就失去了他心爱的坐骑。

牧人后来很后悔，后悔不该那么轻易就打了自己的马，以致他

牧人与马　　161

失去了自己心爱的马。他试图重新挑选一个新坐骑，可没有一匹马能称他的心，他骑着总不舒服。再后来，他就彻底不骑马了，他成了一个不骑马的牧人。

牧人怀念他的红马时，就看看那张全家人还有红马的照片，他的心里就很难受。

因为他丢失的，是他身上的一部分。他值得庆幸的是，有一张红马的照片可以陪伴着他，红马已走进他的心里。不然红马怎么会出现在照片上呢，是红马离不开他。

可他却成了一个没有马骑的牧人。

夏天的喊叫

保安乔生担负的是天花小区四号楼的警卫。四号楼是二十世纪八十年代初建的高层住宅楼,十八层,那个时候算是最高的了,现在算是最低的,并且那时候的建筑技术可能不过硬,这幢楼已经破败不堪,处处都可以看出这幢楼保留的时间不会太长久了。乔生从每天出出进进四号楼里的人们身上,经常能看到一些新面孔,也就是说,这幢楼不断有人家搬出搬进。搬出的可能有了更好的居住楼,搬进的大多是临时住户,过不了多久还得搬走。这幢楼不会有人长住的。

乔生记忆力非常好,到四号楼当保安还不到三个月,几乎记住了这幢楼里的所有人,不像另一个和他倒换班的保安刘景民在四号楼已经警卫大半年了,却把老住户都没认全,刘景民当班的时候经常会闹出一些尴尬事来。乔生却不同,他除过记忆好外,主要还是认真,他连租住在地下室的学生民工、卖菜修鞋的人都分得很清楚。虽然地下室的门在大楼正门的侧面,基本上不属于他们警卫的范围,由社区出租房的管理办负责着,但从没有人来负责过,大概由于租住地下室的人都没有什么钱物,管理办想着不会有小偷光顾吧。但乔生很认真,他当班的时候总是在前面侧面来回转悠,担心有小偷之类的人混入地下室作案。刘景民都劝过他好多次了,叫他别多管闲事,每月只拿四百五十块钱,就干这点钱的活好了。乔生却不听,依然把地下室也捎带着警卫了,这也不费事,这样两头走走,也有利于消磨时间,不然一个班四个小时,就和刘景民两个人轮流着倒班，觉得太漫长了。

其实，乔生愿意警卫地下室的一个重要原因，只有他一个人心里清楚，地下室住的都是些像他一样从外地来的乡下人，乔生觉着亲切，碰上这些人出出进进的，他们还会对着乔生笑笑，有些还会问他一声吃饭了没有，给他打个招呼。不像那些住在楼上的，一个个牛哄哄的，别说对你笑、问你吃饭没有，有时碰上面生的，你问一下，他连个气都不想吭，很不耐烦地登个记，把笔往那一摔，就进去了。乔生很看不惯那些人，但他又不能阻止人家进出，谁家没有个亲戚朋友上门来呢。

地下室这边就不同了，就是谁家来个亲戚朋友，只要乔生一问，人家都毕恭毕敬，说是找谁的，有时碰上个不知道要找的人家住的具体位置，乔生还会把他带下去，准确地找到他要找的人家。因为地下室有两层，还不规则，给没来过的人在上面指指画画说半天，也说不清楚，还不如带他下去呢。乔生对地下室住的那些人比楼上的人更熟悉些，尤其是住的那些学生，年龄和乔生差不多大，但他们现在都是附近外语学院的大学生，乔生只是个高中毕业生，是没有考上大学的小保安，他有时心里很自卑，觉得这些大学生很幸福，同时也觉得他们出来上大学也很辛苦，有些是自费生，在大学里分配不上宿舍，为了省钱，六七个人合租一间地下室，里面黑暗又拥挤，也不容易。特别是那些女生，在家都有装满自己秘密的小闺房，被爸妈宠爱着，在这里别说有人宠了，想拥有自己的一方小天地都不可能，只能用布幔在自己的床边围起个"小天地"，还得躺在床上才算拥有，够难受的。当然，也有一些大学生，两人租住一间，听说两人租住一间的，大多都是一男一女正在热恋着，在一起同居，这在现在也不算什么新鲜事，除过自己的父母管外，也

164 病中逃亡

没有人管了，父母都在外地，也管不着。还有一个人租住一间屋子的，在这个地下室一个人租一间的有三个人：一个是读完了硕士，正在攻读博士，听说是考"托福"为出国做准备呢，一个人住没人打扰；另一个正在读研究生，听说对所学专业不感兴趣，每天不怎么去上课，在房间关着门写什么小说呢，一个人租住图个清静；还有一个是在读的大学生，是个女生，长得漂亮丰满，特别引人注目，乔生连名字都知道，她叫吴飞飞，她既不考"托福"也不写小说，一个人租住，可能是家庭条件优越，不在乎这每月四五百块钱的房租，图的是安逸吧。

其实，乔生对这些大学生的真实情况了解得并不是太多，因为每天见面，面熟，基本上不接触，知道他们具体住在哪个位置，是乔生的职业习惯，有些连名字都不知道，平时连一句话都没有说过，碰上面笑笑或者点点头。这个单独住着的叫吴飞飞的女孩，乔生从来没有和她说过一句话，也只是点头笑笑，她的名字是从来找她的人那里得到的，她长得漂亮丰满又有青春活力，乔生格外留意她，得到她的名字也是应该的。

乔生和这个叫吴飞飞的漂亮女大学生终于有了一次说话的机会，那是这个夏天刚开始的时候。这个城市的初夏就很热了。那天午后，天很闷热，乔生刚接上班不久，因为怕热，他站在大楼门里面稍微凉爽点的地方，透过铝合金门的窗户正看着外面，这时，吴飞飞回来了。吴飞飞这天穿着一件粉色的吊带裙，吊带可能是透明的，特别细，离远点根本看不到这个裙子会有带子，完全是靠吴飞飞那对饱满的乳房挂着的，裙口很低，没有把吴飞飞的一对丰乳掩盖住，裙子欲掉不掉的，连她的雪白的乳沟都露出来了，加上她裸露出的细腻圆润的脖子、肩膀，把乔生从阴凉处给引诱了出来。乔

夏天的喊叫　　165

生本来对吴飞飞就喜欢多看几眼,他从门窗后面冲出后,才放慢脚步,装出一副偶尔碰上的样子,对吴飞飞微笑着点了点,算是打个招呼。没想到,正急急走向地下室门方向的吴飞飞对突然出现在她面前的保安,做出了慌乱一下的神色,随即脸红了,红得过分了,与她裸露的脖子、肩膀,还有半个胸乳,极不协调。她没有给乔生的招呼回应,而是迅速低下头,匆匆钻进了地下室。

乔生望着吴飞飞消失了的地下室门口,发了一阵子呆,才觉得天太闷热了,他出了一身的汗,便很失望地又走回到楼门里的阴凉处,站着回想了一阵吴飞飞今天的这身打扮,特别是她裸露出的部分,叫他回忆个没完。乔生叹息了一下,觉得自己很无聊,就去值班室坐着了。

前面说过,乔生是个认真的人,他一般在值班室坐不了多长时间就会出来转转,从大楼门口转到地下室门口,只有十三步的路程,乔生每天都在用脚步丈量着,但他能走上五六分钟,这看看,那瞧瞧,主要是为了打发时间。这么热的天,又是午后,该上班的人上班去了,不上班的人待在家里大多开着空调,还在睡午觉,只有傻瓜才会在这么热的中午在外面转悠呢。当然,乔生不是傻瓜,这是他的工作,他的工作就是这样傻转。这天中午的乔生,总是爱在地下室的门口转悠,这面比大楼的门口热多了,他宁愿热点,也不愿失去再看到吴飞飞的机会。这是吴飞飞出入的必经之路,只要她再出门,他就能看到。今天的吴飞飞很值得一看,并且这样期盼着她的出现,也是一种消磨时间的最好方式。没有当过保安的,甚至是看过大门的人,绝对体会不到干这种工作有多无聊,看似清闲,实际上很寂寞,你碰上这类人的时候,你再着急也没有用,他们一般都很认真,看证件登记,一点儿都不急,其实是他终于抓住了可以和你说说话，消磨时间的机会了，他怎能放过？

乔生也是这种人，他渴望在他当班的时候，来的人越多越好，哪怕叫他忙得团团转，给来的人赔笑脸、引路，他都愿意，他最怕的就是自己当班的四个小时里，没有一个人出现，那才叫难熬。就像今天的这个时间，午后，天气又闷热，要碰上个人，难啊。乔生百无聊赖地转着，四处看着，这个院子没东西可看，看到的只是院子中间的那个很大的花园，说是花园，里面却没有几株花，大多都是荒草，长得很高的那种，和无人修剪的忍冬、刺玫瑰混在一起，比赛着似的，纠缠在一起，长得密密实实，都快把中间的那条弯曲的小径埋葬了，也没有人管。其实不是没人管，主要是在那个花园中间的藤架上，听说曾经吊死过一个女人，一种说法说那个女人是因为和某个男人偷情，被她丈夫当场抓住，狠狠地打了一顿，还把她偷情的事公布于众了，这个女人没脸活人了，晚上没人的时候到那里上吊死了；还有一种说法是那个女人得了不治之症，一时又死不了，不想给自己家里白白添上几万元的医疗费，自行了断的。不管是什么原因，反正那里吊死过一个女人这个事实是存在的，从此，这个花园没有人去了，这个住宅小区太老太破，搬出去的人比搬进来的人多，物业管理办当然没有多余的闲钱去修理这个园子，就荒废着，一些懒人为了省事，把垃圾随手扔到园子里，这个园子就更脏乱不堪了。

乔生正在情绪低落地看着这个废园子时，一个人从太阳下走了过来，是个男人，胖胖的，还戴着一副眼镜，像是墨镜又像是变色近视镜，乔生分辨不清，他只能分辨清这个人不是这个楼里的，他走上去拦住了这个要进楼门的胖男人。

"请问，你找谁？"

戴墨镜或者变色镜的胖男人慌了一下，很明显地打量了一下乔生身上的保安服，他才抬手扶了扶眼镜，很柔和地对乔生说："我找我的表妹。"

"你表妹是谁，她住多少号？"

"我说了你不一定认识。"

"你说说看，这也是我们这里的规定。"乔生的话说得很得体，他没有说只要是住在这里的人，他都认识的话，那样显得太牛皮，不好。乔生是个谦和的人。

胖男人嘿嘿笑了两下，又扶了扶眼镜，才说："我表妹叫吴飞飞，你知道吗？"

乔生心里高兴了一下，没有正面回答，却说："你以前来过她住的地方吗？"

"来过，当然来过，她是我的亲表妹呀。"

乔生很冷静地说："你表妹吴飞飞她住在下面的地下室，不在大楼上住。"

胖男人脸上的肉动了一下，看不清他的眼神，不知道他慌乱了没有，他扶着眼镜说："是呀是呀，她搬到这里后我就没有来过，地下室不从这里进吗？"

我带你过去吧，她一直在家的，我没有看见她再出去。乔生提了提腰上的武装带，突然意识到了什么，胖男人扶眼镜，他提武装带，这算什么。他放下手，带着胖男人到了侧面的地下室门口。

乔生带着那个胖男人往地下室门口走的时候，其实，他想着只把他带到地下室门口，还没有要带他下去的想法，但到了门口后，他没有犹豫，决定把他带下去，一直带到吴飞飞住的房间门口。

乔生是怀着一种做好事的心态，敲响了吴飞飞家门的。他敲得很礼貌，又有节奏，轻轻地三下。同时，乔生也听到了屋子里的响动声，像把什么东西不小心划拉到地上的声音，很响，比他敲门的声音大多了。但响声过后，再没有了动静，吴飞飞也没有来开门。

乔生回头看了胖男人一眼。胖男人也看了他一眼。乔生对胖男人说，她在家的，我没有看到她出去呀。说着，他又敲了一回门，依然是三下，轻轻地。

房子里没有动静。

乔生回头再看胖男人的时候，一脸的无奈。胖男人却说，她肯定在的，说好了让我现在过来的呀，她可能正睡午觉呢。他边说边掏出手机，拨了个号，随即，听到吴飞飞的屋子里传来一声尖锐的手机响声。但只响了一下，就没有声音了。胖男人按个重拨键，自己的手机里却传出了一个女声说，对不起，你呼叫的用户已关机，请稍后再拨。

乔生又看了胖男人一眼，意思是她人是在里面的，你能不能进去，就是你的事了。胖男人也看了乔生一眼，说，她可能睡得太熟了，这样吧，我在这儿等等，谢谢你了。

乔生走了。他有点遗憾，错过了一次看到吴飞飞的机会。乔生一个下午都无精打采的，像那个荒园子里被太阳晒蔫的野草叶子。

乔生还是很幸运，在他快到下班的时候，吴飞飞还是从地下室出来了。乔生先是看到了那个胖男人——吴飞飞的表哥，他对乔生打了个感谢的手势，乔生踱过去，出于客气问了句："你找到了吧？"

"找到了找到了，现在我们去吃饭。"胖男人边说边很快地走了。

吃饭？现在算是吃的什么时候的饭？下午的太早，中午的又太晚。

这时，吴飞飞才走了出来，她还穿着她的粉色吊带裙，裸露着那么多的肉，很性感，叫人看了很有欲望。

乔生扫了一眼，还想看，却不好意思了，吴飞飞已经走到离他最近的距离了，他只好对着吴飞飞笑了一下，忍不住问了句："你出去呀？"

吴飞飞没有理会乔生，仿佛生气似的，把头别向了废园子的方向，走了过去，她有没有用鼻子对乔生哼一声，乔生后来都想不起来了。当时，他只顾看着吴飞飞走过去的背影，那块裸露着的大半个背，还有她的屁股。吴飞飞的屁股长得像她的脸一样漂亮。这是乔生对它的评价，自从乔生到四号楼来当保安，第一次看到吴飞飞的屁股时，就给它下了这个定义。那时候，吴飞飞穿着一条米黄色的紧身裤子，把她屁股的圆润、饱满、弹性，还有中间的那道沟，一点都不含糊，轮廓分明地全显出了，叫人看着心里一颤一颤的。乔生这个春天感觉到最美好的东西，就是吴飞飞紧绷绷的屁股了，她无论穿着什么样的裤子，屁股都是绷得紧紧的，轮廓分明。在乔生的思维里，女人，再漂亮的女人，如果没有一个同样漂亮的屁股，这个女人是不完美的。

乔生出生在山西榆次的一个乡村，他像现在城市里的年轻人一样，性意识超前，他上高中二年级时，就和班里最漂亮的一个女生有了恋情，并且有过一次性关系，但没有成功。究其原因，乔生不认为是缺乏经验，而是那个女生的屁股不行，太瘪，没有像她的脸蛋那样富有弹性，他那次像摸着一个变质的南瓜，一下子没有了激情。在所有的性启蒙书籍中，乔生早就弄清楚了女人和男人，但他忽略了抚摸的感觉，所以他失败了。他对那次失败一直耿耿于怀，很快和那个屁股不漂亮的女孩子分手了。乔生虽然出生在农村，但他长得五官端正，又很白净，所以有很多人给他上门提亲，他见了人家一面，用他的标准，都拒绝了。高中毕业后不久，无所事事的乔生被同村的一个寡妇盯上了，寡妇病死了丈夫，守了好几年寡，因为她还没有生过小孩，又有几分姿色，眼光就像没嫁过人的闺女一样高，所以一直再嫁不了，一个人独守着空房。寡妇盯上乔生，只用了简单的几招，就把乔生勾引到自己的床上。女人勾引男人比男人勾引女人，不知要容易多少倍。另外，这个寡妇又长了一个好屁股，对乔生的诱惑太大了。乔生和这个寡妇私通了将近半年时间，尝到了女人的滋味，也有了丰富的性经验。这个寡妇对乔生使出了女人能使出的所有魅力，但乔生还是离开了这个寡妇。乔生是很理智的，他一个小伙子不可能娶个寡妇，所以他逃离了，来到了城市，做了一个工资很低的保安。

有过性生活的人，与没有过性生活的人是不一样的，不管是男人还是女人，对性的抵抗能力就不如以前了。乔生也不例外。他的眼睛像一双手似的，经常剥开女人的衣服，能看到女人的本质。吴飞飞就经常被乔生用眼睛脱掉衣服，但乔生是有理智的，他能控制住自己不胡来。

城市里具有诱惑力的女人太多了，但乔生不属于城市，他很自卑。自卑有时候会变成仇恨，这会儿，乔生对吴飞飞就是仇恨的，他好心好意把她的表哥带到她的家门口，她不说声谢谢，连他的微笑都不理，还有他礼貌性的问候。他仇恨上她了，但他觉得她的屁股还是那么迷人。他能一分为二地看问题。以后只要是乔生当班时，碰上吴飞飞出入，他再也不对她微笑，更不打招呼了，但吴飞飞的背影他是要看的，绝对不错过任何一次机会。

眼看着盛夏就到了，这个城市的盛夏是最难熬的季节。在这个难熬的盛夏，乔生所在的小区里突然一天来了几个警察，警察说，他们接到几次报案，报的都是这个小区里接连发生过的几起强奸案，都是在晚上作的案，地点就在四号楼前面那个荒废的花园里。警察们在园子里搜索了半天，踩倒了不少野草，热出一身的臭汗，也没有找到一点线索，便和小区协商，给保安们开了个会，叫他们多留一下心，协助破了这个案子。

乔生开完会，快到他换班的时候，他提前过来，到园子里去看了看。这个园子实在太荒芜了，与这个城市特别不协调，如果不是几株玫瑰还开着花，简直就像乡村里的乱坟岗了。别说在这些野草丛里强奸女人了，就是杀人，也够隐蔽的，又没有人愿意到这里来，谁也想不到这里却发生过强奸案。乔生用手拨开小径上的野草，走了个来回，最后，他来到了中间的那个吊死过女人的藤架跟前，藤架是水泥的，已经裂了不少口子，露出了里面的钢筋，野草长得很凶，有些都爬到藤架上去了，都快把上面盖严实了。本来藤架四周种着密实的忍冬，这下，藤架被疯狂的野草围起来，更像一座天然的草房子，不过，没有人会喜欢到这个天然的草房子里来的，一想到这里曾吊死过人，还不把人吓死。看来，那个强奸犯够勇敢的，他有几分胆量。

可是，乔生奇怪，既就是这里发生强奸案，肯定是有点声息的，自己怎么从来没有听到过，也没有听别人说过呢？看来这个强奸犯是个绝顶高手，弄得没有一点声息，再说了，就是有一点声息，谁会注意到呢，一到晚上，回家的回家去了，出来转悠的人也不去这个园子，宁愿到吵闹的马路上去，也要避开这个不吉利的地方。就拿乔生自己来说吧，到这里当保安四五个月了，一听说这个园子吊死过人，一次都没有进来过，如果不是警察说到强奸案的事，他可能永远不会来的。

乔生开始注意上这个园子了。他倒不是想抓什么强奸犯，给这个小区的治安做贡献，他心里想的是，一旦那个强奸犯哪天抓住个女人，在这里出现，叫自己撞上，他可以英雄救美，最好是强奸犯没干成事的时候，自己大喊一声，冲上去救下那个女的，这样，那个女人会感激他一辈子。一般强奸犯能什么都不顾，达到去强奸的地步，他抓的对象肯定是早就盯梢好的，很漂亮，值得他去冒险。救漂亮的女人肯定是有意思的。

乔生把这当成了一次机会。如果是他晚上当班的时候，他把心思用在盯梢园子这面的时候多了。如果不是他当班，他在宿舍里看一阵电视，就会出来，到园子这面转悠一阵，尽管他到园子里会头皮发麻，胆战心惊，但他还是希望奇迹能够出现。

园子这面晚上本来就没有人来，听说强奸案的事后，就更没有人到跟前来了。乔生在这里转悠了有半个月时间，别说碰上强奸犯和美女了，连个老鼠都没有见到。要是在村子里的乱坟岗上，老鼠又大又多，能把人给吃了。这个园子再怎么荒，也是城里的，城里几乎看不到老鼠。

乔生有点泄气了，心想着可能是那个强奸犯听到风声紧了，不敢到这里作案了。他有点失望，半个多月来自己的心血算是白费了。他除过当班时，偶尔还注意一下园子这面外，不当班时，再不到园子这面转悠了。

就在乔生放弃了盯梢园子的时候，这天晚上快十点时，乔生快要交班了，他突然看到那个漂亮的吴飞飞从地下室走了出来。吴飞飞走出来本来是很正常的，但乔生这天却发现她穿着裸露很多的吊带裙,手里提着一个包,在昏黄的路灯下,是冲着园子去的,这就有点不正常了。乔生紧盯着吴飞飞的身影,他想着自己要不要赶紧上去阻止住她,她一直待在地下室里,可能还不知道园子里最近发生过强奸案的事,告诉她那里很危险,别叫她去,但一想到自从上次她表哥来之后,再见到她根本不理会自己的态度,他怕自己上去阻止会多此一举。乔生犹豫了一下,这时,接他班的刘景民来了。刘景民喊着乔生的名字,问他干什么呢,鬼鬼祟祟的。乔生回过神来,说没干什么呀,就和刘景民交班。对讲机、腰带,还有登记本等手续全交完了,乔生再走出来,往园子那里看,早没有吴飞飞的影子了。刘景民问他看什么呢,乔生对他说:"你刚才没有看到那个漂亮的女大学生到园子那里去了吗?"刘景民说:"就是你经常盯着人家屁股看的那个吴飞飞呀。"乔生说:"你难道没有看过似的。"刘景民说:"我刚看到她往园子里扔了一袋垃圾,就走了,可能回去了吧,这当口,除过那个女吊死鬼,谁还敢去园子里呀。"乔生吹了口气,说:"要是吴飞飞叫那个强奸犯去强奸多好。"刘景民冷笑了一下,说:"你他妈的吃不上葡萄,也不能这么狠心啊,人家多好的一个女孩子啊。"乔生说:"我话还没有说完呢,强奸犯还没干她时,我冲上去救下她。"刘景民骂道:"你尽做美梦了,现在是我当班呢,救也是我来救,你快回去吧。"

　　乔生回到宿舍,看了一阵电视,把电视频道从头到尾换了三遍,怎么也看不进去,便关掉了,他还是忍不住,又来到了园子这面。

　　月亮很好,今天可能不是农历十五,就是十六或者十四了,不然,月亮不会这么圆。蓝色的月光泻下来,洒到园子里,把昏黄的路灯比得不见影子了。乔生在园子边上站了一阵,没发现什么异常情况，他在心里骂自己真是神经病，已经下决心不再来了，怎么又来了？他在心里冷笑了一下，正准备往回走时，突然发现园子里那条被野草快埋葬了的小径上，有个人影正往里面走去。这一发现令乔生的头皮紧了一下，全身都紧紧绷绷的，他不敢动，两只眼睛紧盯着那个影子。影子的头被草挡住了，却能看到影子的背，还有屁股。乔生的眼神好，在月光下一看到这个屁股，他条件反射似的，就和吴飞飞对上了。他差一点就喊出吴飞飞的名字，告诉她那里危险，叫她别进去了，可乔生很理智，他没有喊出来，一是怕自己这样喊说不定会吓着吴飞飞，她今后别说理自己，恨都恨死了；二是既然今天叫自己碰上了，如果那个强奸犯叫自己捉住了，救的又是吴飞飞这样漂亮的女大学生，这个功劳可不能叫别人抢了去。乔生用手捂着自己的嘴，轻轻地跟进了园子里。

园子里很闷热，乔生心里又很紧张，出了很多的汗，汗水把他身上的衣服都洇湿了，裹在身上非常难受，乔生轻轻地脱了上衣提在手里，跟着吴飞飞进到了园子的深处。还没有走到那个藤架跟前，乔生突然隐隐约约听到了几声怪异的声音，他想，应该是吴飞飞发出的。看来她已经被强奸犯捂住嘴了。乔生全身抖动了一下，想着这时不冲上去，还等什么时候？于是他毫不犹豫地冲了过去。

乔生抱住了吴飞飞这个屁股和脸蛋一样漂亮的女大学生。那时候，乔生感觉到了吴飞飞身体裸露的和没有裸露的地方都很柔软，尤其是她屁股上的饱满和弹性，刺激得乔生在这个瞬间像触了电似的，脑子兴奋得都麻木了。

但是，乔生还是听到了吴飞飞一声接一声的喊叫，在夏天的夜晚里，这个叫声异常尖厉。

第二天的晚报上，在本市新闻版登了一篇消息。消息说，昨天夜里十点三十分左右，在天花小区的花园里，保安和群众逮住了一个连作了几起案子的强奸犯，强奸犯竟然是这个小区的保安乔某，他利用保安身份，群众麻痹大意的机会，多次作案，强奸了……

时隔一个多月，晚报上又登了一则消息。消息说，昨天夜里十点三十分左右，警方在天花小区四号住宅楼的地下室里，捣毁了一个卖淫窝点，当场抓获了一个化名为吴飞飞的卖淫女，她在租住的地下室里，多次……

开会

天刚黑下来的时候,队长端着饭碗已走到了生产队的办公室门口。队长一手端着一海碗没有掺苜蓿的玉米糊糊汤,一手慢慢掏出钥匙打开办公室的门。队长进屋摸黑走到墙根的桌边,把碗往白茬杨木桌上一放,杨木桌闷闷地响了一下,很空洞。队长在那个空洞的响声之后,摸出火柴点上桌上的油灯,屋内就黄黄的亮了起来。队长就把目光从灯焰上移开,在空洞的屋子里细细打量了一遍之后,才一屁股坐到桌子侧面的椅子上。椅子也是没上过油漆的白茬可不是杨木,它是没干透的柳木做的,队长一坐上它就很痛苦地尖叫了一阵,队长努力坐稳不再听椅子难受的声音。静下来的队长脸上布满了许多皱巴巴的心事,桌上油灯黄黄的光舔着队长不平整的脸,他一脸的阶级斗争,黄黄的昏昏的很复杂。

队长坐了一阵子,副队长和保管才先后端着碗走进来。看着队长脸上的表情,副队长和保管都不吭声。放碗,两个不太重的响声却往每个人的耳朵里钻。副队长往桌前剩下的一把柳木椅子上坐下,保管则坐到靠近窗子的大炕沿上。

生产队从来没有过端上饭碗开会的先例,保管不是队委会委员,不知道其中原因,只是在办公室门口才碰上副队长,也没来得及细问,保管就看了看队长的脸,把目光投向副队长,想从副队长那儿知道一二。副队长有些不自在,就扭头把保管的目光放在了脑后。

保管就有了急于想知道一二的不安,保管坐好、站起又坐好。

天完全黑下来的时候，会计才端个大海碗进了门。会计径直走到桌前，眨眨眼后看到副队长已先占了属于他的椅子，就把碗往桌上一放，放出了比队长放碗时更大更空洞的声音。会计也不去坐炕沿，也不退步，在副队长跟前站了一阵，见副队长没有让的意思，就狠狠地圪蹴在桌子投到地上的黑影里。屋里空气闷闷的。

队长对会计无声的抗议有些气愤，想说点什么，这时，三个小组长想跟着端碗踏过门槛，队长就止住了。

副队长顺手把油灯往边移了移，会计就完全暴露在灯光下了。

队长看了看三个小组长，想说的话就变了："到齐了。坐吧。"

三个小组长端着碗，挤到炕沿坐下。一组长就问保管："啥会？端这里吃夜饭？"

保管说："会餐。队上干部们一起尝尝各家的伙食，换换胃口。"保管说完，很得意地朝桌上自己的碗瞅了瞅。

二组长说："糟了，狗娃他妈只煮了玉米糊糊，还掺了苣藚。"

保管更得意，他端了一碗小米干饭，上面盖有清油拌了的胡萝卜凉菜，后晌他听说要端上晚饭开队干部会，就特意叫老婆做的。

三组长说："不知道大家会餐，我还有过年时剩的半壶酒，切些萝卜啥的，都喝些。"

会计插话："还他妈的穷欢乐，我家的玉米糊糊越来越稀了。"

这时队长说："开会。"

于是再没人说话，都静静听队长讲话。

队长就干咳了两声，过后队长并没开言。

屋内静极，油灯的火焰一忽儿忽忽闪闪，一忽儿又凝住不动，像呆傻又精明的毛毛虫刺探虚实般走走停停。屋内的人影或近或远地在墙上闪闪动动，飘忽不定。

副队长看着灯焰，从口袋里掏出一把撕成二指宽的报纸条，先递给队长一张，又伸过手无声地递到炕沿上的保管、三个组长面前，只有三组长接了，其他三人摇摇头。还没让到会计，会计却从地上跃起，抓了副队长手上的纸条。副队长再掏出烟沫，"沙沙"地往拿了报纸条的队长纸上倒些，待递到会计时，会计去接了，忽然会计用空着的右手朝自己脸上狠狠地一拍，拿卷烟纸的左手就抖了一下，烟末撒了一地。副队长要恼，却见会计伸过右掌往灯下一看，手心一汪鲜鲜的血迹和一只拍得稀烂的蚊子，血红红的刺眼。副队长就给会计手中的纸条上重倒了些烟末。

队长往烟纸上湿唾沫，卷烟，却说："今年蚊子多，都立秋了，还能吸血。"

"长不了几天了，这天气，冷了。"会计说着，把手掌往抬起的鞋帮上一抹，血和死蚊子全抹到了鞋上。会计就腾出手来湿了湿唾沫开始卷烟。

队长卷好烟，粗粗的纸棒子往灯焰上一凑，一吸，吐出白白的烟来，有点过厚的卷烟纸在队长吸动时先着了几下火后，才灭了，就剩下烟头一闪一闪的红，队长一口一口地吐着辣辣的白烟。

几人全卷好烟点上，屋子里不一会儿就有了热乎乎的烟味。

队长吸着烟，眼睛盯了盯桌上自己的海碗，又咳了两声。咳声很干。

队长开始讲话："大队后晌开了会，说秋深了，庄稼正熟着哩……"

队长停住，摸了摸下巴上厚厚的黑里透白的硬胡茬，狠吸了一下短短的烟头，把烟头扔了，端起碗喝了一口已没有几丝热气的糊糊。

队长又说："可秋庄稼丢得太厉害，大队说严重地影响了秋后

开会　　179

的产量,秋后结算,亩产平均就难过关。"

队长说到这又停住,喝了口糊糊,喝得没一丝声音。

这时保管滑下炕沿冲到桌前,灯焰吃惊地前后闪了闪后才定住。

保管端过自己的碗就往队长碗里拨菜。"我有萝卜,拌了油的,尝尝。"保管说。

队长忙推开保管的碗,说:"先放下。"队长又喝了口糊糊后,才说:"大队说各生产队要选出偷庄稼的贼,报到大队,明个午后晌开社员大会时现场批判。"

保管呆了呆,收回碗,放下,保管看到桌上的另几个碗里都是没掺苜蓿的糊糊,就轻轻回到了炕边。

屋里静极,有蚊子嗡嗡的飞翔声由远而近慢慢变得刺耳,好像这声音就在自己头顶盘旋,叫人烦躁不安。

会计伸手在头顶抓了几把,凑到灯下展开拳头,手上空空,会计就骂:"再过几天,我看你还会叫唤?!"

队长欲言又止。队长后晌从大队开完会回来,把大队的会议精神给副队长和会计两个队委一传达,说了自己的想法后,会计就绷紧了脸。

保管这时却说:"啥贼不贼的,这年头,谁家要能揭开锅,还去偷农业社的庄稼?"

一组长说:"都深秋了,还吃老苜蓿掺糊糊,谁有法子呀?"

二组长说:"东头的秋生他娘还不是活活饿死的?有奎家的婆娘已下不了地了,全身像发面一样肿起来了,一口汤都喝不下去了,有奎的四个孩娃哭得人心颤……"

队长说:"是呀,是呀,这些情况各队都有,可庄稼丢得实在太厉害了。"

病中逃亡

副队长说:"照这样下去,秋后产量过不了关,别说咱大队保不住亩产先锋了,就是关也过不了。"

会计说:"还要啥先锋?人都快饿死了,要先锋过那关能当饭吃?"

队长插话:"话是这么说,可保住先锋,就连续保了三年了,连续保持三年的安梁大队主任不是当上了公社副主任了?安梁大队乡上就有人了,安梁每年就能多得些返销粮和救济款。"

保管说:"理是这么说,可人现在要活呀!"

副队长说:"偷总是不对的。"

会计说:"谁愿去偷?王八蛋才愿半夜三更去偷那几个玉米棒子哩,农民也要脸哩,可肚子不要脸!说偷?谁家没偷?都偷了!"

会计说完,站起身走开,离灯光远些。会计不再想副队长让出属于他的椅子了,但他在话语上绝对不附和副队长。

队办公室中只有队长和会计享受坐椅子。

队长说:"都别争了,都说得在理。咱队的情况大家心里有谱,包括两家地主富农在内,哪家不是靠摸拿几把队上的庄稼度日?哪一家不是喝稀糊糊哄肚子?"

大家不再言语。秋夜已凉,门关得不严实,屋里有些凉意,队长扯了扯短短的衣袖。

队长又说:"所以,我想了想,也和副队长、会计两个队委商定了,这次大队交代的这个事就落到我们队干部头上,贫下中农及地主富农再不能批判了。"

保管急问:"为啥?"

会计抢答:"全队二十四户人家就有十五户在这些年各种各样批判会上挨过批斗,这次就剩下我们几个队干部和秋生、有奎他们几家没挨过批斗了。"

保管跳了起来:"也不能这样轮流呀!"保管一旦明白了这场端上饭碗开会的内情,气就不打一处来。保管不是队委委员,还做了顿小米干饭并且弄了个拌了油的萝卜丝端来开会,保管还想着大家穷开会换口味呢。

队长说:"大家日子都紧巴,也都摸拿过队上庄稼,这次队干部中出一个应付一下行了。这事,谁能看着人都饿死呢!前些年,能吃饱肚子那会儿,队上的花生挖出来放在地里晾晒上几天几夜,也没人去偷。眼下,人饿得没法呀。"

保管欲言又止。

屋里又静极,也听不到蚊子的嗡嗡声了,静得有些恐怖。

副队长就又掏出卷烟纸和烟末,才有了些声音,但很轻微。这回副队长谁也不让,把卷烟纸和烟末往白茬杨木桌上一放,谁想吸谁拿。几个人包括先前不抽烟的保管和一、二组长都到桌前拿了纸和烟末卷上烟。

过了会儿,油灯的焰就连续暗了几次,七个人就全抽开了烟。辣辣的白烟顿时飘得满屋都是雾状的颜色,屋内的空气就有些呛人,但谁也不觉得呛。就连先前干咳的队长也不咳一下了,都各自吸着烟卷。

办公室的门闭得不太严,油灯的黄焰就有一些挤出门缝洒在门外的地上,黄焰弱弱地照亮一丝土地,把门外的黑夜分成两块。

一丝秋夜的凉风徐徐从门缝钻进来,慢慢地被辣辣的白烟包围,缓缓溶在一起。

队长偏过头,从门缝看了看外面看不清的亮处黑处,说:"大家把饭吃了吧,光顾说了,饭都凉了。"

队长说完端起自己的碗一口气喝光了糊糊,这回队长喝得"滋滋"有声,像快烧开的一壶水,乱响一气。有两个组长也端碗喝着,喝了几口,却放下。其他人根本就没动碗。

这时副队长说:"我今个后晌已给队长说了,过了今夜,我就不是副队长了,队长也同意了,明个只给大队打个招呼就行,咱生产队这一级的,干不干的,都不重要。"

副队长丢掉烟头。又卷。

会计说:"我干了十五年会计,没出丁点错,没功劳也有个苦劳,这油灯陪我常常到半夜才熄。"会计被烟呛了一下,就不很响地咳了一声,有些压抑的沉闷。

一组长说:"我这把年纪了,好不易才给二十九岁的大儿子说了门亲,我这把老脸要不要没啥,可人家闺女就嫌……"

三组长说:"咱家的,大家知道,从那年娃他妈躺下就再没起来过,有五年了吧,我还得喂一群孩娃的肚子……"

二组长说:"咱没这事那事,可我不能被当作贼挨批判,我可以不干这个小组长,这算什么队干部呢?啥事也不知……"

队长脸上苦苦的黄色被光染得更浓,他一言不发,只是红闪闪地,一口一口吸着烟。

这时保管扔掉烟头,气呼呼地说:"你们三个队委定了事,把我们几个当猴耍,出这个点子,还以为大家在一块儿会餐。"保管说到这,看了看桌上三个队委没掺苜蓿的糊糊,又说:"你们却不带头,还算啥干部?一个个都有理由往后缩,算啥队委员?"

副队长忽地站起,要恼,见队长扔掉烟头摆了摆手,就忍了,一屁股又坐回椅子上。灯焰慌慌地倒了倒,又停住直了。却听副队长屁股下的椅子粗粗地怪叫一下后很响亮地连续叫着一种折磨人的声音。

会计不愿意了，忽地从地上站起，冲副队长说："椅子碍你啥了？它跟了我十五年，散架也要散在我的屁股下。"

副队长跳起，一脚把椅子踢翻，发了火："破椅子，我就叫它散在我的屁股下。"

会计冲了过去。

副队长和会计年纪相差不大，比起队长他们都年轻些。

屋里的空气顿时有了紧张和急躁，黄黄的灯焰就摇曳起身子，仿佛受了惊吓在躲闪着灾难。

会计已伸手抓住了副队长的衣领。副队长刚准备弯腰抓住椅子要砸，队长忽地站起，把巴掌往桌上一拍，一声响震得屋里的空气颤了颤，灯焰都差点熄了，狠劲暗了一下之后忽地又亮了。

"吵啥吵？不就是挨批判吗？这个贼我当了！"队长吼道。

屋里忽地静下来，空气冷冷地袭人。

灯焰就欢快地去舔队长脸上黄黄的皱褶，队长的脸就更苦，更能分辨出阶级斗争的深刻来。

大家都看到了昏黄的油灯下，怔站着的队长头上一丝丝银发混在白辣辣的烟雾里抖动，闪光。

会计就不顾椅子了，放开副队长的衣领，默默地又蹲回地上。

这时保管忽地溜下炕沿，冲到桌子跟前，端起自己的碗，就往自己嘴里塞小米干饭。保管把凉凉的干饭吃得很响，把拌有清油的萝卜丝嚼得脆脆声音直往大家耳朵里灌，解恨似的。

大家都又看保管，看保管吃小米干饭，几乎每人都咽了一口唾沫。队长也不例外。那是小米干饭，并且有拌了油的萝卜丝，不是玉米糊糊。

保管稀溜溜吃完饭，吃得不剩下一粒米后，把饭碗往桌上一丢，一声碎响划过每个人的心，每个人的心都颤了颤。碗的碎渣进了队长、副队长一身。

保管不管碗碎得怎样，大声说："明天我去！"

大家都愣了，都不知保管为啥要这样。

保管说："谁让我吃小米干饭拌萝卜丝呢？谁让我不是队委员呢？"保管说完，冷笑两声，不顾别人，就转身向门，走了。

队长梦醒一般，忙叫了声保管的名字，慌慌地追出门外。

保管在队长连喊了几声之后方才站住，却不回头，硬硬地立在没有月亮只有星星在闪的浓浓的夜色里。

队长对保管说："明天给你记十天工。"

保管不语。

副队长跟上来说："我已不干了，这个位置是你的。"

保管还是不语。

队长说："过后，你来干正的，我老了，当个副手。"

保管回过头看了看队长，在夜色里却没有看到队长头上的白发。

队长深深地叹了口气，好像把憋了一天的气全叹完了。保管收回目光。走了。

这时候，离村子不远处有一条狗不知是受惊了还是咋了，急促慌乱地叫了起来。深深的秋夜被狗的叫声划破，有残缺不全的凉意同秋的气息混在一起在夜里无头无绪地乱撞。

远荒

　　那时候，我们变得异常慌张，似乎在倾听了一个非常恐怖的故事时发觉这个故事从遥远处正向我们渐渐逼近。谁也说不清这种现象将会给我们居住的这块荒漠亘古的自然秩序带来一种什么样的灾难。一种近于不安的感觉，一种莫名其妙的隐隐约约的恐惧和阴森的场面幻影在我们眼前晃动。从每个稚气未脱的面孔上，不难看出我们复杂的心理活动。

　　那个早晨就在这样的气氛中降临了。风已停止，大漠平静如初，可在我们没有围墙的营区，却再难安静了。那个怪物的出现，确切点说就是指导员那个老婆，那个挺着大肚子的女人一大早就发出一声凄厉的惊叫，像是一把利刀划破浓稠的黎明之后，日子从这个早晨开始就很难像往常一样正常运转，出现急促的杂音和不安的躁动。唯一能消解这种不安的只有每个人不停询问指导员老婆关于那个怪物的真实情况，可指导员老婆就是说不出一个具体的事实来。每个人的幻影还没有彻底消失，可这些幻影已经破败，等这些破碎的残骸在荒原层层滴落的时候，我们看到了清晨的天空。天空空旷遥远，永远凝重的苍白色如同指导员老婆的面部一样没有一丝生动的表情，我们只有面对面地看着对方。也有议论的，但都没有新的突破，因为我们都没有亲眼看到那个可怕的怪物，只有在指导员老婆简单的叙说中寻找形象的判断。

　　一切都是徒然，从来不和我们多说话的指导员老婆只会说，她的确看到了那个怪物,黑乎乎一团,她一出现,那怪物"呼"地从红柳丛中跃出,一闪就不见了。

"是不是狼?"有人还这样问。

这样的问话已被重复了无数遍,但都得不到确切答案,但还是有人想从这里找到突然口。

"绝对不是狼!"指导员老婆说,"比狼要大得多,狼不过像狗一样大吧。"如果是狼,并不可怕,可怕的是大家都弄不清是什么怪物。

"不过,我也没有见过真狼。"指导员老婆又说。她这样说时,两手放在前面,轻轻地抱住自己的大肚子,似乎托住了一个物体一般,显得出力却又轻松的含混不清。我们的目光就都盯着她的大肚子,她不好意思地又放下双手却看着我们的脸,我们就收回目光又找些议论的话题。

指导员老婆有早起的习惯,每天早上起床后第一件事就是先去趟厕所倒便盆,她要在营区起床哨响起之前做完这一切,否则在这么多男性起床后她一个女性做这件事就觉得很不自然。厕所建在营房后面的荒滩上,离营区足有三百多米,厕所旁边有几丛旺盛的红柳,大概是距厕所近的缘故,红柳异常高大,一丛丛小土包一样杂乱地散落在厕所周围,倒也是一处风景。在这些红柳丛之间,稀稀落落生长着一些沙枣树,这些沙枣树则长得矮小难看,可也结了不少沙枣。

那个怪物就是从红柳丛中跃出的。我们反复查看了那几丛红柳沙枣周围,根本没找到狼或者其他动物的印迹,白色碱地上也确实留不下印迹,这不是一般的土地。

这个早上就没有出早操。

指导员对他老婆遇到怪物这件事表现出的冷漠让我们实在难以捉摸。指导员只是站在自己的屋门口向人堆这边眺望，并没有要走过来的意思。那一刻他似乎被所有人遗忘了，他很孤单地一个人抽着烟。

这个远离村庄的部队农场没有干部家属住的房子，指导员就住在伙房边上的一间土屋里。这间土屋透过营区边几颗枯黄的胡杨树斜对着厕所，其实厕所没有斜，只是这座房子在建筑时有些斜度，一条被脚踩得低于地面一寸多深的小路从这栋房子前开始渠沟一样笔直地斜到厕所跟前，划开了整洁的荒滩。

我们从这条斜道上心情复杂地往回走时，没有人说一句话。我们感到暖暖的秋阳已经升起，荒滩浸在了一片温暖祥和的氛围之中，这本是一个清爽宜人的秋日之晨，可每个人却感到有一种厚重的物体压迫着自己的躯体，觉得秋天的空气有一种沉甸甸的气流涌进自己的呼吸道，好像不光是那个怪物的出现搅乱这个平静的秋天，似乎有些秋天一过漫长的冬日即将降临的困苦危机般正在滋生。不由得就有人止步，回头望了望远处已经脱离地平线的太阳。那个太阳比平时红得多了，却显得小了。

"大惊小怪！"指导员冲我们说。我们都一愣，站住，等待指导员的下句话。最近指导员心情不好，我们在他面前说话时总是很小心。

指导员终于开口，却是对着二班长说的。他叫了声值班的二班长，问怎么连早操都可以不出了，今天可不是星期天。

二班长说："嫂子发现了一个怪物，有可能是狼。"

"这与出操没有关系。"指导员说，"别忘了，我们可是穿着军装种地的，这里不是生产队。"

二班长没话可说了。

指导员猛吸了一口烟,扔掉烟头后说:"按时开早饭,吃过饭后,五公里长跑,一个人也不能落下。"

我们跑五公里冒出一身汗后,彼此看着对方被汗水浸湿的背上冒着热气,都在埋怨指导员,对早上的事却想得淡了,有什么大惊小怪的,我们有这么多人,并且都是年轻力壮的兵,怕什么怪物呢?大不了是一匹狼而已,有什么慌张的。不过我们营区周围从来还没发现过狼或者其他的动物,能会是什么呢?毕竟有一个谜一样的怪物出现过。

晚上的自卫哨兵就换上了枪,终于结束了抱根木棍上自卫哨的历史。

二班长说:"自卫哨换上真枪是指导员让换的。司务长还专门叮咛一定要注意猪圈那面,牛关在屋子里不会有事,如果是狼,危害最大的是猪,不是人。"

一夜过去倒没出什么事。指导员老婆却改掉了不吹起床哨之前去倒便盆的习惯,我们开始出早操的时候,她才端着便盆在我们"一二三四"的喊声里快步地沿着那条斜路往厕所走去,她已经到了走路身体必须向后仰的地步了,所以她的步子在我们的喊声里就有些慌乱。

几天过去了也没事,猪圈里的猪也整天躺着打呼噜。我们开始还觉得奇怪,怎么就没有声息了呢?大家议论了几天,也就不再谈论那个怪物的事了。

日子又变得平稳而安静。

我们农场种的棉花今年绝对丰收,种的白菜却黄不拉唧的要死不活的。司务长在我们全体出动摘棉花时,一个人蹲在白菜地里抽烟,指导员走过去说,愣看那做啥?再看也是那个样子,这地就是长棉花的地,你却坚持要种这些废物,浪费了三亩地哩。

司务长去年才从军校毕业分到农场当的司务长,这时他站起来说:"我想棉花能长那么好,白菜一样也会好的,没想到这地日怪了。"

指导员说:"又不是没试过,瞎折腾。你还是起早出去联系冬菜吧。别晚了到时价钱就涨了。"

过了会儿,指导员又说:"你联系菜时别忘了给我带些红糖回来,下个月她就要生了,唉,快到冬天了。"

司务长看了看指导员说:"真不送出去生了?这里谁接生呢?"

指导员说:"我已打听过了,塔尔拉村里有接生婆,他们村子里的人就都那么生了,到时套牛车去接过来,不就十五公里路嘛,不远。"

司务长想了想,还是说:"还是送出去好些,这里不保险。"

指导员瞪了他一眼,恨恨地说:"你懂个屁!"

司务长就不再吭气,却踢了一脚枯黄的白菜,过了会儿才说:"这鬼地方真他妈的有鬼!"

又一个秋日的黎明被指导员老婆的尖叫声撕破。指导员老婆实在不好意思当着这么多男人面去倒便盆,就又恢复了吹起床哨之前去倒便盆的习惯,恢复后的第一次就又碰上了那个怪物。

我们听到指导员老婆的尖叫声比听到起床哨音更利索地穿上衣服冲出营房跑到厕所那边,结果和上次一样,我们什么也没找到。吸取上次跑五公里的教训,我们照常出了早操。

我们奇怪的是哨兵怎么就没有发现那个怪物。只有指导员老婆这个唯一的女人发现了,她是一个令人捉摸不透的女人,从来到这里的那一天起从不主动和我们说话,也不到营房里去,她一个人走来走去，独来独往，她还曾给指导员说过，她怕我们这些人的目光，指导员却恨恨地说，他们又不是狼，真正像狼的人你才不怕呢。

指导员老婆就很伤心地哭了，哭声压抑而沉闷地从那间我们看作很神秘的房间缝隙里挤出来，我们听到后都弄不明白这个女人的哭声里包括了多少应该哭泣的内容。我们只知道从那以后，指导员老婆再没哭过，一直紧绷着脸不和谁说话，好像我们都欠着她的钱赖着不还似的。

我们最弄不清楚的是指导员对他老婆有时候的冷淡态度，几乎每个夜晚在没有一点娱乐的前提下，我们围在一起胡侃神聊时，指导员总是和司务长两人凑在油灯下摆棋阵，很晚了指导员才推开棋子回他屋子里去睡觉。唯一不下棋的时候，就准是指导员又和老婆吵架了，指导员就不出屋，狠劲地抽烟，有几次吵架声大了些，几句话就从那间屋子里飘了出来，指导员压低嗓音却愤恨地说："你是什么东西，还大声叫号。"指导员老婆也会压低嗓子却咬着牙说："你是什么东西，声音大就以为有理。"指导员声音就大了，说："你以为你有理？"指导员老婆声音也就大了，说："你以为你是有理的君子？"吵声到此就打住了，随即会有几声沉闷的响声传出，之后，一切又都恢复宁静，像荒漠一样死寂而沉闷。

日子就这样过来了。

我们不明白指导员和老婆到底是怎么了，私下议论时总找不到答案。二班长忍不住曾去问过司务长。司务长说他也不知道，他只听他的一个老乡说指导员和老婆结婚时，他在新婚之夜坐到了天明，抽了一夜的烟，不知是怎么回事。不过，司务长过后又说："这种事最好不要去问也不要瞎议论，这里面复杂着呢。"

农场只有指导员和司务长两个干部，司务长已这样说了，我们就不敢乱打听，私下议论却免不了，也找不到正确的答案，时间一长，也就习以为常了，觉得什么事都很正常。

先是几次不太狂劣的漠风刮过，沙尘被卷上了天空，整个天空就浑黄一片，秋阳也就不再那么暖了，透过厚重的尘埃只是洒下一些浑黄的光亮，这预示着一个多风的季节就要来临了。地里的棉花还在喷吐着一个个雪白的云一样柔软的果实。这个时候，已是抢收棉花的关键时刻，偌大的棉田也像荒漠一样摆在面前，似一个无法动摇的自然一样折磨着我们。我们每天除过必须出的早操还像个当兵的以外，其余时间里我们像终生耕种的农民一样整天忙碌在棉田里收获着我们的汗水。

这期间，指导员老婆又发现了两次那个怪物，并不是都必须在黎明时才发现，这两次就是在晚上她最后一次准备上完厕所就睡觉时发现的。我们却怎么也找不到那怪物，因为没有受到那个怪物的伤害，渐渐我们就习以为常了，像原来见惯了指导员对他老婆的态度和吵架一样不足为奇了。唯一使我们有点欣喜的是，那个怪物的出现给我们提供了和指导员老婆能说上几句话的机会，并且是她主动和我们说的，虽然每次只是在那怪物出现时才能说上几句，可对我们却是个慰藉，能和女人又是指导员老婆平时不和我们说话的女人说上话，我们觉得是很荣幸的，我们大多数人都这样认为。

有些怪事的发生总是很突然的。一个秋阳已经不太容易暖和却暖和了的午后，我们都到棉田里抢收棉花的时候，指导员老婆百无聊赖地挺着她的大肚子又转到了厕所那边去了，她是想摘些沙枣吃。那时候沙枣已经很成熟了，只是那几颗树上的沙枣又小又硬，一点都不好吃，但还是被我们摘去不少吃掉了，树上仅剩下的都是人不容易够着的一些了。大概是怀孕女人嘴馋的缘故，指导员老婆就常去摘沙枣吃，整个营区也只有厕所跟前才有几棵沙枣树的，指导员老婆也确实没事可干，摘沙枣也可以消磨漫长而无聊的时间。她那天和往常一样边摘边吃，树上的好沙枣已不太多了，都在树尖上，她就捡些土块投着往下打，她已接近临产了，身子很笨，打起来就有些吃力，可她觉得很有趣，打一阵拣一阵，不一会儿就拣了一小袋子，她捧着一小袋沙枣心里有些兴奋时，就听到一种声音，既温和又剧烈的声音，它来自世界的彼岸，她听到的是一种无休止的生命息息不止的声音，它在她的内心不断扩大，与她的心灵相互感应，她急切地转身想看到这种声音，于是她看到了一个牛一样大的怪物正低着头专注地吃着落在地上的她认为人已不能吃的沙枣。

指导员老婆说她只看到那个怪物像牛一样，她很敏感地先看到了那个怪物的肚子，肚子也很大，它头上有一对树根一样又弯又长的角，但绝对不是牛，绝对不是家畜，是她从没见过的动物，可她肯定就是她已见过几次的那怪物，因为她从一种说不清的声音里感应到的。她吓得怪叫了一声，那个怪物被她惊了，抬头看了看她，就跑走了。

指导员老婆说她当时吓得只叫了一声就发呆了，弄不清那个怪物到底跑向哪个具体方向了，她只说那个怪物看起来很笨。

沉闷了大半年的指导员却一下子来了劲，他判定那怪物就是野牛或者黄羊什么的，他竟兴奋地抽出人力要四处去寻那怪物，说只要打住它，这个冬天的饭菜就不会太单调了。牛一样大，简直是上天赐给我们的肉食，他这样说。

于是指导员带着几个平时表现好的战士分头去寻找那怪物了，他们都带着我们渴慕已久的冲锋枪。我们留下的人就没心思干活，一个个从棉花丛中伸出脖子四处瞭望，都竖着耳朵听枪响，气得司务长在棉田里走来走去地骂人，他骂上一阵子却也停下四处看看，但看不到一点动静，整个荒漠像往常一样死气沉沉，唯有一些生机的就是已经连续刮起来的漠风。

到半夜，指导员一行人回来，没找到怪物踪迹，指导员骂了句真他妈的折腾人哩，第二天却照常去寻找。

这天漠风先是停了，天气却不见好，指导员走时叮咛司务长，棉田里的活要紧些，气候不等人。我们在棉田里无精打采地干活心里激动地盼着听到枪声，可一天里没有听到一点动静。直到半夜，指导员一行人终于回来了，七八个人很费劲地抬回了那个怪物的尸体，指导员一到营区就大喊大叫，真他妈的是黄羊，没见过这么大的黄羊，沉死了，都快来帮忙，他妈的。指导员看来很兴奋。

我们冲上去前呼后拥把黄羊弄到伙房油灯下一看，黄羊的确很大，牛一样扔在地上，我们都盯着地上的黄羊，眼睛都闪着一种光，这种光在昏暗的油灯下非常明亮地晃动着，大家都为拥有这么一个庞大的肉食兴奋着，没有资格去打黄羊的人就不停地问去过的人是谁先发现的，是谁开枪打中的。

指导员笑呵呵地说，是我开枪打死的，打了四枪才放倒，真他妈过瘾。指导员难得这样笑一次。

他们是在牧民已经废弃好多年的地窝子周围发现黄羊的。

指导员笑过之后，才卖机关似的说还有一个宝呢，随即叫了一声一班长拿过来。

这时，我们才注意到，一直挤不到人前面去叫嚷的一班长怀里还抱着黑乎乎一团东西。

指导员老婆这时候用双手护着肚子也挤到人堆里看怪物到底是怎样具体的黄羊。

难得有这样的热闹场面。

指导员接过一班长怀里的东西往地下一扔,说:"真他妈走运了,白捡了两个小的。我们追这个笨蛋时,它跑时就噼啪掉下了这两个小的。"

指导员老婆脸色就变了,但谁也没注意到。

司务长看了看地上的小羊羔,问:"怎么是死的?不然可以养大的。"

指导员呵呵一笑说:"当时顾不上这两个小的了,叫唤得烦人,我叫一班长摔死了。"

指导员老婆身子抽动了一下,只说了句"它肚子里果真有了",话没说完,全身没一点劲地往地下瘫。旁边几个人扶住,司务长叫喊着快送回房里去,我们也有机会第一次走进了指导员的那间房子。

指导员却招呼大家赶快动手,趁热把羊皮剥了,凉了就不好剥了。

指导员老婆回房子后肚子疼得厉害,但她没有叫喊,不一会儿她就生下了孩子,奇怪地顺畅。

司务长却急出了一头汗,跑到伙房叫指导员:"快快快,她生了!"

指导员正在动手剥羊皮,一愣,停下手中的活计,回头看着司务长的脸好一阵子没说话。

"是个男孩!"司务长说。

指导员才说:"他妈的这么利索,倒省了一整套手续。"

司务长说:"你快去看看吧,嫂子好像昏迷了。"

指导员起身走到门口,回头对司务长说:"你看着这面,快点弄。对了,把小羊羔弄干净炖上一只,给你嫂子吃,大补。"

出门一看,风又刮了,并且很大,到处都是沙土,眯得睁不开眼睛,却听到婴儿哭声一阵紧一阵松地被风传来,硬是与风比着劲头似的。

"他妈的!"指导员骂了句。

冬天到了。

崖边的老万

老万佝偻着腰背着篓子站在高高的崖边，望着崖下的那条大路出神。这是唯一通向原下的道路，除过泛着青光的水泥路面，连只鸟都没有，更别说人影了。老万扭过头，手搭在额头望了望嵌在西山顶上的半个太阳，还黄泥巴似的卧在那儿软着呢，这个时辰怎么会看到人影子呢。老万装作在崖边搂柴草，其实是在等放学回家的孙女燕燕，每到后半晌，他都会背上篓子自觉不自觉地来到崖边，站在通往原下的唯一大路边等孙女。不是老万对孙女有多么疼爱，这是老万的一块心病。

离天黑还有一阵，是自己心焦了。老万的心焦不是一天两天，也不是一年两年了，自打老伴一场病突然撒手走后，这四年多来他的心里就没舒坦过，日子过得缺盐少醋，寡淡得很。过苦日子老万倒不怕，缺吃少穿的日子都熬过来了，眼下吃穿不用愁，还怕有啥过不去的！可老万就是过得慌里慌张的，像有多少急迫的事追着他似的。又能有多少事，过日子不就油盐酱醋那几件事吗。说是这么说，老万也是这么安慰自己的，可日子这个东西就是怪得很，看似越简单就越不好打理，明明是理顺的，偏偏就不是理顺的样子，就是不随着人的心意来。老伴刚走那会儿，老万手忙脚乱过一阵，不知以后的日子该怎么过。其实，老伴没病之前，做饭洗衣的家务活都是老万干的，他的家务能力远远超过了老伴，只是在老伴面前，一切都是自然的，没有丁是丁卯是卯的计较。要不怎么叫家呢。没了老伴的家,却像断了一条腿儿的板凳,老万忽然间坐不稳当了。老万还没想过这日子会没了老伴,他和老伴是相互依靠的,怎么说没就没了呢。他一下子觉得前头的日子很空茫,没有了方向感,走哪儿都是那种脚踏不到实处的虚空感。但有什么办法呢,只能高一脚低一脚,强迫着日子一天挨着一天往下过呗。

儿媳妇还没离开时,老万过的是一个人的日子,随便怎么都好打发,就是一日三餐嘛,他又不是被服侍的人,再仓促忙乱,再没有目标,数着日子也就过去了。觉得孤单了,在心里默默地跟故去的老伴念叨几句,轻叹几声就打发了,一把年纪的人,怕啥孤单呢。孙女燕燕由儿媳妇操持,还轮不到他来照看。老伴在世时,也不是多强势的人,只不过女人嘴碎些,遇到一点芝麻大小的事都忍不住扩张成西瓜那般大,儿媳也不是善茬,婆媳间零敲碎打的,时不时总要弄出些动静来,有时候,动静大了,整个村庄都要动一动。两个人互相不招惹的时候其实也还平静,那样的日子就有了不一样的意味。

老万在老伴去世的茫然中过了多久,他都记不清了,但儿媳妇已经按捺不住了,横下心也要去城里打工,自家男人常年不在家,剩下她带着女儿,日子过得辛苦也就罢了,偏还要受婆婆那一摊子气。婆婆看她很紧,盯着她的眼神跟锥子似的,钻得她全身都是窟窿眼,多难受啊!要不是不想整天活在争吵打闹中,她早豁了出去,反正她年轻,有的是时间和精力,看谁最后赢过谁。她其实早都有了出门的打算,现在外出打工的女人一点儿都不输给男人,何况出了门再不要承接婆婆那阴沉的目光。只是,她不想要婆婆拿这个当借口,也觉得这一走就是自己逃开了,那就是一个输字,她怎么能输给那个老太婆呢。婆婆归天后,她却感到彻底的无趣,留在家里干什么？不趁年轻身体好去挣钱，难道等老了干不动了再龇着牙到外面寻活儿？她只生了一个女儿，能靠女儿养老送终？

凭老万那点能耐，怎能劝住儿媳妇？他也没有老伴那种有理无理跟媳妇较量的本事。明知儿子拿媳妇没法子，老万还是跑到原下给儿子打通电话。儿子能有什么招？他就是搞不定婆媳关系才常年在外打工，他有什么能耐劝说自己媳妇！儿子在电话里期期艾艾半天，一点儿主意都没有，就是连句狠话都说不出来，白浪费了电话费。老万气得全身哆嗦，实在没招可使，便拿出长辈身份给儿媳妇摊牌：走可以，只是出了这个家门，有种就别再回来。

老万这是气话，他在儿媳妇面前也没啥威严可讲，也就只能说说气话壮壮自己。可这话恰中儿媳妇下怀，她巴不得脱开身子离开这个家呢，嫁到万家后一直受着婆婆的气，自己的男人说怕也好，说孝也罢，根本就对婆婆一点儿脾气都没有，想让他出来说句帮衬的话都指望不上，他没把她一窝儿端出去让婆婆来烹她已是万幸了。可以说她自从进了万家的门，就没过上一天自己说了算的日子。这下可好，老万算是说到她的心坎上了，她一分钟都不愿意耽搁，连换洗衣服都没带，直接出门奔城里寻她的好日子去了。

这下，老万才傻眼了，好不容易做了一次主，却把事情搅得一团糟，给儿媳妇连挽留的余地都没了。儿媳妇还把孙女丢给了他，像丢一团刚割下来还泛着青涩味道的草，不见有丝毫的愧惜和不舍，仿佛之前那些岁月的养育都不及这时的逃奔。老万想推都推不掉，燕燕是他的亲孙女，唯一的。

燕燕可不是个叫人省心的孩子，不用别人传闲话，学校的老师这两年每学期平均得约见老万一到两次，严正地交涉燕燕的早恋问题。燕燕今年才上初二，看来她的早恋在小学就萌芽了，上初中后只不过已长成了枝叶。老万都纳了闷,小屁孩鼻涕还没擦干净呢,咋就动了那心思,看来这恋爱就是一块肥沃的土,咋样的枝插下去都能泛出青青的味道来。第一次被学校约见后,老万恨不得把头插进裤裆,遇人避开了走,挪到电话亭给儿子在电话里很严肃地提出了交涉:要么从城里回来管自己的女儿,要么把女儿带到城里去,别让老万家丢人现眼了。儿子像足了老万,从小性格软弱,又胆小怕事,老婆就是因为他撑不起一片男人的天空,才决然丢下他走了。为不再丢老万家的人,儿子只好放弃已在城里当大工每天挣百元的活,回家来管教燕燕。早恋的事不是你想管就能管得住的,这又不是吃呀喝的,不想让你吃不愿让你喝我可以不给,儿子不可能每天跟着去学校,就是能去学校也看不住,腿脚长在燕燕身上,要避开她父亲还不是件容易的事!

老万还是照样被学校约见,丢脸的事他不会再去干了,打发儿子去了回来,父子俩不用交流,在这事上,两人同仇敌忾,一致站到燕燕的对立面。没想到,父子兵上这种阵必败无疑,他们根本不是燕燕的对手,别小瞧了十三岁的小姑娘,有的是对付爷爷和父亲的招数,要么话语像她妈一样锋利精准,刺在父子俩身上冷飕飕的,要么一言不发和你闹绝食罢课。父子俩灰头土脸地败下阵来,吵又吵不过,打又不能打,劝吧,除了"年龄小,还是好好学习的时候,以后长大了,还愁没好男孩子"这样虚晃几枪的话,他们实在也说不出更多的道道来。说不出,就只能你看我,我看你,大眼瞪小眼,好像手里提着大枪在燕燕面前来来去去地耍花枪,一点儿用都没有。

孩子需要严加管教。老万懂这个理,老万的儿子也懂,可怎么管才是最要紧的。要是老伴还在就好了,老万绝望的时候经常会这么想,老伴的一张嘴在原上还是有点小名气的,左邻右舍闹家庭矛盾的都找她去评说,她能把一件小事掰得开揉得碎,有理有据,一套一套,先不说是不是真的都在理上,仅那语言就不知道有多丰富了。要不,儿媳能让老伴一直给镇住?退一步说,哪怕儿媳没走也好啊,她是燕燕的妈,同样有丰富的理论依据,这棘手的问题也许会好办一些,知女莫如母,她会有办法应对的,最起码不用他这个当爷爷的上一线打头阵吧。都被燕燕打得落花流水过几回了,再上,老万一点底气都没有了。

　　老万与孙女的关系越来越紧张。起初他去崖边接燕燕时,讨好地问候一句,顺手去摘燕燕背上沉重的书包,被燕燕冷脸转身甩过几次,慢慢地他就不用热脸去迎了,挺招人烦的。以后,老万就站在崖边上远远地向原下那条水泥路张望,等看到路上开始有背着书包的学生出现,他就悄悄地溜开了,免得他人笑话。

　　躲什么偏碰上什么。村东头的琦婶都碰上好几回了,起初看上去是路过偶然碰上的,后来,才觉着琦婶是故意的。琦婶确实是故意的,不过不是要看老万的笑话,她是有话要给老万说。琦婶斜一眼通往原下的那条水泥大路,把意思全装在眼神里,嘴里说出来的却是:你看看你,罪还没受够咋地,如今谁还像你搂这没用的烂柴草?烧锅做饭有煤气,炕上插电热毯暖和又干净……

　　老万的脸红到了耳朵根,琦婶这是哪壶不开提哪壶,硬要往我的脸上打两巴掌才舒坦哪。老万稳稳神,有些心虚地辩道:我就用不惯电热毯,巴掌大点,热了脖子冻着脚,觉着还是柴火烧的炕睡觉舒服,连炕边上都暖烘烘的。其实,老伴走后他就不烧炕了,烟熏火燎,他有慢性气管炎受不了。只是,时下都讲提高生活质量,他不愿自己的生活还停留在过去。

崖边的老万

琦婶翻了老万一眼，没有揭穿他，抿嘴笑了一下，切入正题：烧的炕是睡着舒服，我偶尔还烧几次回味一下呢。只是你都这把年纪了，气管又不好，可别熏病了受罪……

老万明白了琦婶的意思，不等她把话说完，打断她说：我早就寻思着找你去说这话呢，家里没个女人实在不行……要有合适的，你想着点。

琦婶是原上的业余媒婆，对男男女女经常看走眼，命中率不是太高，可她热衷此项。婚姻不是说说就来的，她只是牵牵线，成不成的谁也没说非得媒婆担当啊，就当作搞副业，挣点说媒钱改善提高生活质量。她见老万把话说到这份儿上，冲他叫道："你个老不死的都土埋到脖根上了，还想女人呀？我是想着给你儿子说门亲事！"

老万脸上刚褪下的红色又重新铺上，他嘿嘿笑着："我也没说是我想要啊。"

倒也是的。老万虽说实诚，可小心眼儿总还是有的。琦婶往前凑了一步，眉开眼笑地说："就说嘛，你还能有这心！我是可怜你儿年轻力壮的就守空房，给谁守呀？那个妖精？不值当啊！人家走的时候连头都不回，连一丝不舍都没有，给她守，太浪费。咱也不是嚼舌根，也不是没事找事，就是给个提醒，你可别说没听到，从城里回来的人都说那个'妖精'早跟别的男人了，叫你儿早早地死了那心吧，这种女人真要起了心思，出去了就回不来的。等下去只能把自己耗干，有啥用？也没人给立贞节牌坊，就是有人立，怎么立？再说那玩意儿当吃还是当穿？老万你跟你儿子说，他婶子我别的本事没有，找女人一找一个准。"

老万觉着是这个理，这个家得有个女人，做饭烧炕不一定用得着，但儿子不能一直守着空房。更重要的，有个女人，就能知晓女孩儿的心思，与燕燕能说上话，慢慢疏通燕燕的心理，让她正常地上学，别再动歪心思。老万明白，合适的女人就像广告里说的那个柔顺剂，不一定能让家变得美丽，但可以使家变得柔顺，变得像个家。现在的家就是因为他与儿子两个大老爷们儿口笨舌拙，心思又没那么缜密，不知道该如何与燕燕沟通，才弄得一团糟的。

一旦动起了给儿子再续一房媳妇的念头，老万心里就放不下了。儿子对此事没有明确的态度，问得急了，非得他表态时，他一张脸苦起来，半天才像从地底下硬挤出一句："想找你就找呗。"

这算什么话？好像老万不是给他找老婆，是给自己找老婆，爱咋咋地。每次面对儿子这副半死不活的样子，把老万气得半天缓不过劲儿来，他却没法责怪儿子。得给他留点思量的时间，这么大的事咋能一下子就表态呢，再说，还没与媳妇正式离婚，他咋好这么直接说再婚的事？老万心里明白，儿子不是故意给他气受，是真的为难，儿子心里也堵得慌。

儿子从内心里没怪过老万，他早已受够媳妇与老娘之间的战争，媳妇嫌他窝囊，在老娘面前连个屁都不敢放，老娘又怪他软弱，作为一个男人，这样嚣张的媳妇他怎么连治的心思都没有，他夹在两个女人中间左右不是人，宁愿跟着别人进城打工，一年到头能挣几个钱算几个钱，只要不让他像个橡皮人似的被这个推搡来那个扒拉去，在外面清静一天算一天。他有时候也羡慕老爹，在老娘如此漫长的琐碎中居然活得还有滋有味，看来自己是没有遗传到老爹的精髓。媳妇铁了心要扔下这个家走，他知道拦不住，也管不了，这么多年媳妇心里憋着的气儿大着呢，怎么可能会听他的劝阻，走就走了吧，这些年他一个人在外面打工，还不是没个家一样吗？可燕燕早恋的事他不能不管，尽管这和媳妇要离开一样是件他无能为力的事，但性质不同，他怎么说都是女儿的父亲，有管教女儿的责任和义务。可他在家待了两个月，不但没有解决燕燕的问题，还耽搁了挣钱，再回城里的工地是不行了，人家那地儿也不是菜园子，想进进，想出出。他便买了个摩托车就在附近找短工，因为人踏实，做事也肯出力，短工不难找，早出晚归经常有干的活，只是挣不到大钱，只能零打碎敲挣点生活费。

儿子这一出去做事，家里还是老万一个人留守，他每天后半晌早早地做好晚饭，能干什么呢，家里空落落的，也待不住，还是背了篓子去崖边装着搂草，等孙女放学。他也知道自己这样做没啥用，解决不了燕燕的问题，可不这样做，他又能怎样？等着，总算有一份期待，远远地看到那些上学的孩子们回来，就像看到了燕燕一样，心里多少能踏实一点。

一连几天，老万的儿子那里都没有动静，每天晚上回来得都比较晚，吃完饭例行公事地去燕燕的房间看看，他显然是装模作样，燕燕一边写作业，一边用手机发短信，忙得连理她父亲的空都没有。他开始也说过几句，还表现得特别开明的样子，说："燕燕，写完作业再发短信，误不了工的，啊！"燕燕把他的话当耳旁风，连眼皮都不眨一下，依然发自己的短信，间隙再写作业。不尴不尬的他只好闭口不言，他也曾想没收了女儿的手机，没有手机她就没有那么多的心思了吧。可他刚试着把这话说出来，正在吃饭的燕燕把饭碗猛地往桌子中间一推，面汤洒了一桌，燕燕连看都不看，然后从口袋里掏出手机直接拍到她爸面前，说一句："你什么时候收走，我什么时候开始不吃饭，你看着办！"倒让他僵在那里半天不敢再说一个字，末了，又颠儿颠儿地把手机送到燕燕的屋里，从此不再提没收手机的事了。而且每当女儿伸手向他要钱充值手机费时，他又硬不下心卡这个钱，孩子毕竟没有母亲照顾，而他能给予她的又不多，他不忍心伤孩子的心。"检查"完女儿的作业，再与电视机进行面对面的交流，到看得差不多了，呵欠一个紧似一个地打，然后就变成了女儿的角色，也不瞅老万一眼，拉开被子就睡，一点儿都没有将老万的期待落到实处的样子。

老万耐着性子又等了几天，儿子还是没反应，他有点扛不住，心像悬在半空，摇摇晃晃的难受，他觉得自己的家越来越像一团笑话，孙女那般小的年纪一次次闹出"早恋"的玩意儿来；儿子应该再说个媳妇的，却一点都不上心；而他这个本当颐养天年的老头，倒是整天为这些事着急上火，却又总点不到穴位上。

这天晚饭后儿子从燕燕的屋里出来，一脸倦意地刚打开电视，老万过去啪的一声关了电源。儿子惊诧地望着他，捏着遥控器一脸的恼火。

老万心里才恼火呢。琦婶已经在远处的石头河找到一位离过婚的女人，孩子判给了男方没有拖累，年龄也不太大，三十出头。据琦婶说，这个女人还像朵花似的，人家催着见面呢。老万本来就为这事上心，见琦婶说对方条件又不错，更是要紧得很，可儿子半躲避的态度实在叫他蹿火。老万忍住火气轻轻关上房门，怕隔壁的燕燕听到，才轻声把琦婶说的情况告诉儿子，问他的意见。

儿子默默地听完，没有说反对的话，照样也没说同意，就那样木然的表情，好像听别人的事，与他无关似的。老万这下再忍不住火了，冲儿子高声嚷道："你到底啥意思？还惦记着那个'妖精'呢？有用吗？真要有心，人家能说走就走？你到外面打听一下，人家都给你戴绿帽子了，你还……"

儿子站了起来，呆呆立了半天，才没有任何表情地说："那就见呗。"

老万紧绷的表情这才松弛下来，脸上的喜色还没来得及荡开，儿子仍旧挂着那副爱理不理的表情，事不关己地走开，拉开门回自己的屋里睡觉去了。

石头河的女人在琦婶的带领下来相亲了。琦婶说得没错，这个女人年轻又耐看，不像农村出身的女人，看着叫人心里就喜欢。老万早早地备下酒肉，生怕自己邋遢误了儿子的好事，还刮了胡子，换上过年时才穿的新衣裳，把自己收拾得精精神神。

石头河的这个女人虽说耐看，可挑剔得很，一来就打量着老万家的房子。房子盖的年头虽然长了些，因打理得好，还算过得去，在村子里不至于寒酸，倒无话可说。只是说住在原上交通不方便，上来下去的骑自行车都不行，不过有摩托车骑能解决上原下原的交通，这不是什么问题。只是，孩子不能跟着过，她自己的孩子当时没带到身边，就是不想影响以后的生活，她还想过几年自由自在的二人世界呢……

仅这一个条件就浇灭了老万心中燃起的希望，给儿子找女人就是为了燕燕，不为燕燕，何苦这么火急火燎的？显见这个女人不合适，一遇到现实的条件，好看也没用。儿子没表现出太多的情绪，老万却一脸沮丧。琦婶送走那个女人后，对老万说："凭咱这家底、老公公的精神劲儿，咱不愁找不到女人。"琦婶还拍着胸脯保证："等着吧，你老万家的说媒费我挣定了。"

琦婶的这句话，老万心里还是很喜欢的。只是后来又介绍了两个女人，对老万的打击还是挺大的。一个看上了老万的儿子，也不说燕燕多余，却嫌弃老万是个拖累，老了只知道吃又干不动太多的活；另一个显然读过不少书，一听老万的儿子还没离婚就要再婚，舌头吐得像吊死鬼,连声说这可犯的是重婚罪,她可不干犯罪的事,水都没喝一口,逃也似的跑了。

老万和儿子彻底蔫了,伤到了自尊。儿子还稍好些,有意没意的,他都没太多往心里去,这事本来就是老万急吼吼张罗出来的,却一次又一次地被现实把希望击得粉碎。有一阵子,老万差点儿就泄气了,琦婶却不依不饶,给父子俩打气,赶紧把婚离了,别叫那个名存实亡的婚姻再坏了好事。

这才是当务之急。老万一下子警醒起来,之前光顾着给儿子找媳妇,却没想儿子没离婚是不是就能结婚,现在外面打工的人背着家在外找男人或女人单过的也有不少,他那儿媳不就是给别人当着"媳妇"嘛。老万心想自己也是老糊涂了,难怪儿子还挂着那"妖精"呢,这没离婚不就表示那个"妖精"随时都可能回来吗。一旦想透,老万一刻也不想耽误,催着儿子当着他的面赶紧给"妖精"打电话。几经周折终于和"妖精"通上了话,还没等这头把事说清楚,人家那头就打断了,满口答应同意离婚。婚姻就像一件衣服,脱下来比穿上更快捷简便,没费丁点儿事,儿子就把婚离了。

琦婶果然是有心人,老万家的事她天天都挂在心头,老万儿子这面刚拿上绿皮的离婚证,她立马上老万家提出要与上次的那个女人再见面,这次总不触及法律了吧。谁知,这回老万却不干了,得理不饶人地说:"如果是第一次石头河的那个女人,可以考虑一下吃次回头草,至于怕犯重婚罪的那个女人嘛,就算了吧,不值当。"

这事老万说了算,连儿子的意见都不用征求。儿子呢,似乎也默认了老爹是他的代言人,行与不行,老爹说了算,反正给他找媳妇这段时间一直就是老爹的事。琦婶掌握的信息再多,也多是年轻未婚的男女,就算现在男女把婚姻当衣服一样随便穿随便脱,但那

崖边的老万 207

也总是有比率的,若是所有的婚姻都必须散,谁还结婚?何况,老万的儿子也不是"高富帅",琦婶手里适合于他的离婚女人的信息毕竟有限。好一阵子,琦婶这面都没了动静。老万却着急了,隔天就要催一回琦婶,催得琦婶心里恼火,心说这世上有着急的,可没见这给儿子找二茬媳妇也急成这样的,你儿子又不是没尝过女人,至于嘛。面上却不能这么说,怕坏了财路,也动不得火,便冲老万半开玩笑地翻眼睛:都是你这个老鬼给闹的,又不是你找女人,你倒挑三拣四,这下等不急了吧!

老万说:咱不缺胳膊少腿的,叫人看轻了可不行。就是给儿子找媳妇才着急,你没见他那蔫头耷脑的,我不替他急,他能上这份心?你就可着劲儿找女人吧,少不了你的一分媒钱。

琦婶这才笑了:我说过,一定要拿上你老万家的这份钱。

果然不负所望,快到盛夏时,天热得透不过气。这时琦婶上门了,一脑门子的欢喜,说有人托了她找个人家,她第一个想到的便是老万家了。老万脸上的褶子都挤到一块儿,喜滋滋地问对方的情况。琦婶却有点支支吾吾,不如以前那般爽透。老万好不容易才从她的话音里听出端倪,他看了一眼儿子,儿子没有任何反应,他着急地问道:"你是说这个叫淑娴的女人死了男人,不是离过婚的?"

"是啊,她男人得怪病死的。你去打听一下,男人病重两年多,淑娴是怎么照顾的,那份心尽的,一般女人谁做得到啊?直到男人走,她都没嫌弃。这就说淑娴是个善良、能干又敦实的女人……"

"那她肯定拉下了不少的账。"老万叹口气,说道,"你是说,她的两个孩娃,大的是女儿都结婚有子了?"

琦婶把目光移开:"是——呀,小的是儿子,听说大学都毕了业，考啥研究生呢……"

一直不吭气的儿子打断琦婶，看了一眼老万，不满地说："那她今年都多大了，你是给我找媳妇吗？"

"你是问——"琦婶望着老万，问的却是他儿子，"淑娴今年多大了还是她考啥研究生的儿子？"

老万的儿子站起身来，转身自顾自走了。走到门口，又停住，没回头地说道："都快赶上当我的妈了，少作点孽吧！"说完，才彻底走了。

琦婶热得一头汗水，偏偏打了个冷战，她用眼神寻找老万的意见。老万却把头转开，默默地抽着烟。

一连几天，老万都没睡着觉。天也太热了，也不见下一滴雨。再这样热下去，非得出事不可，不是热死人，就得旱死地里的玉米苗。这几天，老万也曾试着与儿子就这个话题再扯扯，他们两个男人，又是父子，有啥话不能好好说的？但只要他把话题往这上面扯，儿子连搭个腔的意思都没有，一准儿起身走人，比风来得还要快。老万再犯糊涂，也能明白儿子的意思，甭说儿子了，他自己都熬了几天也没能说服自己接受年龄这个事实，又怎能让儿子接受。罢了，儿子虽然软弱、寡言，可不能因此硬逼他，这种事，也不是能逼成的。

老万也不看好琦婶这次给找的女方，跟儿子根本就不是一个段位，再紧迫的事也不能没有秩序吧。那个淑娴确实是贤淑之人，儿子都被培养得快上研究生了，可见真不是一般人，以她那种性格，老万觉得，跟燕燕会比较合得来吧。只是，这跟儿子的年龄差距也太大了，怎么看都不是靠谱的事，他老万不能为了孙女再害了儿子呀。

琦婶这次比老万更沉不住气，在村头地尾堵过几次老万，她急

崖边的老万　209

等着回人家淑娴那头的话呢,这样拖着不言不语算哪门子事!琦婶有次不耐烦了,堵住老万说:"以淑娴的人品,不愁再嫁的,你得抓紧点,过了这村可就没这店了啊!"

老万都不敢出门了,怕见了琦婶又得听她唠叨。

这天清晨,老万起得早,出门想去崖边转转,呼吸几口早晨稍微凉爽点的空气。谁知,老万被琦婶堵在了去崖边的路上。

这回,没等琦婶开口,老万不知哪儿来的勇气,竟然先发制人,一本正经地对琦婶说:"你可以去给淑娴回话了,以她的年龄,做我儿子的妈得了。我老万娶她!"

女孩

女孩有一个美丽的名字——古丽。古丽就是花儿。

女孩就像她的名字一样，粉红的圆脸，弯弯的细眉，深深的眼窝，两颗似蓝宝石一般的大眼睛，一道挺直的鼻梁下，红嘟嘟的小嘴，两角微微上翘，一副鲜嫩的微笑，像花蕊一样灿烂地开放着。还有她的衣着，头上的花帽，大红的长裙，墨绿色的裤子，还有脚上绣着雪莲的靴子，全身透露着花的鲜艳和芬芳。

女孩知道自己的美丽。每天把羊和牦牛赶到盖孜河边，她站在镜子似的河水边照着自己，用一双灵巧的小手在自己头上编起十几条细细的小辫子，把头巾披在肩上，转着圈子欣赏自己水里的影子。

水很静，清澈见底，可以看到天上的太阳像一个刚烤出的青稞馕，浮在水面上轻轻地晃动着，把自己鲜艳的影子晃得真人似的，楚楚动人。女孩浅浅地笑着，心里特别美气。她有着花儿一样的年龄，心里无忧无虑，放牧的大群羊和牦牛，是她家的一大半财产，她心里总有一种自豪感，像个大人儿似的。看着自家的羊群和牦牛一天天增多，一脸的满足，过早地懂得了与世无争的日子，就像这盖孜河的水一样，平平淡淡地流淌着，没有浪花也不会干枯。

羊儿在河边散开，似一朵朵飘浮的白云，慢慢移动着，专心地吃着青草，根本不用女孩操心，她放牧也不用鞭子，连一根红柳枝都不拿，如果哪只羊走远了，她只需轻轻地唤一声"回来"，羊就会站住，回头看下她。她永远地微笑着，从不发怒，羊被女孩的微笑迷着，缓缓地走了回来，回到羊群里，懂事似的低下头，继续吃草。

在女孩眼里，羊像懂事的孩子，和她一样，父亲在她五岁那年，就把羊群和牦牛交给了她，让她到河边放牧，她点了点头，懂事地赶着羊群和牛群，来到了河边。女孩心里清楚，父亲就她和妹妹两个女孩，没有男孩，她是大女孩，应该承担家里的放牧工作，父亲要去很远的科克牙耕种那片青稞地，母亲在家忙着烧奶茶、做饭，带着刚会走路的妹妹，放牧的事理所当然地落在她的身上。按说放牧应该是男孩子的事，可她母亲至今没有生出一个男孩，她也没有埋怨过父亲母亲，她应该做着既轻松又闲散的放牧，这样也不显得无聊。更何况，她也可以在河边，欣赏到河水里自己美丽的影子。她已经到了爱美的年龄。

高原上牧人的孩子早熟，女孩也像其他小孩一样，每天把牛羊赶到盖孜河边，选一块草青的地方，把羊散开。然后把牦牛赶到河对面的山谷里，那里的草硬，没有河边的草嫩，但山谷里隐蔽，不怕被人割了牦牛尾巴。现在高原上有公路了，人和车多，经常有人趁牧人不备，停车去割牦牛的尾巴当拂尘用，高原上的牦牛又呆又傻，被割了尾巴也不反抗。所以，女孩把牦牛赶到山谷里，牦牛合群，不乱跑，不怕丢了。她只顾着羊群，羊又小又轻，被抓了，或者碰上鹰袭击，她也好照应。每到太阳快落山的时候，女孩望了望西天，又红又大的艳阳蹲在冰山顶上，她就蹚过河去，到山谷里，把牦牛拉的一摊一摊牛屎用手捡了，装在两个大羊皮褡裢里，好带回去，一团一团地贴到墙上，晒干后当柴火烧。褡裢是搭在一个大牦牛背上的，女孩捡的牛屎一边一次地装进去。她人小劲小，不敢把褡裢放在地上，待装满了就放不到牛背上去。驮着褡裢的大牦牛很听话，她说走就走，说停就停。捡完草地上的牛屎，她喊一声"回家"，牦牛们听话地走在她前面。来到河边，她蹲下在河水里洗净手上的牛屎。牛屎在女孩眼里一点也不脏，都是牛吃的青草变的，散发着清香，只是比地上的草味要浓些。她把手上粘的牛屎洗到河水里，河水里也有了草的清香，她望着河水，自己的影子清清楚楚，泛着青草的香味。她很满足，把头巾从头上取下来，照着河水，又围到头上，帽子把头巾撑得方方正正，她才浅浅地一笑，站起来喊一声："回咧！"赶着羊群牛群回家了。

女孩的家离草场不太远，用石块堆砌的房子倚着山坡，不大，却很结实，风吹不动，太阳晒不透。女孩放牧归来，母亲牵着她的妹妹已迎了出来，她顾不上欢呼的妹妹，把驮着牛屎的大牦牛叫到房子跟前，从褡裢里一把一把地掏出牛屎，用手团成一团甩到墙上，牛屎排列得整齐又好看。

母亲这时会把羊、牛赶到房子旁边的圈里，来帮女孩甩牛屎，小妹也要帮忙，常抹得一身牛屎，惹得女孩哈哈大笑。每当这时，是女孩最高兴的时候。她一改在牧场的微笑，笑得全身颤动，这里也有回到家里喜悦的成分。

女孩的母亲肚子又大了，像一只怀了羔子的母羊，走路都是一颠一颠的，母亲怀着全家的喜悦，也怀着女孩的希望。她很想有一个弟弟，长大了可以同她一起去放羊，这也是全家最大的愿望。

屋子里的山墙根，堆起了一堵墙似的干牛粪，是母亲从墙上一个一个揭下来的，堆得齐整而结实，用来燃烧那漫长的冬季。房子里弥漫着干牛粪的香味，淡淡的，和着奶茶的甜香味，女孩满心欢喜，把小妹搂在怀里，坐到牛粪墙下的炕上，一口又一口地喝着温热的奶茶，心里暖乎乎的。

母亲一边忙乎着晚饭，一边问着女孩中午带的馕饼是否吃完，说如果饿了，就先吃点奶酪垫垫。晚饭要等父亲回来才能开，这已成了习惯。

这天晚上，父亲回来得较晚。夜幕已经降临，青蓝色的夜晚很清静，女孩和母亲已经到屋外望了几遍，一轮圆月像透明的馕饼，已经蹲在了慕士塔格冰峰的顶上，散发出一圈圈银白色的光环，被晶莹的冰山折射着，洒在高原的角角落落。一切都变得朦胧而美丽，空气轻轻流动着，发出"滋滋"的响声，远处有牛羊的叫声，像呼唤儿女那般温柔，充满了亲情。

女孩喜爱这样的夜晚，与小妹在房前追逐嬉戏，不断发出"咯咯"的笑声。

父亲在她们的笑声中回来了。

和父亲一起回来的，还有一个人。

女孩停止了笑声，打量着和父亲一起回来的人。直到进了屋里，女孩才看清，来人是个男人，留着一头长发，戴着宽大的眼镜，背着个大包，一脸的笑容。

女孩听父亲说，这个人是个画家。她不知道画家是什么，以为是什么东西，与他的人无关。果然听这个人一说，女孩才弄明白一点，这个人能把人画到纸上，就叫画家。他拿出一张画着父亲的纸，给女孩一家人看，大家都围到酥油灯前，看清纸上画的，似乎有点像父亲，只是脸上画了不少皱纹。女孩就问，这是我父亲吗？

父亲笑着。

这个画家才注意到了女孩，他的眼睛躲在眼镜片后面，看人时有点可怕，女孩被看得有些怕了，往父亲身后躲，却一直盯着画家。

画家被女孩的神情吸引了，他不由自主地伸手去拉女孩，女孩躲了，画家摇头，嘴里发出"啧啧"的声音。女孩更怕了，她看到画家的脖子上还有一根金属链条，是拴在眼镜腿上的，他头摇着，金属链条在灯光下一闪一闪的。

半晌，画家才对女孩说了一句："你真像一朵花，美极了！"

女孩心里不怕了。她的心里甜甜的，被人夸赞，使她的脸红了。牧区的人都说她长得美，只有到了牧场她才一个人对着河水，悄悄地欣赏自己的美，现在被人说破了，她有点羞了。

画家还在看着女孩，一边对她的父亲说，你们的孩子真漂亮，那眼睛、鼻梁，尤其是那嘴太美丽了，像一朵开放的玫瑰。

女孩的父亲和母亲都满足地笑着。

女孩没有见过玫瑰，更不知道花朵是什么。在高原，就是最茂盛的草场，也见不到花是什么样子，这里鲜有能开花的草，所以女孩不知道画家说的花是什么东西。把她当作花来比喻，她认为花一定是很美丽，因为她对自己的美是有信心的，整个牧区的人都说她美丽，她也在河水中看到自己美丽的影子。

女孩在心里幻想着花的样子，花是什么呢？也梳着无数小辫子，穿着红裙子？

父亲热情地招待着画家，他当即就要去杀羊，被画家拦住了。

一家人围着画家，其乐融融，反复看着画家给父亲的画像，感激的话说个不停。父亲在地头碰上画家，他给父亲画了大半天的像，父亲就静静地在地头坐了大半天，误了一天的耕种，也没有引起母亲的埋怨。画家能把父亲画到纸上，除了脸上多了些皱纹，画得有些像，真是神了，全家人高兴都来不及呢。

第二天，画家提出要给女孩画像，父亲也放下了耕种，一起把牛羊赶到了河边。女孩激动得满脸通红，不停地在河水里照自己，惹得画家嘴里不停地"啧啧"着。女孩的父亲则高兴地笑着，追赶

女孩　215

着一只大肥羊，他要把肥羊赶到河里，把它洗净，回去后杀了招待画家。

女孩在河边站着，任凭画家摆布着，画到中午，画家才画出一张女孩的素描。女孩拿过画一看，她惊呆了。这就是自己呀，跟河水里的影子一模一样，只是没有颜色，但她已经被自己的画像迷住了。女孩一边看着画上自己的辫子、脸、眼睛、鼻子、嘴，都不敢相信这就是真的。

画家一边给女孩指点着，一边感叹着："花，花，花，比花都要美丽！"女孩不由自主地问道："花是什么样子的呀？"

"花？"画家愣了一下，转头四处看了一下，茫茫高原，除了冰山、石头，就是青青的草地了，找不到花的影子，他就微微叹了口气说，"这地方，连朵花都没有。"他打量着女孩，看到女孩脚上的靴子，就指着女孩的靴子说："这里，你的靴子上有绣的花。"

女孩就低头看了看自己的靴子，靴子上有白线绣的弯弯曲曲的雪莲。她用手抚摸着，心里就暗了。

"这就是花呀？"女孩满心的失望。

画家赶紧解释："这是绣的，是假的，真花很美的，红的、黄的、蓝的，太漂亮了。"

"不过，你比花更美！"画家说。女孩脸又红了，她的心里热热的，很满足，自己比花都美丽，大概真花也比靴子上的假花美不到哪里去。

画家感叹着，这么美丽的女孩，连花都没见过。真是太残酷了，这个高原，能长出草，却不开一朵花。他摇着头。

女孩见画家一脸愁容，以为是自己没见过花，惹画家不高兴了，就轻声对画家说："我的名字叫古丽，是和花一样的名字。"

画家点了点头，神情有些失落，心里空荡荡的。

中午回到女孩的家，父亲忙着去杀那只他洗得雪白的肥羊，母亲烧水，准备煮肉。女孩第一次没有帮父母干活，一个人坐在屋里发呆，她在心里默念着：花，花，花……

画家心里也不是个滋味，后悔没带些自己画的花鸟之类的画来，让女孩见一下花的真面目。他望着女孩，坐在一堵牛粪墙前，像看着一朵鲜艳的花朵插在牛粪上，黯然神伤。他痛恨高原，抹杀了艺术，也刺痛了他的心。他明白，自己完全可以在画中添上几笔画的花儿，衬托出女孩的美丽。但他觉得这样有点残忍，对不住这么一个天真的女孩。

画家心情不好，面对喷香的羊肉，没有胃口，在女孩一家人的劝说下，吃了几块肉，像嚼木渣，倒喝了不少酒，喝得头晕了，他对女孩说："古丽，你太亏了，像你这么大的女孩，哪个没见过花呢？"

女孩不吭气，神情有些木。

父亲喝着酒，说着生在这地方，就是这个命呀。

"不行！"画家激动地说，"我要带女孩下山，到喀什，让她去看一下花，她的确比花美丽，不能让她连花是什么样子也没见过。"

父亲母亲都笑着，一脸的无奈。

画家望了望父亲，又望了望母亲，摇了摇头。

"为什么？为什么要这样！"画家哭了，他把大眼镜摘下来，任眼泪喷涌而出。

女孩心里乱极了，她的心里也很酸，自己没见过花倒惹得眼前这个画家伤心，她心里更不是滋味。画家说她比花还要美丽，也勾起了她想见到花的强烈欲望，但她要放牛羊，不可能下山到喀什去

女孩　217

看花。花到底有多么好，能叫这么大的男人如此伤心？

"花，喀什，还有别的地方，到处都是，可花算什么呀，为什么不在高原长一朵呢？"画家哭道，"太残酷了，这太不公平了。"

画家和父亲都喝醉了。

画家走时，他说他一定要带些花上来，让女孩看到花。

"你就是比花美，花算什么东西，山上到处都是。"画家这样说着，走了。再没有出现过。

后来，父亲安慰女孩，等女孩的母亲生了，生个男孩，女孩就不用放牧了，到时，让她到山下看一回花去。

"花是什么东西呀，肯定不如我家古丽美丽。"父亲这样说着。

女孩有了心思，每天再到牧场，呆呆地站到河边，盯着自己的影子看着，心里想象着花的模样，又脱下脚上的靴子，仔细端详上面白线绣的雪莲，心想着花也肯定很美，不然画家咋拿花来和她对照？花也有大眼睛、高鼻梁、红嘴唇，还有红裙子吧？那个画家不是说，花有红的、黄的，还有蓝的，一定很美丽。她盼望着能见到花，看看花的美丽。她期盼着母亲给她生一个弟弟，长大了能替她放牧，她就可以到山下去看花。

牧区放牧的女孩很少，只有像她家里这样的没有男孩才让女孩来放牧。女孩慢慢地不喜欢放牧了。她盼着母亲生一个男孩。

母亲是在一个月的一个午后开始肚子疼的。

女孩放牧回来，看到母亲疼得在炕上直打滚，汗水湿了母亲的衣服。女孩吓坏了，忙去叫回了父亲。父亲请来了接生的人。

一家人围着痛苦不堪的母亲，守了整整一夜，母亲也生不下小弟弟。

天亮后，母亲肚子不怎么疼了，女孩准备去放羊时，她的妹妹走过来，在母亲挺起的大肚子上用手轻轻拍了拍，用不太熟练的语言说道："妹妹，妹妹！"

女孩一把打开了妹妹的手，走出屋子，把牛羊赶到了牧场。一整天，她都心神不定。

熬到晚上回来，女孩看到的是，母亲又为她生了一个妹妹。

女孩伤心极了，她跑到屋后，大哭了一场。

再没有人提叫女孩到山下去看花儿的事了，女孩一直做着的梦破了。她依然每天放牧，但无精打采，也不去河边照自己的影子了。

过了两年，女孩的大妹长到她当年开始放牧的年龄，她去问父亲，大妹能不能顶她去放牧？

父亲没有吭气。母亲却说，女孩是老大，应该去放牧，就叫大妹在家吧。

一天早晨，女孩像往常一样起来，吃过早饭，带上中午的干粮走出了屋子，她没有朝羊圈走去。

女孩寻着下山的路，她要独自去山下的喀什看花儿。她没给父母讲她去山下。

留下一圈羊和牦牛，饿得叫唤个不停。

女孩　219

朋友妻

方岩想请涂家新给他做证人。涂家新还不知道要他做什么证人，看到方岩写好的证词，才知道是离婚方面的。涂家新和方岩是朋友，这个忙不帮还真说不过去。可是一听到"证人"两个字，涂家新心里就紧张，好像他已感觉到法庭庄严的气氛，心里怵得慌。但他还是答应了方岩，他把证词看了好几遍，上面写着方岩的一些情况，也没什么出格的内容。做证人只要出个场，用"是"来回答一下法官提出的问题就行，没啥大不了的，涂家新就在证人栏里填上了自己的名字。

从那一刻起，涂家新成了方岩的证人。在等待开庭审理的那几天，涂家新心里却有点慌，他被这不踏实感驱使着，不间断地问方岩一些情况。方岩却说，你只管对证词上的话负责，别的不用管。

开庭的前一天，方岩的妻子张媚不知从哪里获知涂家新的电话，打来电话问他真的要给方岩上庭做证？涂家新说："我已在证词上签名，当然得去。你——什么意思？"

"我没什么意思呀，只我想告诉你，你这样做，以后肯定会后悔的，因为你做了一次不该做的证人，是拆散我们这一对恩爱夫妻的罪魁祸首！"张媚哭着说。

涂家新无言以对。他只见过张媚一两次，对她印象不深，从方岩的口中得知，张媚和他结婚后不久，就在外面有了别的男人，虽然后来断了，可他们夫妻之间的感情却无法弥补，方岩后来就一直住在单身宿舍,有一年半没回家了。他们分居了这么久,是该离婚了。

张媚抽泣道:"我不是危言耸听,你并不知道我们夫妻之间到底发生了什么,只听方岩片面之词,就充当他的证人,我现在要是告诉你方岩的一些情况,你会怎么想?还会去干拆散别人家庭的事吗?"

"我……我不知道你们之间的事,我也不想知道,那是你们自己的事。我上庭,只是证明我知道的,比如你们分居的时间,分居后方岩住在哪儿,别的与我无关。你们之间究竟有什么事,跟我这个证人没什么关系!"

"是吗,你真的以为跟你无关?"张媚冷笑道,"你以为证人就那么好做?你太不了解内情了……方岩在外面干了什么事,我不想给你说,听你口气,你是非得做这个证人不可,我还和你说这些干什么。要是你明天到了法庭,一说我给你打过电话,干扰了你这个证人,对我也不利,我何苦呢。不过,我还得给你这个证人说一句,你这样做不对!"

放下电话,涂家新觉得胸口堵得慌,他给方岩打通电话,告诉他妻子打电话的事。方岩沉默了好久才说:"你是我的证人,不要受她的影响,她从来都是认为自己没错,错的永远是我,你不要理她,她再找你,你就告诉她,有话在法庭上说吧,不然,你可要给法官说,被告曾找过你。"

涂家新默默地挂断电话,方岩没有向他说明什么,他只要他出庭做证!他要再问,叫方岩听着,好像他要临阵脱逃似的。既然答应人家,就坚持把事做完吧,至于会不会有张媚说的那么严重,涂家新已经没有回头路可走,他的证词早就被方岩送到法庭去了。

夫妻离婚是件很小的民事案,法庭没涂家新想象的那么森严,没有法警,没有被告席,不是想象中的法庭,倒像是民政部门的办

朋友妻 221

公室。一男一女两个法官,男的是记录员,女的才是主审,她很年轻,抹了个红嘴唇,却把《婚姻法》背得很熟,不用翻本,就能随口说出哪个条款,只是她在审理时有点模仿香港电视剧里法官的口吻,这么严肃的事情,不像是在审案,倒像是模仿秀。

涂家新的心松弛下来,他看了一眼对面的张媚。刚进来时,他没敢看她,认为不严肃,现在,连法官都在作秀,他这个证人还板着脸装严肃干什么。

张媚也看了涂家新一眼,没有他想象中的仇恨和怒火,反而,她还对他笑了一下。涂家新想她的笑就像是寒冬里绽放的花,有些开得不是时候,不过也说不来,现在科技发达,寒冬的温室里盛开的花一点也不逊色于春夏。看人家张媚如此高姿态,涂家新也很坦荡的样子冲她点点头。前面走的什么程序,涂家新没有太在意,轮到他做证时,却受到了那个女法官强硬的质问,她一张一合的两瓣红嘴唇问涂家新:"你怎么能证明当事人与妻子分居后,是一个人住的?"涂家新回答:"方岩住在我们单位的单身宿舍呀。"女法官问:"单身宿舍一共住几人?"涂家新答:"一人一间。"法官问:"你怎么能证明当事人是一个人住的?"涂家新说:"我……经常看见他一个人住。"法官步步紧逼:"经常是什么概念?是每天?还是隔几天?"涂家新答:"经常这个词没法具体到几天,法官大人。"

"请你注意措辞,你的每句话,都将影响到你的当事人。"女法官港味十足的腔调,叫涂家新有点窝火。方岩一直不吭声,他的眼神落在别处,一副看似悠然的样子,好像涂家新站在证人席上与他无关。请的那个律师也像个雕塑似的,脸上没一点表情。女法官催促涂家新赶快回答,能不能证明方岩每晚都是一个人住在单身宿舍的。她把"一个人"咬得很重。

涂家新怎能保证方岩每晚是一个人住，情急之下，他朝方岩看了一眼。方岩还在看着别处，对于他带点求救的目光似乎没感应到。涂家新心里慌了，好像自己被当场捉奸在床一样。

"你不回答，就是说你无法证明当事人是一个人住了？"女法官咄咄逼人，她的目光里多了那么一点得意。"那么你的证词就是严重失实！也就是说，你做的是伪证！"

涂家新急了，伪证？他对法律就算懂得不太多，也知道做伪证的后果，他可不想莫明其妙地栽进伪证的旋涡里，他得用事实来证明他这个证人的非伪证，否则，自己就真的无路可逃了。涂家新心里产生了一种豁出去的感觉。

"我……我以前和方岩住在一个宿舍。"他开始说谎，他真的做起了伪证。

"具体时间？"

"去年三月……"

"去年是哪一年？"

"去年就是刚过去的一年，是今年的前一年！"涂家新愤怒了。

女法官比涂家新还愤怒，狠狠地剜了他一眼："说具体时间，其余废话少说，这是法庭。"

涂家新心说，去年难道不是具体时间？但尊重法官就是尊重法律，他不得不根据女法官的意思说："是2006年3月。"

"一直到什么时间？"

"……2006年9月吧。"

"不能用'吧'这样模糊不定的词，要肯定，是或者不是。"

"9月！"

"2006年9月以后呢？"

朋友妻　223

"我搬出来了。"

"就是说，2006年9月以后至现在，你不能再证明你的当事人是一个人住了？"

"我知道方岩他是一个人住……"

"你怎么证明？"

"我……"

女法官用手势制止住涂家新："你只能证明2006年3月至9月这半年时间，当事人和你住在一个宿舍，我们还会到你们单位去调查。你现在确定你说的话吗？"

既然都说了，不确定能行吗？涂家新在书记员递过来的记录上签了字。

女法官宣布："方岩和张媚的离婚案，因证人的证词有待确定，暂不能结案，休庭！"

走出法院，方岩阴沉着脸，涂家新想向他解释一下自己刚才的紧张心情，方岩却开口说："什么也别说，你先回去，我还有事要办。"没多余的话，转身走了。

涂家新望着方岩离去的背影，站在法院门口愣怔了好长时间，心里颇不是滋味。

事后几天，涂家新在单位碰上方岩，方岩倒很客气，看上去很假，没有一点想和涂家新交谈的意思。涂家新也知趣地客套一下，不主动提那天法庭上的事，他心想，又不是自己闹离婚，操那淡心干吗，好像欠了他方岩什么似的。

涂家新只谈过几次恋爱，因各种原因都以失败告终，他没有经历过离婚，不知道当婚姻失败的时候，是不是双方都变得不可思议，叫人摸不着头脑。方岩不怎么理涂家新，张媚却不断地给涂家新打电话，约他见面，说要和他谈谈。涂家新对张媚保持着戒心，他在电话上说："有什么话在电话里说，不管怎样，我现在还是你丈夫的证人呢，见面不太方便。"

张媚偏不在电话上说，非要涂家新出来，当面说话。推脱了几次，涂家新决定见见张媚，他想知道这个女人到底想要跟他说什么，他既上了方岩的这条船，总得跟着这船到岸吧。便在约定的茶苑里与张媚见了面。

张媚不像电视里的怨妇一样哭丧着个脸，相反，她的脸上一直带着笑容，这笑容使她看上去很柔和。这叫涂家新有点不理解。张媚为涂家新要了一壶碧螺春，她喝的则是菊花，说菊花茶清淡，自己喝别的茶晚上会失眠。他们闹离婚，是双方都有过不轨的行为，主要是方岩，喜欢上另外一个女人，被张媚堵在他们家的床上。当时，方岩为了不把事态扩大，向张媚保证，坚决离开那个女人，和妻子好好过日子，他们毕竟有感情基础。张媚相信了丈夫，给了他一次机会。可是，方岩并没有和那个女人断，偷偷摸摸地一直保持着交往。张媚发现后心里非常难受，她忍辱负重去找过那个女人，人家却比她理直气壮，还十分贴心贴肺地劝起她来，说一个女人如果不被自己的丈夫爱着，身心受煎熬，过着也没多大意思，倒不如离婚算了。张媚不想离婚，她不想让这份感情就这样没落掉。她想用其人之道还治其人之身的办法来治治丈夫，让他也体会一下被叛背的滋味，就和以前的一个男同学好上了，她的行踪引起了丈夫的注意，一次抓到证据后，方岩并不如她所想象的一样痛心疾首，他毫不犹豫地与妻子分居，坚决提出离婚。张媚一直拖着不离，她还想挽救这段婚姻。方岩根本就不给她挽回的机会，上诉到法庭。

涂家新一直不知道方岩和张媚离婚的内情，方岩没有和他细说过,只说他们感情不和,才要闹离婚。现在,涂家新了解了大体的情况,觉得方岩真不够意思,还朋友呢,一句真话都不说,就叫他当证人,这样很不好。

张媚见涂家新不吭气,茶也不喝,只抽烟,她不再说什么。他们沉默着又坐了一阵,张媚觉得没啥意思,便唤服务生过来埋单,告辞走了。

涂家新心里很不平静,对自己稀里糊涂被方岩诓上船十分不满,有几次他想找方岩问问,一想起上次自己这个证人没做好,方岩一直不高兴,对他爱理不理的,便没心思问了。

法庭规定的三个月期限已过,方岩离婚的事因离婚证据不充分,没有得到判决。但方岩还是请律师和涂家新吃了顿饭。在饭店,谁也没提离婚的事,他们酒也喝得不多,三个人没喝完三瓶啤酒。涂家新感到很意外,平时的方岩可是很能喝的。

更意外的是,涂家新和张媚倒交往了起来。张媚经常打来电话约涂家新出去坐坐,他没什么事时会去赴约,那段时间,方岩很少和他在一起,他也觉得自己窝囊,当证人怎么就当得连朋友情分都淡了,想想无趣,对张媚的邀请就去了。为什么不去呢,是他们自己闹离婚,又不是他涂家新从中捣鬼,他不心虚。有时喝过茶吃过饭,涂家新还会抢先埋单。和女人一起吃饭,不能总叫女人埋单吧。

在数次的交往中,张媚也问涂家新的一些情况,他如实说了自己经历的几次失败感情,到伤心处,张媚感叹感情这玩意儿的无情,忍不住长叹一口气,呆愣地望着一个地方。涂家新也不言语。两人再无话说,默默地坐上一阵,埋单告辞,各走各的。

涂家新也知道了张媚不能生育,她曾因难产做过手术,失去了做母亲的权利。张媚对涂家新讲到死去的孩子时,哭得喘不过气来，她说是个男孩，长得像她，白白净净，一头乌发……

当时，涂家新还看了一眼张媚白净的脸和一头乌发，他的心里也很沉重，不知道怎样安慰张媚，便递过去纸巾。张媚手上拿有纸巾，但还是接过涂家新递来的。

张媚说，在和方岩打的这场离婚战中，她是个弱者，原来想着使出女人最通用的招数，用弱者来打动涂家新，让他产生同情心。可后来她不这样想了，和涂家新交往几次，她认为让人同情是很幼稚的，而且被人同情只能证明自己的软弱和无能，却不能解决更多的事。她已经想通了，解决问题的方法有很多，但与人交往，真诚是必要的。

涂家新本来想问一下，她是不是想让自己不再上庭做证。还没等他问，张媚已经说了，她没有阻止涂家新为方岩做证人的意思，他是方岩的朋友，为朋友出力不是他的错，她不会怪涂家新的。

涂家新心里已经很内疚了。但他没告诉张媚，上次在法庭上，他作了伪证，虽然这伪证实际上是被女法官诱导或者说强逼出来的。他不能出卖自己，伪证已经作了，不是没有成功吗，他们的离婚又没有得到判决。

这期间，方岩又上诉了一次，还要涂家新做证人，说是他只要维持他上次的说法就可以了。涂家新拒绝了。方岩惊讶地说，你上次已经做过，这次要不出庭，那不等于上次你作了伪证，说什么也不能叫人家说你作过伪证吧。涂家新心里一凉，他没想到方岩会这样说，他是铁定了要拉他下水。涂家新已经不是上次的涂家新了，他说："法庭已做了调查，这次去，人家拿出证据，我作的不就是伪证？你叫我怎么自圆其说？"方岩轻描淡写地说："这个我已经和单位有关方面协调好了，连证明都开上了，你尽管按上次说的再说一遍就行，这次不是上次的那个法官，我们有单位证明，他们也不会调查的。离婚的案子又不是啥大案子，他们不会有闲工夫去和上次对证的。咱们是朋友，你帮忙帮到底。"

涂家新无奈地答应了。他心里很矛盾，犹豫了半天，还是给张媚打了个电话，告诉方岩还要他做证人的事。没想到张媚说，你也是在帮朋友，只要你问心无愧，你就没错。

涂家新第二次上了法庭。轮到涂家新做证时，他向法官说，他有夜游症，有时候分不清是晚上还是白天，所以，他记不住到底和当事人在一间宿舍住过没有，还是请当事人自己给自己做证吧！他申请收回他签过字的证词。

法庭哗然。证词无效，法官宣布休庭。

方岩的离婚案又一次没得到判决。从此，方岩见面几乎不和涂家新说话了，像个陌生人似的，面无表情地从涂家新身边走过去，涂家新一点都不觉得难堪。这次，他心里是踏实的。

涂家新主动打电话约张媚吃饭。张媚见到他后，第一句话就说："你这样做，就失去了一位朋友。何必呢，反正，法庭是要调查的，证据不足就不会判决。"

涂家新说："真正的朋友是不会失去的。我只要做到问心无愧。"

"你是个有良知的好人！"张媚说，"像你这样的人，已经不多了。"

涂家新笑笑，心想，自己算是有良知的好人吗？连伪证都做过……

不久，涂家新被单位派到外地学习了三个月。在这期间，他和张媚始终保持着联系。有时，张媚会给涂家新打电话，也没什么正经事，问候几句。有时，涂家新会给张媚发个手机短信，大多都是好玩的，除此之外，他们没有谈过张媚和方岩离婚的事。三个月后，涂家新从外地学习回来，听接他的单位驾驶员说，方岩已经离婚了。这次，是女方主动提出的。听说她有了新的男人，据说这个男人是方岩的朋友，还为他当过证人呢。

涂家新这一惊非同小可，迫不及待地给张媚打电话，刚拨通，涂家新突然挂断电话，心想，接通了，他该说什么呢？

猎人与鹰

鹰是猎人的枪。

猎人在高原上打了半辈子猎,他没有使用过一次猎枪,他是用鹰捕获猎物。鹰蹲在猎人的右肩上,像上了膛的枪一样,静候着猎物的出现。荒草里一旦有了动静,猎人只需把含在嘴里的鹰笛一吹,像扣动了枪扳机似的,鹰就射了出去。鹰的出击又快又猛,只听一声尖啸,风似的从猎人跟前刮过,那声啸叫还在旷野中响着,余音还没有完全扩散开,猎物已经在鹰的爪下了。就这么准,鹰的两只爪子像人的手一样,似从荒草里提起一个物体,抓起来就走,一点停顿都没有,根本不挨地皮,只是两个扇子一样的翅膀,擦了一片荒草,荒草受惊了似的晃个不停,鹰不费一点力,很轻松地把野兔或狐狸就提到了空中,然后回到了猎人跟前。

这时,猎人还没有从马背下到地上呢。猎人是从鹰一出击就骗腿下马的。每次,猎人都要下马接受猎物,他从不在马背上等候鹰捕猎归来。他对鹰很恭敬,像那些当兵的对待手中的枪那样,把枪抱在怀里。猎人也把鹰抱在怀里,然后单腿跪地,才从鹰的爪下取出猎物,猎人把这一系列动作做得很神圣,他曾见过高原上那些当兵的,他们打靶的时候,也是这么神圣。单腿跪地,把枪抱着还不够,还要用脸贴着,宝贝着枪。猎人宝贝着他的鹰,他觉得他的鹰比当兵的枪还要好使,他见那些当兵的用枪打了半天,也没把黑乎乎的靶打死,要是他的鹰,早就惊出一道风声,把那个靶子连根拔起撕碎了。

猎人亲眼见过当兵的用枪死过野兔，一声脆响，看不到任何东西，野兔就应声倒地，但也有没栽倒的时候，野兔闻声跳起来就跑走了。猎人就很遗憾，要是他的鹰出击，再能跑的野兔，也跑不出鹰的爪子，鹰的爪子从来没有落空过，所以猎人更看重他的鹰。

每次，猎人从鹰爪下取下猎物，当场把猎物破膛，他随身戴着一把"英吉沙"小刀，刀很锋利，只一刀，就能把猎物的皮、肉、骨头割开，掏出猎物内脏，趁热喂给鹰吃，每当这时，猎人和鹰都很兴奋，猎人将猎物挂到马背上后，会吹奏一曲他自己创造的乐曲，鹰笛在猎人嘴里，发出清脆、柔和的声响，时高时低，像一段倾吐衷肠的诉说，能引起鹰的共鸣。鹰用它硬的尖嘴，吞吸着猎物的肠肚，在乐曲声中，扑扇着翅膀，腾挪跳跃，像一个舞者，舒展开优美的身姿，翩翩起舞。

一曲终止，鹰已吃饱，猎人一脸的兴奋，脸膛红红的，从嘴里吐出鹰笛，拿在手里把玩着。鹰笛是截鹰的腿骨，挖出骨髓，是天然的笛子，是猎人的祖先传下来的，已经好几辈了，磨得光滑，像一块和田的羊脂玉，透着玉的油脂，发出骨质的光泽。

猎人从怀里掏出一瓶烈性白酒，用牙咬开瓶盖，狠灌上几口，脸更红了。又从马背上的羊皮袋里摸出一个干硬的青稞馕，嚼了起来。青稞馕越干越硬，嚼起来越香，一口酒一口馕，就更有味。吃完一个馕，一瓶酒也喝下了，猎人扔掉空酒瓶，拍拍肚皮，跃上马背，鹰就呼地腾起，又蹲在猎人的肩上，猎人高喊一声，马放开四蹄，悠闲地走着，猎人在马背上摇晃着，放开喉咙，粗粗的歌声在高原上响开了。

帕米尔高原的春天来得迟，却很凶猛，一下子就把嫩绿鲜亮的世界推到你面前了，冰山上的积雪出现雪崩的时候，帕米尔高原的短暂春天一闪而过，盖孜河的雪水轰隆隆响着，将高原上最美好的季节——夏天，就唱出来了。河水欢快地跳跃着，溢出河谷，浸润着草地，草疯了似的，向太阳升去。离太阳近了，从茎叶间钻出一朵朵蓝的、紫的、粉的花儿，那成片的鸡蛋花，似太阳的碎片，撒在绿生生的酥油草尖上，耀得羊儿睁不开眼，羊群就闭着眼，用温热的嘴唇触摸着同样温热的花朵，凭知觉一口一口地慢慢吃喷香的花草。那些黑色的牦牛，不像羊群这么悠闲，一个劲儿贪吃，花草水分大了，会胀着肚子，又喝了盖孜河的雪水，都走不动路了。像喝醉了似的，摇摇晃晃地穿行在羊群中，牧人挥动着鞭子，追赶着牦牛，不让它们停下来，一直叫它们活动消化，不然会胀破肚皮的。

猎人亲眼看着一头牦牛躲到一个大石头后面，望着太阳躺了下去，不一会儿，牦牛的肚子像发面一样鼓了起来，直到极限，"嘣"的一声爆响，撑破了，黏稠的草渣喷一石头。

猎人顾不上捕猎，唤肩上的鹰蹲在马背上，他跳下马，去帮牧人将撑死的牦牛放了血，没让血浸入肉里。他和牧人一起，剥了牛皮，解了死牛，将牛肚子里的内脏喂了自己的鹰，帮着牧人把牛肉扛回牧人家，当场生火炖上牛肉，和牧人一家吃着肉，喝了一天的酒。

猎人的日子越来越难过了。猎物越来越少，有时出去一天会空手而归。高原上用猎枪打猎的人越来越多，连猎人原来不捕捉的黄羊也几乎绝迹了，鹰能捕捉的野兔、狐狸之类就更不用说了。以前的一些猎人都改行放牧了，可这位猎人一直坚持着捕猎，他没有能力拥有羊群和牦牛，只好以捕猎为生，已经到了难以维持生计的地步。

猎人心里一直很沉闷，酒就喝得多了些，舌头都有些麻木，嚼不出肉的香味了。

牧人看出了猎人的心事,一边劝着猎人吃肉,一边劝猎人改行。

猎人猛喝了一碗酒,说:"难啊!"

牧人说:"要不,先从我这匀几只羊去放,慢慢来吧。"

猎人叹了口气,望着牧人家围了一圈的巴郎子,又喝了一碗酒。

牧人也喝下一碗酒说:"慢慢过吧。"

猎人摆了摆手,说:"我怎能从你锅里再捞肉吃呢。"

"我这还过得去。"牧人说。

"算了吧。"猎人说,"你的大巴郎刚娶了妻子,老二又该娶了。"

牧人望了一眼身边的几个巴郎子,又端起了酒碗。

猎人一直把酒碗端在手里,一碗接一碗地饮着,像饮高原上寂寞清冷的日子。过了一天又一天,没有新鲜的花样,只是重复着一年又一年的春夏秋冬,衣食住行。生活虽然清苦点,并且越来越难过,但猎人从不自暴自弃,每天满怀希望,日出而出,为了生计而奔波,日落而归。就是沮丧地空手回来,一进自家的石屋,有老婆端上的热奶茶,巴郎的欢呼雀跃,猎人会忘记一天的疲惫和生活的重压,依然笑呵呵地,一家人围坐在炕上,就着昏暗的酥油灯,吃着干硬的青稞馕,喝上几碗烈性酒,吹上几曲没有规则的鹰曲,其乐融融。

猎人的女人是个不善言谈的好女人,从不在猎人面前抱怨清贫的日子,述说油盐酱菜的困顿,她像所有高原女人一样,为男人烧好温热的奶茶,给男人递上卷莫合烟的纸条,半夜起来给男人的马和鹰拌好草料。在没有捕获到猎物的日子里,她又四处去牧畜圈旁,讨要来牛羊的内脏,细心地喂养猎鹰,使猎人省了不少心。但猎人一直心里愧疚,为自己的女人和巴郎子,为越来越困难的狩猎生活,没能使女人和巴郎子过上好日子,猎人觉得对不起他们,没能力改变现状，猎人的心里不是个滋味。常常喝得大醉，却没有对自己的女人和巴郎发过火。不管在什么情况下，猎人总能保持住仁慈善良的本性。

牧人的话勾起了猎人一直沉淀在心底的苦恼，他的酒喝得多了，头晕乎乎的，但他的脑子始终是清醒的。部落里的猎人大多都改行放牧了，并且慢慢地拥有了自己的畜群，日常生活有了保障，狩猎不再是每天的重要活计了，可猎人却一直坚持了下来，他一直认为狩猎是一种自食其力的表现，是他祖先遗留下来的营生，可他的日子却越来越艰难，自己的女人和巴郎子都跟着他过清贫日子，他的心里比谁都难受，高原人的血性里没有叫苦喊累的本性，在猎人身上体现得更充分，可他的内心里越来越不是滋味，牧人的劝说，勾起了他内心的伤感，他的酒喝得很沉闷。

月亮此刻从冰山后面长起来了，高原上的月亮又圆又大，是那种像鸡蛋花一样黄灿灿的金色，照得冰山和草地一样辉煌。猎人酒喝得多了，骑着马，肩膀上挺立着一只雄鹰，淋浴在一览无余的银色月光中。猎人的沉闷心情又舒缓地开朗起来，一旦走到自然里，融进自然光环里，猎人的心意是豁达的，就会忘记生计的烦恼和生存的苦闷，把一切暂时搁置脑后，也不存在幻想，就在现实里心平气和地走着。

盖孜河的冰水晶莹透明，在月光下，像一条流金淌银的有生命的动物，在猎人的眼前平缓地流动着，勾起了猎人一时的兴致，他把鹰笛含在嘴里，吹奏着，鹰笛发出的乐曲像盖孜河里的清水，在空旷的高原上流淌着，给寂寞的高原夜晚增添了一份特别的韵律。

看到自家的石堆屋了，用石片砌就的石堆屋，能看到石片棱角分明的影子，更有那窄小的窗户里飘出的一丝火红的灯光，像在金黄色月光下灿然开放的红雪莲，猎人看了，心头忽地一热，那份温暖使猎人心头甜津津的，他把鹰笛吹得更响了。

随着鹰笛调子的升高，石屋的门"吱呀"一声开了，猎人的女人从一片红光里走了出来，披一身朦胧的金黄色月光，翘望着这边的猎人，猎人的心就醉了。不管回来得多晚，猎人的女人总是守着酥油灯等他回来，这时候的猎人心里比喝了酒还要舒坦。

猎人望着自家的屋、女人，陡然停止了吹奏，心里一个念头一闪：该有自己的畜群，养活这个家了。

猎人坐在马背上，被这个念头击得摇摇晃晃，有点不稳。他的酒喝得也太多了。

猎人拥有畜群的愿望在一个夏天的午后本来就可以实现了，这是一个多么好的机会，可猎人却主动放弃了。

这天，猎人骑着马，右肩上蹲着他的猎鹰，正在山谷间的荒草丛中寻找猎物的时候，几个牧人带着一个人来找猎人了。

来人要用高价收买猎人的鹰。

"反正，你现在已经捕不到多少猎物了。"来人说，"鹰已经对你没有多少用处了。"

猎人问来人："你买鹰干啥？"

来人说："这你就不要多管了。"

"我得知道你花这么多钱买鹰干啥？"猎人说。

"如果你能帮我捕到更多的鹰，我会给你更多的钱。"来人说，"你可以用这些钱买些牛羊，今后生活就有保障了。"

牧人们也劝猎人。

猎人却说："你买鹰干啥？"

猎人与鹰　235

来人递给猎人一支"红雪莲",这是新疆的好烟。猎人没接。来人又散给几个牧人香烟,牧人们接过,劝了几句猎人,各自忙着去放自己的牛羊了。

剩下猎人和来人,猎人定要问出来人买鹰干啥。来人很不高兴,看着猎人不抽他的"红雪莲",却自顾卷起莫合烟来。

"你不告诉我买鹰干啥,我就不卖。"猎人固执地抽着莫合烟说。

来人没有办法,就告诉猎人他买鹰要卖到对面异国去,异国的贵族善养一些鹰犬,作为权贵的象征。

猎人一听明白了,说:"我这鹰就更不能卖了。"

"为啥?"

"我的鹰不是替他们干这些勾当的!"

"你这个人,真是的。"来人说,"我给你的鹰找到了更好的主人,你又能拥有一个牛羊群。"

"我的鹰不能去干这个。"猎人说,"它是猎鹰!"

"那你帮我再捕捉些鹰也行啊。"

猎人说:"那更不可能!鹰是高原上的圣物,是胡大赐给我们的伙伴,它们离不开我们,我们更离不开它们。"

来人气得说不上话来,一个劲儿地抽烟。烟头扔了一地。

僵持了好长时间,来人又想着法子说:"你不想要羊群了?你家里需要羊群。"

猎人的心抽动了一下,没吭气。

"你可是捕鹰好手,听说你的鹰笛一吹,鹰就会自己飞来,在你面前飞舞,任你摆布。"

猎人又卷上一支莫合烟,手有点抖,烟末撒了一地。

"你好好想想。"来人说,"你不卖你的鹰,捕别的鹰,又可以买上羊群,也可以狩猎,今后就不会这么苦了。"

猎人点上莫合烟,狠狠地抽着。

来人催促着。

猎人几口抽完烟,把烟头扔到地上,用脚狠狠地踩死,才说:"我是该有个羊群了。"

"这就对了。"来人高兴地说,"只有我才能让你拥有羊群。"

猎人咳了几下,清了清嗓子,说:"但我不能卖鹰!"

"你疯了?"

"我没有疯!"猎人说,"鹰是属于高原的,它是胡大的,也是我们高原人的朋友,我不会干这种事,让它们当异国人的玩物!"

"你不要羊群了?"

"我可以不要!"

来人喘着粗气,说猎人疯了。

猎人说:"你才疯了呢。"

说完,猎人跳上马背,鹰在他的右肩上扇动了几下翅膀,发出一声尖厉的啸叫,随猎人走了。

太阳放射着原始的光芒,照射在冰山上,冰山闪动着银色的光圈,直刺向亘古的高原,高原上银光四射,猎人和鹰,还有他的坐骑,被银光罩住,像一个个透亮的晶体,在高原上缓缓移动着。

晚霞降临,落日像一个刚烤出的青稞馕,又大又圆,冒着热气,向西边的冰峰上缓缓地靠拢。天空显出一种迷蒙的湿润,冰山像烧着了似的,红了一大片。

猎人在高原上走着,任马驮着他,没有一点目的。他想喝酒了,可一摸胸前的布褡子里,空空的,他已经没有猎物可以换酒喝了。

直到夜幕降临，月亮蹲在冰山顶上已经很久了，猎人才回到家。跳下马背，进家门的时候，猎人步子有些不稳，可他今天没喝一滴酒，头却晕乎乎的。

喝了女人递过来的热奶茶，猎人望着女人一个劲儿地用木棍捣着门后面的羊皮奶囊。那是正在发酵的酸奶，需要隔上半天捣动一次。奶液都是牧人们送给他家的。猎人见女人一直捣动奶囊，没有停手的意思，就觉察到了什么，女人的心很细的。

猎人就说了句："你都知道了？"

女人停下手中的活计，回过头说："那个人又到咱家来了，叫我劝你哩。"

"你咋说的？"猎人问。

"我没说啥。"女人又转过头去捣奶囊。

"你咋想的？"猎人又问。

"我听你的，你做的都是对的！"女人说道。

猎人的眼泪涌了出来，热热地湿了两面的脸颊。

后来，高原上那些当兵的来找猎人，说是扶贫帮困，要猎人帮他们放部队上的羊群，每年的报酬是从当年生下的羊羔中挑选十只小羊归猎人所有。高原上的羊是山羊，产羔率低，这谁都知道。猎人不相信会有这等好事，但当兵的很认真，还和猎人签了五年的合同。就是说，五年后，猎人就拥有五十只羊了，是一个不算小的羊群。

猎人很感动，他今后的生计有着落了。

在一个阳光灿烂的日子，猎人到部队办了羊群交接手续。那个一直给部队放牧的小兵和猎人交接完后，突然问猎人："那次有人花高价钱买你的鹰，那些钱可以买几十只羊，你为啥那么固执，不卖呢？"

猎人呵呵笑着，说："我问你一句，你能卖你们手中的枪吗？"

小兵一惊："枪咋敢卖呢？"

"这就对了。"猎人说，"我的鹰，还有高原上其他的鹰，也和你们的枪一样，不能卖的！"

从此，猎人做了牧人，放牧着部队上的一个羊群，但他放牧的时候，还是带着他的鹰，有猎物的时候，也捕猎，又不影响放牧。只是，他偶然捕得的野兔之类的猎物，不再拿去换酒和其他物什，他把猎物白白送给部队，叫当兵的改善伙食。

猎人心想，人就得让良心安宁。

麦香

　　旱原庄子的村人很固执，鬼子还没过来的时候任游击队怎么做工作，他们都说，打日本鬼子的事，与庄稼人关系不大。庄稼人只知种庄稼，交官粮纳官税。

　　游击队王队长："可现在官粮没有交给政府，都叫日本人征去养了鬼子队伍，杀中国人。"

　　旱原庄子村人沉默了一阵，都叹着气，无奈地说："农人只求个温饱。"

　　游击队王队长站在旱原边上，望着南青山脚下一山谷的绿色田野，沉闷地叹口气，看着远处被绿得油亮的庄稼包裹着的土黄色炮楼，无奈地走了。

一

　　几场春雨过后。田里的麦苗一天一个样地往上蹿，眼看着就抽出了穗儿，一片的甜香味。二狗蹲在麦地里，有一把没一把地扯着地里的野草，眼看着一株株麦苗头上的包叶炸开，挤缩得变了形的穗头儿一下张开，舒展出嫩绿的麦芒。二狗心里美滋滋的，也没心思拔草，只管专心地挪着身子把四周几株麦子抽穗的过程看了，觉得有意思极了。地里草也不多，要拣着空地插脚去寻草，怕伤了庄稼。田野里人不多，只有像二狗一样细心的庄稼人，在这种时候了还进地里拔草。其实拔不拔草，意义都不大。二狗闲不住，他是庄稼好手，心里老记着，侍弄庄稼，用心，庄稼就回报丰厚的收获。

春困。二狗望天打了个哈欠，看太阳已移到头顶，白刷刷地刺得他一阵头晕。他站起身来，见田野里人又少了一半，就用手在背后捶了几下腰。晌午了，回吧。

二狗小心地拣脚空往地边退着，扭秧歌一般，扭了几下，觉得好笑，想起什么，一脚踩倒几株麦苗，忙抽出脚来，正要弯腰去扶，这时，几声怪叫声，直刺耳膜，惊得他一跳，又连踩倒了不少麦苗，心疼得他直骂自己。村里的狗却慌慌地叫成一片，一阵混乱。二狗知道是给几声怪叫惊的，就直骂那怪叫，却摸不清怪叫的来头，就伸颈往原上村子望。村子里一片嘈杂，看不出眉眼，他就俯下身子，想把踩倒的麦子扶起，再回村去看看。

晌午，该吃午饭了。

二狗上到原上，进到村里，日本人已经走了。二狗却看到村里有了异样，村街上有死猫死狗躺在一摊一摊的血里，也没有人管，看不到人影。忽有一物从墙角惊出，原来是一条瘸了腿的黑狗，三条腿蹦跳着慌张地跑了。二狗头皮一紧，心跳得没了章法，拔腿就往家跑。家门紧闭，二狗疯子一般把门拍了半天，娘才来开了门，见是二狗，一把拉了进去，赶紧又将门关上。娘将二狗从头到脚慌慌看了，才舒出一口气，扯上儿子进屋。

麦香听是二狗进屋，从屋里冲出，抓住二狗的手，喘着粗气问："你可回来了。"离开不到一晌，却像久别重逢一般。

二狗扶住媳妇，问："咋了？"

麦香说："你没事就好。"麦香的脸色才渐渐正常。

"日本人刚来村里，"麦香抽回手，抱住五个月的肚子说，"抓男人哩，吓死我了。"

"抓男人？"二狗不明白，一下想到那几声怪叫，就问："抓男人做啥？"

娘说："听说去山里修啥，不知道是不是抓壮丁哩。"

日本人也抓壮丁？二狗心又慌慌地跳着，看媳妇麦香隆起的肚子，心跳得更厉害，就到厨房去喝了一碗凉水，出来一抹额头，竟然一手冷汗。二狗想了想，生出一丝侥幸，就把街上的情景说了一番，屋里没了声息。二狗看了看娘，又看了看麦香，突然想起什么，急问："我爹哩？"

娘说："听村街上有人喊日本人来抓男人，我和麦香把你爹推上后院墙头，跑了，就心紧着你。"

二狗一听，就要去寻爹。娘扑过来抓住儿子，死死不放："可不敢去，外面风声紧哩。"

二狗不依："再紧也得寻爹回来，若有个闪失，咋办哩？"

娘抱住二狗就是不放，又喊麦香过来帮忙，二狗劲大，娘拉不住。麦香很难为情，丈夫没事回来了，不用担心，要出去肯定不行，可公公没回来，她不能阻止丈夫去寻。

一家闹得正不可开交，爹却在门外喊叫着回来了。爹瘸着一条腿说是翻墙时扭了脚，没有出事。见儿子无恙，爹才挽起裤脚来看，脚脖子已肿得碗口一样。爹咬着牙说脚疼得厉害。爹把从外面听来的话一说，二狗和娘、麦香才知道日本人抓男人是修一个装粮食的仓房。这回不像上回去修炮楼，上回修炮楼是乡里人派的。这回是硬抓，把村头大壮抓走了，大壮他娘去拦，给打断了胳膊。

"这可咋办呀？"娘话里带着哭腔。一家人都不再说话，屋子里闷得人心发慌。麦香去做晌午饭，都说不想吃。爹叫娘倒些酒来，点着火用手蘸了往脚上搓了半天，觉得疼消了不少，就喊全家人吃饭，说饭还得吃，日子还要过的。毕了，又说："日本人抓男人，是抓精壮男人，今后二狗可得多长个心眼，没事就不要乱跑了。"

二狗说："爹也一样。"

爹却说："我老了，抓去也没用。你可不能抓去，有个什么长短，这个家就塌了。"

娘和麦香眼里就有了泪。

二

旱原庄子被抓走的大壮偷跑回了村子。他的脸上身上都是伤疤，他娘一见儿子回来了，拖着断胳膊扑到儿子怀里就哭。哭声惊动了四邻，都跑来看，见大壮不成人样，都含了一汪泪水想着今后的日子该咋过。被抓去男人的村人急着围住大壮询问自家男人的现状，大壮哭得说不出话来，抚摸着娘的断胳膊，只骂着鬼子，却没有解决的办法。

村人事后才从大壮嘴里知道日本鬼子多坏，是怎样欺负人的。那时候，村人显得比原来更加慌乱，骇人的听闻使村人在恐惧中想着各种各样排除恐惧的办法。大家思来想去，只有一个办法，逃避！

除了逃避，村人再想不出别的法子来。面对比虎狼还要残暴的日本鬼子，手无寸铁的村人只有躲的份儿。

二狗也像其他村人一样，起先一听到风声就翻墙往山上跑，终日惶惶不安。后来鬼子不光是抓人，什么都干，二狗钻山逃避便不安心了，他操心着上了年纪的爹娘、怀着骨肉的麦香，还有那头用来耕种的毛驴。家里的鸡猪早都叫日本鬼子抢去吃了，下一步就该是牛、驴了。

二狗苦想了一天，给爹提出了自己的想法。为了今后的日子，二狗和他爹开始做起长远躲避的办法。他们决定将屋后不太远的崖边早已废弃的窑洞清理出来，以供躲避日本鬼子。那窑洞又深又宽，有一股阴冷的寒气，多少年了，没有人走进过这窑洞。二狗和爹将塌方的地方修补好，又在窑洞的一侧打了一个小窑洞，能容下一家人畜。在小窑洞出口处，他们擦着大窑洞的洞壁深深地挖下去，挖成一丈二尺深的深坑，再在坑上架一块二尺宽的木板，就可以渡到小窑洞里。人到了小窑洞后，就抽下木板，安全可靠。这是二狗想出的过河拆桥的办法，这个办法为村人所推崇，很快就在村里推广开了。

旱原庄子有了新的避难场所，躲过了不少鬼子的扫荡。日子过得就有了规律，在躲避中过着一天又一天。

渐渐地，鬼子来得少了，村人便找空子活动在地里，开始干一些赶季节的农活。只是干活时多长个心眼，谁看到山谷远处有了人影，那些穿狗屎黄的鬼子一出现，就喊声"鬼子来了"，都往回跑，躲到各自的避难所里。

小麦扬花的时候，田野里弥漫着一股清淡的甜香味儿，如果不是日本鬼子捣乱，这是一个美好的季节。

二狗和媳妇麦香平整一块空闲地，准备栽种红薯。二狗闻着田野的气息，又闻了闻媳妇的身子，忽然激动起来，兴奋地说："我知道你为啥叫麦香了。"

"为啥？"

"你娘生你时,麦子快熟了,她闻到了麦子的香味。"

"我是冬天出生的。"麦香说。

……

"我娘生我时,生不下来。娘疼得在炕上折腾了整整一天,吓坏了我爹。娘身子弱得没一点劲,接生婆叫我爹给我娘做点吃的,吃了好用劲。可家里没有一点能吃的细粮,爹就去借,只借了一升麦回来,来不及磨,就在锅里炒了给娘吃。麦炒熟后,整个屋里都是麦的香味,我娘没吃,闻到麦香,就一用劲,生下了我。"麦香说。

二狗听得痴了,闻到了那种温热的麦香一般,口里就有了香甜,忘乎所以地抓麦香的手。麦香推了二狗一把:"拉扯个啥,没正经的。"

二狗醒了,柔柔地一笑,就又来扯摸麦香。麦香不躲,却说轻点:"有人看哩。"

二狗说:"爱看不看的,我摸我媳妇,又没摸别人。"

麦香满脸的甜蜜,沉浸了一阵,把二狗的手拿开,说:"别乱来了,他都不愿意了。"麦香指了指自己的肚子,又叫二狗来听,说肚子里的儿子动哩。

二狗贴上去听,却听不出动静,又不好说,就说:"能是儿子?"

"是儿子!"麦香肯定地说。

"像你一样香。"二狗说。

"儿子像你,女儿才像我哩。"

"那我就要女儿,像你一样。"

"由不了你。"麦香说,"我生又不是你生,我说是儿子就是儿子。"

"是女儿,"二狗说,"到生时,我给你炒麦吃了用劲,也闻那种麦香。今年麦子长势好，不愁炒的。"

"生儿子呢？"

"一样炒！"二狗抽着鼻子说。他想那种成熟的麦粒炒熟后，那种香味比现在更好闻。

从地边走过的大壮，见二狗和媳妇满脸的滋润，就停下说："还做啥哩，二狗。做这有啥用？到时日本人来抢了，喂鬼子了，喂这些狗日的了。他们把粮库都快修好了，这些狗日的。"

二狗说："总不能都抢完吧。"

大壮冷冷地一笑："狗日的还能是人？"

二狗看了看麦香，麦香心里就乱了。这么好的麦子，可能要喂狗了。

田野里传来村人的叹息声。

"狗日的日本人，这么好的麦子。"

"这麦子长得，驴日的鬼子。"

三

村人骂过，躲过，庄稼活还得做，庄稼人不种庄稼，不能叫地闲着？日子还得过。

栽过红薯，地里没多少活了，二狗见日本鬼子来得少了，就到山里砍柴，专拣枯死的树枝，背回来捆好，想等再平静些背到塬下山谷外卖了，换些钱给麦香买月子用的物什。麦香劝二狗别出去了，免得给抓走。二狗说怎么会呢，长心眼哩，到麦收了就没闲工夫了。麦香说不就生个娃，准备啥，咋样也是个生。二狗却说，不一样的。

　　二狗给爹娘交代好，就上山砍柴，早出晚归，也没出事。自家院落里倒堆了山一样的柴火。爹在家整理好砍回的柴火，专等啥时全背了去卖。

　　初夏时节，阳光艳丽，照在地上，一片祥和。地里麦子长势喜人，丰收在望。若不是闹日本兵荒，农家日子安恬舒适，悠然自在。乡村鸡鸣狗跳，孩娃嬉闹，婚丧嫁娶，日子正常运转，多好。

　　一天，二狗起个大早，替爹给驴拌上草料，吃过早饭，拿上绳子镰刀，又要上山砍柴。麦香拦住二狗，说算了吧，已砍了这么多，歇了吧。二狗牛犟，说歇着难受，起身要走。麦香就说，这几天她心里很慌。二狗一笑，说这阵鬼子来得少，日子平常了，人憋得慌，没事和娃转去，这么好的天气。麦香劝不住，就说早点回来，天也热，柴砍多了，也卖不上好价。二狗看了看媳妇肚子，满心甜蜜地走了。

　　这是初夏很平常的一天。

　　这一天绝对是个好天气。

　　村人在这样的日子里干着各自该干的事。

　　麦香出门到村子转了，串了几家门，说了些关于生养的闲话，又走出村外，到塬边看了看满山谷的麦浪，心里的憋闷散淡了许多，就又走到自家的红薯地里。红薯地有些干了，不见下雨，得浇水了。麦香心想明天不叫二狗上山了，到山谷上头库湾引水来浇浇地，看人家地里，有些浇了，红薯秧子绿得可人，定能结出碗大的薯来。转了一圈，时近晌午，麦香就上塬回村，和娘做午饭。爹在院里杂七杂八地忙活。爹的腿还瘸着，但没以前厉害，肿早已消了，可能伤着了骨头，走路就自然瘸了。二狗劝爹去看，爹不肯，说闹兵荒还看个啥呀。

晌午饭熟，麦香盛好给爹端到院子，唤爹来吃。爹才住手，在衣服上擦了擦手，正要去接麦香手里的碗，就听外面有人惊声乍起：

"日本人来了！"

"鬼子来了！"

爹的手僵了僵，没去接碗，愣醒了喊："快进窑洞。"娘从屋里奔出，说这饭刚熟。爹瞪了一眼娘，吩咐娘拉上麦香进窑洞。娘就一把夺了麦香手中的碗，回倒进锅，盖好锅盖，扯上麦香就跑。

村子已经乱了，狗叫得杂乱。村人过了几天平静日子，遇事有些慌了，满村唤儿吆女，异常吵闹。

麦香和娘搀扶着颤颤地过了木板，进到小窑里。爹已牵来毛驴，驴不过木板，爹在前面硬拉。原来是爹在前面拉，二狗在后面赶打，二狗不在，爹一人就格外费劲，已急出一头汗来。

外面已有尖厉的声音带着哨音，在村中划过。那是枪声，村人已经知道了那种声音。

枪一响，驴随枪声惊得往前一步后退两步，险些将爹拉跌下木板。娘过去帮忙，麦香心跳得慌，担心着二狗，急得在小窑里乱转。爹娘好不容易将驴拉了进来，麦香帮爹去抽回木板，爹用绳子去捆了驴嘴。麦香弯不下腰，吃不上力，爹就非常费劲。平常有二狗在，倒没这么吃力过。

窑洞里黑乎乎一片，一家人呆定，麦香小声说了句："不知二狗……"没了下文。

一家人不语，在难耐的黑暗中沉默着，彼此能听到对方的心跳。娘想开口安慰媳妇，被爹狠狠制止。外面鸡狗惨叫，非常闹心。

248　病中逃亡

四

长长的难熬的寂静过后,旱原庄子的村人心想又逃了一次兵荒。逃一次少一次,谁也不知道共有多少次,却知道日子过一天就少一天。一切都已习以为常。

村人已经钻出避难所,去寻那顿被鬼子搅乱的晌午饭。

那时候,人们都异常清醒,恐惧过后的人们已经舒出了一口气。那个声音也是村人再熟悉不过的了。

那声音高昂,音质雄厚,抑扬顿挫,节奏感强,余音绕窑壁旋来荡去,震得人耳膜子疼。

那是一声驴叫。

是从二狗家的避难窑里,经过窑洞空间限制,从窑口强劲地释放出来的。

灾难就是由那声驴叫引起的。

鬼子闻声返回村子,是谁也没有想到的。找到二狗家的逃难窑洞一点都不难。驴声余韵悠远,回荡在村子上空久久不散。

是那个叫枪声的声音,才把驴叫的余音刺穿,纷纷跌落下来,披了村人一身。

麦香被鬼子手中的长枪刺照得头晕,从黑暗的窑洞出来时,尽管艳阳当空,红热的阳光在刺刀光的对比下,仍显得软弱无力。

麦香隆起的肚子,成弧形贴在她的身上,衬得矮小的爹娘干瘪而瘦弱。麦香像一粒饱满的麦穗,透着青里透黄的成熟。这种麦穗清香诱人。

那些再不可能钻进避难所里的村人,亲眼看到了麦香像一颗熟透的麦粒掉在富有弹性的土地上，蹦起，落下，重复了几次，一次比一次弱了。

村人看到一群老鹰在猎取一只雪白的小兔。

村人看到一群野狼在撕扯一头美丽的小鹿。

村人还看到，二狗的爹真正成了瘸子。是鬼子用那种尖厉的叫枪声的声音咬的，村人亲眼看到了那个声音的厉害。只一响，人就倒了，腿就瘸了。

旱原庄子的人还没有见过那场面。

有的光棍在心里还直骂：他娘的二狗，也叫活人哩。

村人看到麦香的那一刻，觉得麦香耐看极了，原来没看出来。

村人别的心情叫麦香的惨叫声搅碎了。那是一种撕裂皮肉，叫人能生出疼痛的叫声。

天空无云，太阳正正地挂在高空，看不出异样。苍天还是苍天。

血腥味终于冲淡了笼罩在村野周围成熟的麦香味……

麦香全身麻木，不知道什么是疼痛。她像睡了一觉一样醒来，仿佛做过一个梦，回想起来，恍恍惚惚。

麦香爬起来，推开给她擦身子的娘，掀掉破衣服，步子简单地走到屋外。

二狗他爹瘸着腿，不顾腿上淌血的小洞，拿着木棍，在院子里追打着毛驴。

麦香幽幽地叫了声"爹"，爹的样子很可怕。麦香又叫了声追赶出来的娘，声音很平静。

麦香没有抬头看天，她知道太阳很好，她也很热，这种热烧得她难受。

在跳进库湾水库的那一刻，麦香看了看山，山里有她砍柴的二狗。

一进入水，麦香才觉凉快了许多，有说不出的舒服……

五

二狗回来后，一切都已复归平静。他想麦香只是睡着了。他只淡淡地看了看麦香的脸，没敢掀开被单看麦香的全身，尤其是她的肚子，都是他所熟悉的。夕阳的红光里怎么可以看自己媳妇的身体？二狗这样想。

二狗一天都在山上，没吃饭也不觉得饿，他从家拿上绳子镰刀就走。娘摇摇晃晃来拉他，他说他要砍柴，别拦他。

二狗来到库湾大坝，见那一片蓝水被夕阳烧得火红，就在坝上停下，心想在这儿砍柴也好，坝上的树都枯着。在二狗眼里，这是上等的柴火。

二狗的镰刀很锋利，他只用了四下，就将一棵碗口粗的槐树砍倒在地。他看到竖在坝上的树茬白得闪光，就停下用手去摸，却烫得手疼。他一连又砍倒了几棵，树茬一样烫手。他想这可能是叫太阳晒的。

"这是最好的柴火！"二狗对追上来的娘和村人说。

"这是我砍的最干的柴火！"二狗用脚踢了踢地上的树枝说。村人看时，二狗眼里已流出了两行红血，他摸过树茬的手像火烤过一样焦黄。

日本鬼子对附近几个村子的残酷扫荡是在一个日本兵被暗算之后。这个日本兵单独去抢村人家禽返回时，被人割掉了生殖器。

这事非同小可，鬼子的兽性进一步加剧，烧杀抢夺成了家常便饭，村人在恐惧中惶惶不安。这时候的村人才意识到鬼子要的不光是粮食，还有别的。

麦子已逐渐成熟，鬼子抓去的精壮劳力也放了回来，鬼子要全部村人准备投入夏收工作中，把收回的麦粒孝敬"皇军"。鬼子空空的大粮仓将等待着麦子的成熟。

旱原庄子的村人都说二狗疯了，都很同情二狗。自二狗媳妇麦香死后，二狗很少在村里出现，就是二狗的爹娘也不知道儿子整天神出鬼没地干些啥。二狗是不和别人多说话的。

这天，游击队王队长在南青山脚下的库湾大坝上碰上二狗时，二狗已瘦了不少，王队长都不相信这就是粗壮的二狗了。

"这是二狗吗？"王队长走上去问。

二狗回头看了一眼王队长，他是认识王队长的。王队长曾劝过二狗加入游击队对付日本人，那时候二狗守着怀孕的麦香。

二狗没有理会王队长。

王队长说："那个鬼子是你割的！"

二狗掂了掂手中的镰刀，没吭气。

"我知道是你。"

"是又咋了？"二狗冷冷地说。

"都说你疯了，"王队长说，"怎么会呢。"

二狗不语。

"你这种做法，只会给村里带来更大的灾难。"

"不要你管。"

"你这样做解决不了问题。"

……

"不是你媳妇一个人被鬼子害死了。也不是一个旱原庄子受日本人欺负。"

二狗没听出能全部灭除鬼子的办法，就走。

"跟我干吧，人多了事好办。"王队长说。

二狗没理，走了。

六

二狗是无意间发现这个秘密的。

二狗自麦香跳进库湾水里死后，经常到库湾来转悠。他总觉得麦香没死，麦香还在一个地方孕育着他们的孩子——像麦香一样的女儿。

二狗老是到库湾边的山坡上躺着，有时一躺就是一天，有时一躺就是一夜。饿了渴了到库边上掬些库湾的水喝。那水温热甘甜，他想那是麦香的体香，就喝得满脸是泪。躺在坡上的树林里，他就想着他和麦香离得不远，慢慢地就睡了。

这天夜里他被一阵响动惊醒。他摸摸脸上湿湿的，以为下雨了，透过树叶看到天上有星星。他抹干眼泪，轻手轻脚向响声处摸去。接近后他看到几个人影在大坝底下挖着什么。他吓得不敢出声，一直等了半夜，等几个黑影走了，才轻轻摸过去。见是挖了些土，又用树枝伪装了，他就没敢动。

第二天晚上二狗早早去了库湾大坝，埋伏好后又见几个人挖了半夜。二狗弄不清这些人到底要干什么。

几天后，等人走后二狗大着胆子拨开伪装的树枝一看，坝上竟有一个小窑洞。他就爬进去看了看,黑洞洞的能容一人的小窑里什么也没有。他不知道这是要干啥,又住不成人,太小了。再说在这逃避鬼子,离庄子远了,跑半路上还不给狗日的抓了?是不是有人要藏贵重物什呢?

二狗疑疑惑惑间突然意识到狗日的鬼子竟是驻扎在这库湾下面的谷地里的。

二狗就很激动,对着黑黑的夜空,干干地笑了几声。

麦子黄了,村人磨镰准备收麦,只等毒日再晒两天就开镰了。一种叫"算黄算割"的鸟在山谷飞来飞去叫着,提醒着农人收割。

这种鸟村人叫它"算黄虫",叫出的声音就是"算黄算割"的谐音。

二狗在爹的一再催促下也没有吭气。磨不磨镰,他手里一直提着一把锋利的镰刀。割不割麦,他心里有数。

这天夜里,二狗提上镰刀到库湾转了一圈,又到坡上自家地里割了几把麦。麦子长得确实喜人,朦胧的月光下黄黄的一片。二狗小心地把手里的麦穗揉了,尖利的麦芒刺得他手心痒痒地舒服。他太喜欢这种痒痒了,可他不想再体验了,就揉搓了一把麦粒,凑到鼻下闻了,却闻不出麦子的香味。想尝,又舍不得,就小心地装到衣袋里。他想起他说过要给媳妇炒麦吃的,眼睛就模糊了。

夜闷热,二狗走了一身汗爬到对面坡上,来到唯一住在山谷里的贵根叔家。贵根叔是早年逃荒来的,庄子人排外,他就在山谷里住了,如今也是大小一家人了。

二狗的到来,贵根叔全家都奇怪,以为二狗心里难受,夜里乘月光割麦,来他家讨水喝的,就倒了水给他。二狗却不喝。

"搬了吧,叔。"二狗说。

"不搬了，住这清静。"贵根叔拉开了家常。

"还是搬了。""搬哪都一样，鬼子闹腾得都不安宁。"

"住这不好。"

"住哪都一样，就是搬也不是一天两天的事，几十年都过来了。"

"还是赶快搬走好。"

"再说吧。"

二狗就没话了，站起来又没有走的意思。贵根叔一家又不好说，贵根婶只好叹气要说二狗媳妇麦香的事。二狗却说要走了。一家人就送到门外。

二狗看了看贵根叔的脸，冲过去一把抓过贵根叔的大女儿，往肩上一扛就跑。二狗却不跑远，停下。

贵根叔全家反应过来，知道二狗是真疯了，就追上来喊叫着把他大女儿放下。

二狗就又跑。贵根叔慌了，抓上扁担唤全家快追。"二狗疯了。""二狗死了媳妇疯了。""二狗你个驴日的，快放下人。"

二狗回头见贵根叔全家都追来了，不顾贵根叔大女儿的踢咬和尖叫，扛上人就跑。二狗劲大，一口气跑到谷底，又跑上塬，再跑到库湾跟前，已喘粗气，心怦怦跳得快要吐出来了。见贵根叔全家叫喊着没有追上，二狗就把已经瘫软了的贵根叔的大女儿往地上一放。舒了口长气后，二狗就往库湾大坝底下冲去。

二狗跑到大坝底急忙拨开伪装物，钻进小窑洞，稍微静了一下狂跳的心，就摸出早已备好的火纸、火镰、火石，碰撞了几下，溅了不少火星，才把火纸点燃。二狗举着火纸像圣物一般，小心地寻到一条麻蛇一样的东西点燃。二狗看着一点火星像蛇信子一样向一堆大包小包爬去，才拔腿出来往坡上跑。

二狗一身臭汗地还没有跑上坡顶，身后就"轰"的一声巨响，脚下晃了几晃，耳朵蜂鸣般杂乱。二狗就回头去看。库湾大坝被炸开一条房子大的缺口，里面的库水忽地响着涌出。只在眨眼之间，大坝被日久积蓄的库水撕烂，库水咆哮着向山谷冲去。

水都快淹到二狗站的地方了，二狗几下退到坡顶，与追上来的贵根叔站在一起。二狗看着满山谷里翻滚着的水浪，白花花地在月光下闪着光亮。他心想着蓝色的库水怎么就变白了？他似乎看到了那些白白的水流就是麦香的躯体。是麦香，没错。他闻到了麦香的体香。麦香就是这么白的，这是麦香带着他们的女儿，在这水里。

七

天亮后，南青山脚下的这条山谷寂静而安详，山谷洗过一般，充满了泥腥味。

山谷远处很干净，除过泥泞，什么也没有。

雨夹雪

莲姑妈从小就是个爱管事的主，因为她娘去世得早。莲姑妈十三岁那年，她娘得病死了。这个家塌了半边似的，屋里屋外像少了什么，空空荡荡的。莲姑妈的爹，小孩子都叫他尕爷爷，他只是辈分高点，一点都不老，老婆去世时，他才四十出头，身体粗壮结实，平时粗心惯了，对家里的活很少插手，总以为那都是女人该干的，跟他这个大男人没关系。老婆一过世，尕爷爷忽然间就不知所措了，理不了家务，连顿普通的饭菜都做不来。莲姑妈兄妹三个，她是老二，上面一个哥，下面一个弟，只有她一个女孩，由得由不得，琐碎的家务自然而然就落到她的肩上。穷人的孩子早当家，莲姑妈也算是临危受命，心里是存了一份很重的责任，自然很快进入了角色，操持起这个家来，把四口人的日常生活打理得挺像回事，让这个一度消沉的家重又恢复了生气，赢得了不少人的赞誉，都说这个闺女将来是个持家的好手，谁要是娶了她，绝对是个贤惠的好媳妇。

就这样，莲姑妈在日常忙碌的操劳中，长成了一个水灵灵的大姑娘，要模样有模样，要主见有主见，但她的婚事却一点都不顺心，受了不少挫折。这年，媒人给莲姑妈说了一门亲事，小伙子叫姜上青，在青海当兵，想趁在部队还没复员，在老家找个勤劳能干的媳妇，他家里托媒人拿着照片来给莲姑妈提亲。尕爷爷一听是军人，再看到照片上的小伙子穿着军装的样子精干又神气，想着部队教育出来的人肯定可靠，就满口答应了。可莲姑妈却不这么轻率，她把照片反反复复看了，虽说从照片上看不出什么，她心里是有些愿意的，但她还是提出见了本人再说。婚姻大事马虎不得，莲姑妈的这个要求也不过分，媒人就传话给男方，等姜上青探家时再说。

姜上青很快请假回来，到莲姑妈家来相亲了。姜上青人长得还算周正，就是眼睛小点，看人时总不知道他的眼神落在了哪儿。但穿着一身整齐的军装，看着还是蛮威风的。姜上青一进莲姑妈家的门，见了谁都"唰"的一个立正，敬个严肃的军礼，把村子里来看热闹的大人小孩唬得连个大气都不敢出，呆呆地望着他，眼神里充满了敬畏。尕爷爷看着心里喜欢，他叫来几个长辈，帮莲姑妈相人，他们坐在屋子里抽着烟喝着茶，本来是要细细摸一下姜上青底细的，但接受了姜上青的军礼后，他们变得拘谨了，拿眼瞄着姜上青那身翠绿的军装，不知怎么开口才好。倒是姜上青出去当了几年兵，在部队练就了一番好口才，古今中外，一番高谈阔论，把几个没见过世面的老头听得一惊一乍，除了耳朵和眼睛忙着，根本插不上嘴，在心里感叹这小伙子将来肯定有出息，莲姑妈嫁给他，是她的福分。

姜上青一进门，莲姑妈就忙着烧茶做饭，没顾得上瞅小伙子一眼。直到吃完晚饭，天快黑了，姜上青要走时，媒人提出应该叫两个年轻人说说话，沟通沟通。尕爷爷这才想起他们自顾说了大半天，却让主角还没和小伙子说上一句话呢，赶紧叫莲姑妈出去送送姜上青，顺便说几句话。莲姑妈送姜上青出门，刚出村子，姜上青就对莲姑妈说，等他将来混出名堂了，就把她接到城里去，叫她永远脱离农村。莲姑妈却很冷静，心想，八字还没见一撇呢，就说将来，看来这个人沉不住气。果然，姜上青见莲姑妈没吭声，以为她不相信自己的话，就急切地一把抓住莲姑妈的手说："怎么？你不信我呀？"

感受着姜上青手上的湿热，莲姑妈脸红了，好在已经降临的暮色掩盖了她的羞怯，她轻轻抽出手说："我可没这么说。"

姜上青这下高兴了，说："你相信我就对了，实话告诉你吧，我本来就不是咱们这地方的人，我父母是北京来的插队知青，他们生下我后，交给了现在的父母抚养，我的亲生父母返城后，还经常给我寄钱呢。我一当兵，他们就给我来信说了，如果我在部队混不出啥名堂，就等我复员后去北京，他们已经给我找好了工作，到那时，我就是北京人了⋯⋯"

这下，莲姑妈警惕了，她想了想，还是问道："那你为啥不在北京找一个媳妇？"

姜上青淡淡地笑道："我就知道你会这么问。我的亲生父母也有这个想法，可我却不想找北京的，听说北京城里的女人可厉害了，动不动就骂人，还啥也不会干，都是男人做饭洗衣服侍候女人。我才不要那样的女人呢，再说，我在咱们这生活了十几年，吃惯了这儿的饭食，到了北京谁给我做呀？想来想去，还是觉得咱们这的女人好，样样能干，又贤惠漂亮⋯⋯就像你⋯⋯"

说着，姜上青又抓住了莲姑妈的手，还没等莲姑妈再次抽出来，他稍一用劲，就把不及提防的莲姑妈拉进自己怀里，紧紧地搂住了。

莲姑妈挣扎着往四周看了一下，冬天的暮色里除了寒冷的风四处游荡，不见一个人影，她就不挣扎了，涨红着脸扭过头看着别处，任凭姜上青搂抱着她。姜上青见莲姑妈顺从了，便腾出一只手在她的身上迫不及待地乱摸起来，边摸边陶醉地说："看来我找上你，算是找对了，你就是我需要的女人！"

莲姑妈一阵晕眩，干渴的少女之心膨胀了，幸福地闭上了眼睛。但她还是抓住了姜上青放任的手，拒绝了他在自己身上更进一步的探索。

姜上青用嘴拱着莲姑妈的脸，轻声说道："难道你还不信我吗？我是真的喜欢你！"

莲姑妈躲避着他的嘴，喃喃道："不，不是……我……你……"

莲姑妈语无伦次地说着，身子却软绵绵的，这无疑给了姜上青一个信号，他不管不顾地又把手伸进莲姑妈的衣服里，他触摸到了一团柔软的、滚烫的、活蹦乱跳的东西，他全身一振，浑身的血液都像燃着了一般。

莲姑妈身子僵硬了一下，突然间回过神来，使出浑身的力气猛地一推，推开了姜上青，转身跑了。跑了几步，莲姑妈觉得这样不好，断然推开人家，会让他以为自己是对他这个人不情不愿，若是这样，可不就断了人家的心思？再说了，她是来送人家的，自己先走了，岂不有失礼貌？莲姑妈乱七八糟地想着，给自己好歹找了些理由，赶紧站住，回过头来一看，姜上青像个树桩似的黑乎乎地竖在那里。她的心里动了一下，差点就要走回去，扑进那个黑影的怀里，但她还是忍住了，远远地对姜上青说："你，快回去吧，天太晚了，你家里人会担心的。"

姜上青没有说话，也没动。莲姑妈心软了，向他走近了两步，颤声道："你还是回吧，过几天，咱们再见面。"

姜上青这才说了句："那我再来看你。"这才转身，慌乱地走了。

莲姑妈看着姜上青远去的黑影，如释重负地长出了口气，脸上的滚烫却没一点褪却的意思,她怕黑暗看清她的脸似的,低着头慢慢地回家了。

莲姑妈恋爱了,她才知道恋爱是很煎熬人的。晚上躺在床上盼天亮,天亮了又盼夜晚来临,整天魂不守舍。尕爷爷因为看上了姜上青,对女儿说话时,故意用上了"你女婿"这样的字眼,把莲姑妈羞得满脸通红,嘴上不接父亲的话茬,心里却甜蜜蜜的,一遍又一遍地回味着姜上青说过的话、做过的事,满心地盼着他再来看她。

这天,姜上青突然捎话过来,说他接到部队要他回去执行任务的电报,他得立马动身。如果莲姑妈不去姜上青家里送他,他们的事可能就成了。可是,莲姑妈去了姜上青家一次,就看出了姜上青这个人有问题。她看到了姜上青的另外两个弟弟,他们的长相和姜上青简直一模一样,尤其是那对眼神落不到实处的小眼睛,要多像就有多像。当时,莲姑妈多长了个心眼,为了证实一下,趁没人时,她还问了姜上青,他的这两个弟弟是不是也是北京知青生的。姜上青不以为然地说:"这怎么可能,他们是我的养父养母亲生的,与他没一点血缘关系。"莲姑妈说:"那他们咋长得和你这么像呢?"姜上青大概没想到莲姑妈会问这样的问题,愣怔了一下,含含糊糊地说:"可能是在一起生活时间长,感情密切了,就变得像了吧,夫妻间不就有生活时间长了有夫妻相这一说嘛,兄弟大概也是这样的。"莲姑妈一听这么牵强的说法,心里咯噔一下,一下子就明白眼前的这个人一点都不可靠。送走姜上青后,她从别人那里打听到他的出身,倒是没一个人听说过姜上青是当年知青留下的说法。

姜上青把牛吹大了,莲姑妈为此有了看法,其实,她并没希望他有个好出身,或者他将来能混出个人模狗样,自己跟着沾光的想

雨夹雪　261

法，她又不是什么金枝玉叶，只求嫁个本分人家，平平静静踏踏实实地过一辈子。如果姜上青真的喜欢她，却用这种方式欺骗她，完全没有必要嘛。莲姑妈容忍不下这种欺骗，不理会姜上青的来信，还打发走了姜上青家里来的人。并且，她提出不再和姜上青交往。

　　孕爷爷对女儿的不可理喻恼火透顶，他认为姜上青不错，年轻人吹几句牛皮，说一些给自己撑面子的话，满足一下虚荣心，没啥大不了嘛。但是，莲姑妈坚决拒绝这门亲事，孕爷爷拿出家长的派头，也没使莲姑妈低头，弄得孕爷爷很没面子，又拿女儿没办法，只好甩手不管了，声称今后再也不管女儿的事了。为此，孕爷爷和莲姑妈怄气，这一怄就是四年。四年中，莲姑妈心里也动荡过，是不是自己错过了一次机会，姜上青除过牛吹得没边际外，可能没别的让人无法忍受的毛病。后来，听说姜上青在邻村找了个对象，女的她认识，不论是长相还是家里家外的活路上，根本没法跟她比，她心里觉得硌得慌。又过了一年半载，突然又传来消息说，姜上青在部队提干了，听说他的那个对象整天哼着小曲，在人面前憧憬将来随军进城当家属呢。这个消息还没得到确证，孕爷爷像吃了青柿子似的，脸上又涩又苦，整天指东骂西，动不动就摔碟子砸碗的，给莲姑妈脸色看。一家人在一个屋檐下出出进进，莲姑妈本来心里就不舒服，更受不了孕爷爷这样对她，便把自己匆匆嫁给村小学的民办教师豆立民了。

　　豆立民家徒四壁，炕上还躺着一个病老娘，别说有人上门提亲了，那些媒人躲都躲不及呢。莲姑妈却主动提出嫁给豆立民，她是和孕爷爷赌气，故意做给他看的。孕爷爷没想到莲姑妈会拿她一生的幸福赌气，气得与女儿大吵一次的结果，莲姑妈声称再也不踏进娘家的门，孕爷爷气得喘不上气，后来去医院检查，结果是患上了哮喘，从此，他的气就没顺过。

直到四年后，姜上青蹬掉了这个农村对象，找了一个城里媳妇，莲姑妈心里才安稳了一些，当初看穿姜上青这个人，拒绝了他，看来她的选择是对的。可是眼下，她匆忙嫁给豆立民，看来也不是个正确的选择。这个家就像缺了耳朵的破罐子，根本提不起来。

莲姑妈不怕穷，也不怕苦，她有一双勤劳的手，更有一颗有主见的心，可嫁到了豆立民家，真正生活起来，她才发现这些优点在这个家都没用。豆立民的心思根本不在过日子上，他整天抱本书看来看去，像个晒蔫的黄瓜，一点火性都没有。还有，他妈半个身子瘫痪了，脾气却没瘫，动不动就发脾气，以前只对儿子一个人发，现在莲姑妈嫁了过来，就冲着儿媳妇，好像莲姑妈嫁过来就是为了让她撒气的。莲姑妈经常被骂得狗血淋头，可她的丈夫除了讷讷地看着她，连个安慰的话都不会说，她只有一人默默地流泪。莲姑妈心里后悔死了，当初不应该和孖爷爷赌这么大气，把自己一生的幸福当成赌本赌了进去，结果弄得血本无归。过了两年，莲姑妈生下个儿子，儿子身子弱，动不动就生病，看病得花钱，豆立民是民办教师，他那点工资根本撑不住，从庄稼地里又刨不出几个钱，莲姑妈只好找她哥借钱给孩子看病。时间一长，哥嫂看她是个无底洞，填进去根本收不回成本，便不肯再给她借钱了。医院从来都不赊账。莲姑妈抱着生病的孩子，哭得跟泪人似的，孖爷爷于心不忍，有心想给女儿贴补点医药费，想着女儿以前给他赌的气，磨不开面子，就偷偷叫小儿子送些钱过去。莲姑妈的这些苦衷，没有人可以诉说，她不像别的女人，受了委屈可以回娘家哭诉，她不能，她只能一个人默默地承受。

人的命运千变万化。蔫黄瓜似的豆立民，没有人觉着他能出息，可他却出息了。先是考上了公办教师，拿上了固定工资。过了两年，他又赶上了新政策，他的知识和文化让他成为乡镇干部的第三梯队，他告别了教师队伍，进入了政界，一跃成为副乡长，分管文教卫生。莲姑妈做梦都没想到，自己的命运会发生天翻地覆的变化，一夜之间成了乡长夫人。她牵着爱生病的儿子，再去乡医院时，面对的就不再是冷漠的医生漫不经心开出的药方了，这下，连院长都惊动了，院长亲自披挂上阵，给主管副乡长的儿子做精心细致的全面检查，查出孩子并没什么大毛病，只是内湿气虚，用中药调理一下就可以痊愈。即使如此，院长也没轻易给副乡长的儿子开药诊治，而是叫来救护车，亲自送到县城大医院，一直陪着把孩子的病治疗彻底，才算完事。

莲姑妈从儿子治病这件事上才真正感受到，属于她的好日子终于开始了，从此以后，那段苦难的甚至屈辱的日子不会再有了。但她看上去很平静，一点声色都不动，就像眼下的一切早已料定了似的。而她内心里却是波涛汹涌，许久都平静不下来。莲姑妈胜利了，不论是和父亲，还是与命运的争斗，最后的胜利属于她。隔了这么多年，莲姑妈终于以一个胜利者的身份，回了娘家。一进家门，她主动高声大气地叫了父亲一声"爹"，那一份亲近好似她和父亲一直就这么亲热似的，他们之间从来都没有过隔阂，没有过芥蒂。事实上，她也算是给了父亲一个台阶下。

尕爷爷早就想和闺女和好了，终于等来了这一天，他心里很高兴，毕竟是自己的闺女啊，她现在生活好了，他能不为她高兴？可他听到闺女那个叫声，心里却不舒服，有必要这么高声大气吗？这是给做父亲的脚下垫石头吗？咋听着像是扔过来的一块石头，有点你爱踩不踩的意思。尕爷爷心里咯噔了一下，心想闺女是向他炫对抗胜利的。想到这些，尕爷爷心里不舒服，但还是拉过外孙，说："乖孙子，你这下可要过好日子了，爷爷以前对你不好，是爷爷无能啊。其实爷爷又何尝不希望你们生活得好呢。"

莲姑妈听着尕爷爷的这句话，心里头横亘了许久的坚硬东西一下子柔软了，眼泪涌满了眼眶。她扶着门，忍不住呜呜痛哭起来，是啊，不管她和父亲之间曾经发生过什么，但父亲那颗希望儿女幸福的心是变不了的。尕爷爷一句劝说的话都没说，莲姑妈在痛哭中彻底原谅了父亲。

现在不同于以前，莲姑妈说话做事的方式也不同于以前了。豆立民当了两年副乡长，扶正当了正乡长，再到乡党委书记，一点也看不出来他当初那蔫不拉唧的样子，他已经成了一个能说会道的领导，而且还有了脾气，动不动就发火，弄得很多人都怕他。不过，他不敢对莲姑妈发火。莲姑妈的脾气一直就比他的大，即使他现在当上了乡里的书记。莲姑妈生来爱管事，病瘫的婆婆去世前，豆立民当了乡长，给自己的母亲找了个保姆，莲姑妈在保姆面前练会了管事和管人的本事。后来，婆婆去世，保姆辞退了，豆立民整天在乡里忙碌，家里就莲姑妈和儿子两人，儿子去了学校，她没有人和事可管，可她那种要管点事的心却是闲不住的，慢慢地，她把心思又用在了娘家。

过上一阵，莲姑妈就回娘家一次，来看望垂暮之年的尕爷爷，顺便把家里的大小事情安排一下。莲姑妈现在是乡党委书记的老婆，这样的身份给了她极大的自信。何况，莲姑妈在她母亲去世以后，一直独自料理家务，现在这样的身份使她在这个家里的地位和作用更明显。她给自己的兄弟和媳妇们定了不少协议，这些协议其实都是为了尕爷爷好，但这些协议并没使尕爷爷和整个家庭关系

雨夹雪 265

融洽起来，相反，使全家人的关系变得异常紧张，像个单位似的复杂。时间一长，孖爷爷有了想法，一点都不喜欢莲姑妈来看他了。莲姑妈每来一次，这个家就得闹一次别扭，就像地震过一样，什么都变得乱七八糟的。不知怎么回事，现在莲姑妈看什么都不顺眼，嫌兄弟和媳妇没把老父亲照顾好，埋怨这个埋怨那个，弄得大家对她都很反感。自家兄弟还好说，媳妇就嫌莲姑妈多事了，尤其是和孖爷爷一个锅里搅稀稠的老三媳妇，认为这个书记夫人除了自以为是外，并没给她带来任何好处，每次一来，只会说三道四，老三媳妇对公公是尽了心的，可总是落不下个好，被莲姑妈说得一无是处，心里有气，就没好脸色给莲姑妈看。莲姑妈是个聪明人，把三媳妇对她的脸色看在眼里，火气却冲着三弟猛发一通，一副不和三媳妇一般见识的架势。

　　老三在莲姑妈面前像个小学生，低着头挨她的训，别说顶撞，连个大气都不敢喘。老三是莲姑妈拉扯大的，连媳妇都是莲姑妈给拾掇的，他不敢顶撞这个母亲一样的姐姐，可这口窝囊气还是要出的，夜里在炕上揪住自己媳妇揍上一顿发泄发泄。老三媳妇挨了揍，一点也不长记性，下次莲姑妈来了，照样给她脸色看。有一次，莲姑妈真来气了，当着全家人的面说，我们家如今可是有头有脸，绝不容许一个没修养的媳妇败坏咱们家的名声。莲姑妈说这句话时，根本不顾孖爷爷的目光，她只盯着老三，把老三盯得浑身发痒，冲过去照着媳妇的脸甩了一巴掌，骂道："就你那能耐，不是莲姐，你能嫁到我家来过日子吗？滚一边去！"老三媳妇挨了打，当着大家的面丢了面子，于是大哭起来。莲姑妈一看，气更大，对老三说："老三，你咋连个女人都调教不了，白养活你了，知道你这么窝囊，当初还不如把你喂狼呢，省得现在给我找气受！"老三被莲姑妈又呛了一下,气得上去又要打哭闹的媳妇。这下,孬爷爷忍不住了,颤巍巍的手猛地拍在桌子上,大吼道:"你们要闹,到外面闹去,我还没死呢。"老三讪讪地收回已高高举起的手,飘忽的眼神一会儿落在父亲脸上,一会儿又落在莲姑妈脸上。老三媳妇也不敢再哭了,抹着眼泪躲到了一边。莲姑妈见孬爷爷生气了,赔上笑脸说:"爹,您老生的哪门子气啊,这样没教养的媳妇,对我都这样,要是背着我,对您这个老祖宗还不知道会咋样呢……"

孬爷爷瞪了莲姑妈一眼,气狠狠地说:"老三媳妇对我咋样,我心里有底。我能吃饱睡好,求个平平静静。我是活一天少一天的人了,给他们添嫌已是难为他们了,偏你还这么多事,给他们定这个那个规矩。你看你回来一次把安安静静的家都搅成啥样子啦?怨这个说那个,弄得鬼哭狼嚎、鸡飞狗跳,我哪里还能安稳?你走后好几天大家都不对劲,我不知道,你这是让我好过啊,还是非把我整个早死早拉倒?"

莲姑妈脸色变了,她没想到自己一心一意想要大家待老父亲好,他反倒责怪起自己来。她脸上挂不住,讪讪地笑了笑,对孬爷爷说:"你咋这么说呢?我们这样闹,还不是为了您老过得舒心?你看老三这个窝囊劲,连个女人都调教不好,咋能把您侍候好呢。不把您侍候好,我也不安心啊。"

"哼,你一口一个为我,我看是为了你的虚荣才对。你不要仗着你是书记的老婆,凡事别人都得听你的摆布。你要真为我着想,要我安心多活几天,就别再瞎闹了。"孬爷爷耷拉着脸说,"莲儿,你也老大不小,儿子都成小伙了,咱这家里没啥大事,你就不用整天挂着这边了。你还是好好忙乎你自己的家吧,今后要是没啥事,就少回来点。"

雨夹雪

莲姑妈好心没得到好报，气得面红耳赤地跺跺脚，甩上门走了。莲姑妈走得灰溜溜的，连老三媳妇都觉着难为情，站在角落里转着眼看看公公又看看丈夫，不敢吭声。老三愣了片刻，追出门去送莲姑妈，不一会儿冷着脸回来了。老三媳妇更不敢说啥，提心吊胆地去厨房做饭了。

莲姑妈这回真生气了，这一走，半年多没回娘家，连过年时都是莲姑父一人来给尕爷爷拜的年。又过了大半年，莲姑妈忍不住还是回来了，她可能忘记了一年前的教训，依然喋喋不休，看啥都不顺眼，还和老三媳妇过不去，一个劲儿训斥老三，老三忍到晚上再收拾自己的媳妇。媳妇挨了打，没地方出气，做饭时故意把盆碗摔得乱响，时不时地还给尕爷爷脸色看。尕爷爷不好说儿媳妇，他也知道莲姑妈狗改不了吃屎，本性难移，他也不再发火，只是再看到莲姑妈，就像看到一团空气似的，他该干啥还干啥。后来，竟发展到与莲姑妈不说一句话的地步，不论莲姑妈说啥，尕爷爷都不作答，只是看着一个地方发呆。

莲姑妈一点都不觉得难为情，隔上一阵，就回来敲打一下自己的兄弟和媳妇，好像这个家没她的敲打就会踢了似的。

尕爷爷拿莲姑妈实在没法，也不愿再和她闹翻，更不想看儿媳妇的脸色，于是，在一个下着细雨又飘雪的早晨，尕爷爷像往常一样，慢悠悠地走出家门。但这次他走得没有目的，也没个结果……

救人

去运河边只有一趟公共汽车，就是704路。704路的末班车是晚上八点，这就迫使我必须在八点以前离开那里。但八点之前这段时辰，太阳还没有落下去，运河边上没有一棵树，挂在西天上的太阳热量很足，这时候河边根本就没有人去，我要是一个人待在太阳底下的河边，肯定会被人认为是脑子有毛病。但我这段时间又必须去运河边上等候救人，八点以后才是救人的最佳时间。我朋友张进良几次救人都是这个时间。我的住处离运河边比较远，离别的车站也很远，乘别的公共汽车不但不能直接到达，而且要走好多弯路。其实八点以后没有了704路车，我可以骑自行车回来。自从我产生救人的想法并且经常到运河边去等候以来，我已经丢失了四辆自行车，眼前的这第五辆自行车还没有丢掉，是因为我买了一条像泸定桥上的铁索链一样的锁子锁着，小偷要弄走这辆车子，得费点大劲不可。这辆车子至今没有丢失，可我也骑不成了，小偷没有把车子偷走，却在那个大链锁的锁孔里塞进了钢丝，致使我费多大的劲也没有打开锁子。这辆自行车就一直放在单位外面的简易车棚里，我曾动过想撬掉自行车锁的心思，但试了几次，都没有敢动手，因为靠近车棚那面是一个很大的部队驻地，经常有士兵在那里巡逻，听说他们抓住了不少小偷，我一旦被他们抓住，那样的场面是有理也说不清的。所以我还是不去冒这个险了。心想再去买部车子，自己的车子还没有丢掉，心里总觉不是个味。我就干脆步行了。这阵子，我又打消不了到河边去救人的念头,只好来回步行,这样也算锻炼了身体。

在晚上我从河边返回时,必须经过的一个主要道路上几乎没有一个行人,我说的是我抄近路的这条道,是一条很陈旧的小胡同。每当我一走进这条胡同,就像走进了夜晚的村庄,没有了喧哗和燥热,只有一些白天不敢发出的呻吟,在这条胡同里穿来荡去,此起彼伏,叫我这样的夜归人听着这种声音,心里特别地不舒服。想着别人都夫妻和睦或者是情人在一起厮守着,这就更加重了我想救人的执着信念。

救人的决心是前不久才有了的,这得说到我的一位朋友张进良,因为他前不久在运河里救了一位大学生,并且是个女的,文化层次就不用说了,关键是她长得很漂亮,张进良带着她向我炫耀过一次,确实上档次。听说这个女大学生有一天傍晚在河边游玩时,不慎掉入河里,刚好我的朋友张进良在河边散步,他毫不犹豫跳进河里救出了这个女大学生的。女大学生对张进良的感激程度,叫我们看了心里特不舒服。她先是叫张进良哥,像亲哥一样,后来,不顾张进良已经是有妇之夫,坚决和她的这位救命哥哥同居了。说句实话,如果张进良不是救了这个女大学生的命,他要有这份艳遇是比较困难的。所以看到张进良的那份得意劲,我的心里直冒酸水,但像我这样的人如果此生想有艳遇,恐怕比张进良更难。从家庭出身到社会背景,我和张进良差不多,都是穷苦出身,就我在快倒闭的街道印刷厂当搬运工这一条,就别产生想法了。还有我的自身条件,除过身体发胖赶上了时代的新潮流,别的没一样能走到时代前列的,我的长相也比张进良差多了。这年头,就凭我这种人还别说想着弄个情人了,能找个好心的女人过日子都很难。但我又不想落入"废物"的行列，所以我选择了像张进良这样的意外救人，看来我只有通过救人来实现这个目的了。

　　我先到张进良所说的运河边转悠了几次，我发现运河里的水够脏的了，水面上漂浮着一层黄绿色的水草，还有人们投进去的其他脏物，夕阳下的运河水，倒像一锅乱七八糟的菜汤，发出一股浓浓的腥臭味。我往水里投过石子，从石子落水的声音中可以听出，运河的水还是有些深度的。为了弄清河水的确切深度，我曾装着不经意地打听过一位乘凉的老人，老人告诉我水深处在三米以上。我听到水的深度，心里就毛了。我不会游水，连狗刨几下都不会。况且我身高才一米六多一点，如果我跳进运河里去，得有两个我这么高的人，叠在一起，才能露出一点点头皮，能不能活着出来，还说不准。就是说，我要跳进河里去救人，首先得学会游泳。

　　游泳对我来说，是个大难题。我倒不是有恐水症，只是我从小的时候，就怕在众人面前裸露自己的身体，连去公共浴室洗澡的勇气都没有，更谈不上去游泳池了。

　　为了救人，我顾不了这么多了，我得学会游泳，然后才能救人。不然，我跳进去，还不知道谁救谁呢。我去了游泳馆，鼓足勇气脱掉衣服，像小偷似的看了看周围，发现没有人注意我，我才战战兢兢地走向游泳池，进到水里，我也只能在少年儿童初学游泳的台阶处扑腾。这样扑腾不但学不会水，反而引来了不少人的目光，一看到这种目光，我就想退却了，可一想到学习游泳的重要性，我就选择了人少的时候去游泳馆，坚持学游泳。游泳馆人少的时候，只有大家都在上班时人们忙着才会少，这个时候我也得上班，没有办法，我只好在上班的时候请假去学习游泳。这样一来游泳时间就很少，每请一次假都得想个充足的理由，起初我先是用家里有事的借口来请假，请了几次后，我觉得不能再用这种借口了，就改成请病假。在我们那个街道办的小印刷厂里，领导最害怕职工生病了，因为没有多余的钱支付医疗费。领导一听我要请病假，赶紧重申了医疗费开支的有关规定，我为了让领导给我准假，向领导保证我绝不报销医疗费。只要不报销医疗费，领导就准了我的假。下次再去请病假，领导虽然对我的病有些将信将疑，但还是准了我的假。时间一长，因为我救人心切，想尽快学会游泳，我请假的次数就明显太多了些，这就叫领导起了疑心，领导曾问过我到底得的是什么病，这样连续请病假，厂里的女工都没有过。女工请假最多的时候也就一个月来一次月经的时候请一次两次的，我比女工请假的次数还要多。我没法回答我得的是什么病，支支吾吾想蒙过去，这反而引起了领导的重视，他以为我患上了什么不治之症，很小心地和我谈了一次话。本来我频繁请假已经引起了大家的注意，这下更增加了我请假的神秘感，大家对我的态度也变了，说话也不像以前那样随便了。这倒给我减少了不必要的解释，我可以把心思都放在学习游泳上了。

　　要学会游泳是需要一定时间的，这是一个漫长而痛苦的过程，我一边学习游泳，一边保证两三天之内的黄昏时分就去一次运河边上，我怕错过救人的机会。救人的机会得靠运气，就像张进良，一碰一个准，在他救了这个女大学生之前，他还救过两次人，两次救的都是女的，第一次救的那个女的，是处在失恋低谷中的少女，自杀时被张进良救了，并且得到了张进良的劝说和帮助，后来就成了他现在的老婆，虽然俩人现在没有了多少感觉，但他老婆还是记着他的救命之恩，对他百依百顺。张进良第二次救的那个女的，年龄有点偏大，四十多岁，与张进良年龄悬殊有点大，他们之间没有发生任何故事。

我想这可能不是年龄的问题，还有另外的原因，果然后来听说，这个四十多岁的女人也是想投河自尽的，被张进良救起来后，她不但不感谢张进良，还要找张进良的麻烦。第三次救的这个女大学生，是玩时不小心掉进河里的，张进良救了她，她感激不尽，时隔不久，她就提出要和他同居。当时张进良还不敢这样做，对女大学生说，他是有老婆孩子的人了，暂时还没有想离婚的打算。没想到女大学生却说，谁想和你结婚了，只不过是同居在一起，这和结婚是两回事。张进良还敢说什么？再说就显得太没文化了，再拒绝就显得太落伍了，再不上床就显得太对不起女大学生了。张进良的救人奇遇真叫人羡慕，我能不急着救人吗？我今年都三十好几的人了，说起来我心里就难受，我的老婆是一个其貌不扬的女人，脾气比她的人大多了，至今没有给我生下一男半女不说，跟时代发展却跟得很紧，动不动就把离婚挂在嘴上，如果不是我这个人没能耐，怕离婚了这辈子往下一直打光棍，再找不上女人，我也早就离了，何必受她的窝囊气呢。在张进良救了女大学生之前，我们这些受够老婆窝囊气的男人在当今社会得不到一点家庭的温暖，为了寻求一点温情，就用看书看电视剧来弥补心中的缺憾，但现在的书和电视剧里都是女人的天下，漂亮的女人都叫有钱的男人包了，不漂亮但有钱的女人都在包男人。尤其是那些女作家们写的书里，大多是女人在包养男人，包养费够诱人的，但这都是女作家们编的故事来骗人的，她们心里不平衡，有钱的男人都在包养女人，她们也就想象着让有钱的女人来包养男人，这是不真实的，不然我们咋没有碰到有钱的女人来包我们？我宁愿被有钱的女人包养着，不要一分钱的包养费都行，可哪有这等好事呢？在男女这事上，向来都是说男人占了女人的便宜，这很不公平。我对女包男这件事就没有抱过希望。相反，张进良救了女大学生后，我想在这方面寻求突破口，所

救人 273

以我把救人这件事看得很重。我和张进良的想法不同，如果我要救了一个女大学生，她为了感激我提出要和我同居的话，我就理直气壮地和现在的老婆把婚离了，干脆和女大学生一起过日子算了。我救人的目的说白了，关系着我下半辈子的幸福呢。

我游泳的技艺有了点长进，基本上我敢下到台阶以下大人们去的深水处了，也学会了几下狗刨，能在水里应付一下了。但我在运河边上至今没有发现要救的目标。这才是个大问题呢。因为路远，我原来是两三天时间去一次河边，现在会点水性了，心里焦急，几乎每天傍晚都到河边去等候。这样的等候是很折磨人的，又不像等车总归还有个时间段，要救人就不同了，谁知道人家什么时候跳河或者掉进河里呢。另外还有一个关键的问题，就是我碰到跳河的人如果是个男的，我该怎么办？就是跳河或者掉进河里的是年龄大点的女人而不是女大学生怎么办？就是跳河的是女大学生而不是掉进河里的，人家真心要自杀我又该怎么办？我在等候的过程中，有一天突然就想到了这么一个关键性的问题。这个问题使我非常焦虑。以前我只是一心想着救人了，没有想到这么多问题，一旦想到了，才感到救人竟然这么复杂。那几天我被这个问题折腾得够呛，实在受不了了，就去请教张进良。张进良听了我的焦虑后，说："是呀，这的确是个折磨人的问题，我以前不曾想到过这些问题，叫你这么一分析，我都得好好反省反省了。"我说："你都救了三个了，并且一个是现任老婆，一个是情人，你还反省什么呀。"张进良说："话不能这么说，你以为我容易吗，救个人多难呀，这下你是知道了，可我现在想起来，当时要是碰上你说的这几种情况，我可怎么办呢？"

从张进良那里没有讨到对策，反而更增加了我的忧虑。我对救人的事得重新考虑，并且得慎重对待了。但不管怎样，我还得每天傍晚去运河边上，如果连河边都不去，别说救女大学生，连个普通的溺水者都别想有救的机会了。

这样，我每天得赶到单位上班当搬运工，傍晚得去运河边上等候救人，早上起床一直到晚上半夜才能回到家睡下，还是一副失落的样子很难入眠。那阵子，我累得像孙子似的，但我还不能给别人讲我又苦又累的原因。我这个人和别人不一样，别人忙了累了身体会变瘦，可我是越忙越累越发胖，越生气越会长肉，我这几年之所以胖成这样，都是我老婆给闹的，她动不动就提出离婚，我就生窝囊气，一生气好像气都钻进了我的肉里似的，呼呼地长膘，胖得我自己对自己都越来越没有了信心。所以我一听到张进良救了女大学生之后的事，才对救人这么执着的。我是很不想再这样胖下去了。但我绝对没有想到救人竟然这么难，张进良救了三个人，都没有觉着这么难，我一个人都没救上，却体会了这么多的艰难，这世界真不公平。

就在我痛苦煎熬的时候，单位领导开始找我的麻烦了。原因很简单，就是在我不断请病假，领导怕我得了不治之症想不开，就叫人暗地里跟踪我，想查明我的病因。跟踪的人发现我每次请上病假后，去的是游泳馆游泳而不是医院，觉得我的病肯定很严重，都到了不去医院治病想开了去玩的地步，就赶紧汇报给厂里领导。领导一听没有轻视，带上一干人到我请假找借口的几个定点医院去问我的病情，得到的却是我从来没有来过医院的答案，领导这才知道是我愚弄了他，非常生气，把我叫去很严肃地责令我必须把愚弄他的事情说清楚，否则将开除我的公职。现在下岗成风的时候，领导恨不得手下多几个有问题的人叫他们开除了，才落得干净利索，免得办成下岗，还得付生活费呢。

　　我现在面临的问题很严峻，如果我不说出请假的真相，领导这回是下了狠心的，非得开除了我。即使我说出了事实真相，他们同样对我的所作所为会持怀疑态度的。他们怎么会相信一个正常的人整天琢磨着到河边去救人呢，并且救人的动机是想救一个女大学生，目的又这么纯粹。

　　我怎么办呢？想来想去，唯一的办法就是我尽快能从河里救上一个人来，哪怕是男的也行，只要救上一个人，我达不到张进良那样的目的，起码也可以成为救人的英雄，暂时可以缓解一下我在单位的艰难局面。我为了救人，坚持了这么长时间，付出了这么多，总得有个圆满的结局吧。

　　为了这个圆满的结局，我争分夺秒地来往于单位、家里和运河边，我像一个困兽似的在每个地方都安静不下来，在单位里想回家，在家里想着去河边，在河边等待目标更痛苦，我得时刻想着怎么给单位解释这件事。为了抓紧时间，解决目前的处境，我想尽了办法，实在没有一个万全之策。看来只有救人这一条道还能帮助我了。但我总不能等不到救人的目标把谁推进河里，然后去救吧。我在这个三点一线上奔波，弄得我筋疲力尽时，我才发现我傻到家了，奔波这样累，每天都在用双腿奔跑着，我却忘了利用交通工具。我这才想起我的第五辆自行车还没有丢失，虽然锁孔里被小偷塞进了钢丝，但我可以砸掉锁子，照样可以骑车子的。这时候，我为我在这么艰难的时候还有这么敏锐的思维而感到欣慰，当即就找了工具去砸我的自行车锁。

　　我砸自行车锁，被旁边部队驻地巡逻的士兵抓住时，才恍然大悟，我的自行车所放的位置是不能随便乱砸的。可一切都已经晚了。什么都说不清了。我被士兵推搡着,他说要把我送到当地派出所去。我的头就大了,我对士兵说:"我虽然砸的是我自己的自行车锁,但我知道我砸错了,我保证今后再不砸自行车锁了,求你放了我吧,我现在有很紧急的事要去办,我是要去救人呢。"士兵冷笑了一下,很严肃地对我说:"就别玩这些花样了,留着脑子,还是好好想想,找什么人来救你自己吧。"

我整天光想着救人,从来没想过要救自己,我现在找谁来救我呢?

小锅饭

　　女知青魏玲当上大队小学教师后，我开始把她叫姑姑了。这是父亲让我叫的，父亲说他已经把魏玲认成了干妹子，我理所当然得叫她姑姑。这学期开学时，我就不用去学校财务室门口排大半天队交学费，这一切魏玲姑姑都给我办好了，她连新书都给我提前领了出来，并且用旧画报包上了封皮，把同学们羡慕得涎水都流了下来。有个当老师的姑姑真好，我从心里感叹道。我以前从没有享受过这种待遇，虽然父亲是塔尔拉大队的支部副书记、大队长，在塔尔拉算是真正的高干了，可做高干的父亲最反对搞特殊化，我们一家人不但没有沾上父亲的一点光，而且在什么事情上都得做出高姿态来，弄得我在学校一点儿高干子女的优势都没有，相反还得夹着尾巴做人，倒不如那些个父亲什么都不是的同学了。这下好了，我有了一个当老师的姑姑，有姑姑给我撑腰，以后看谁还敢不拿我当高干子弟看待。

　　我的底气足了，可学习成绩一点儿都不见长，这是我以前最发愁的事了，学习不好考试成绩上不去，父亲的巴掌都擦得亮亮的等着我呢。现在，我就不用发愁了，有魏玲姑姑在，我的考试从单元测验，到期中期末成绩都上了新台阶，出现了前所未有的上升趋势。这都得感谢魏玲姑姑，每到考试前，她都要给我辅导一下功课。别人都不知道，魏玲姑姑不愧是当老师的，她真有本事，每次辅导的课程都与考试题有关，到考试时，我做起试题来比以前得心应手多了。父亲看到我成绩单上的数字上升幅度这么大，便对我有了笑脸，这叫我很得意。要知道，父亲除过对大队支书和公社领导会有笑脸外，对其他人（包括我妈在内）从来就没有个好脸色，他严肃得挺吓人的。我妈说父亲是大队的干部，不这样严肃就没有了官威，也就镇不住别人。事实也确是这样，父亲在群众中威信很高，谁见了他都毕恭毕敬，连魏玲姑姑都不例外。我都见过几次了，考试前，魏玲姑姑到我家里来给我辅导功课时，一见父亲回来，就赶紧站起来叫李书记。父亲却很严肃地挥挥手对姑姑说："都给你说过多少次了，别人叫我书记，你就不要叫了，你得叫我哥才对，是不是？你现在就叫我一声哥吧。"魏玲姑姑这时候显得很不好意思，她迅速扫了一眼在场的我，把头低到胸前，轻轻地叫了父亲一声哥。这一声"哥"叫得父亲的脸上春暖花开，他对魏玲姑姑终于露出了我难得一见的笑脸，和蔼地对魏玲姑姑问这问那，叫我听来却都是很弱智的问题，什么天气凉了，得注意多穿衣服别感冒了，吃饭时一定要多吃蔬菜补充维生素什么的，父亲还挺内行地说多吃蔬菜才能保持女人的美丽嘛。在父亲那里，魏玲姑姑不但能享受到公社领导才能享受到的笑脸，而且能得到父亲的关心和呵护，尽管父亲关心魏玲姑姑的样子就像对待学龄前儿童，可那是当领导的父亲在关心啊，多不容易。父亲对我这个小学三年级的学生，从来是不屑这么关心的，或者他觉得和魏玲姑姑相比，我才是个成年人。

更叫我不可理喻的是，只要不是开会，父亲平时话很少，可他只要见到魏玲姑姑，就有永远也说不完的话，例行的问候之后，父亲还会严肃起来，从当前国际国内的形势，到抓革命促生产，再到大队支部的建设、规划，一条一条地讲，有板有眼绝不遗漏下一个微小的话题。每当这时，我总发现，就差一个麦克风了，不然，父亲说话的神态、语气、手势，就跟开全大队的社员大会一样。可惜的是只有魏玲姑姑一个虔诚的听众，我是绝对不爱听的，我的心思全在怎样打断父亲，尽快叫魏玲姑姑给我辅导完功课，我就可以出去疯玩一阵。但父亲通常是不容易被打断的，在魏玲姑姑面前，他是一定要把话讲足了，直到要重复第三遍的时候，我才能怯生生地对魏玲姑姑说，姑姑给我补课吧。这时候父亲才停了下来，偏着头冷着脸看我，好久才摆摆头说，算了算了，今天就讲到这里，你们补课吧。

我说了这么多，还没有真正说到魏玲姑姑呢，全大队的人都知道，魏玲姑姑是我们农村生养不出来的，我们那里穷山恶水，长不出她这么水灵的姑娘。也就是说，魏玲姑姑下乡到我们大队，是把美丽带到了我们这里，她有一双水汪汪的大眼睛，看谁谁高兴。当然，谁都想多看她一眼，多看她心里就舒坦。

就拿我们学校刚分来的高老师来说吧，他是地区师范学院音乐系毕业的，响当当领工资的教师，要知道，连我们的校长都还是民办教师呢。这个高老师戴着眼镜，梳个大分头，身上始终穿着四个兜的蓝色干部服，脚上是一双擦得发亮的三接头皮鞋，走起路来把腰板挺得笔直，目不斜视，把谁都没有放在眼里，牛气得很。可他一看到魏玲姑姑，那种走路的架势就端不住了，眼神随即变得不那么正了，他没想到在这么个穷乡僻壤的小学里，竟有这么亮丽动人的佳人。趾高气扬的高老师扶着眼镜多看了魏玲姑姑几眼，他明显地蹋下了腰，不再像刚进校门时那么牛气冲天了。

高老师是那种端着公办教师的架子，不屑与那些民办教师为伍的老师，他给我们上音乐课时，也净讲些我们听不懂的这个谱那个曲子，我们都一脸茫然地看着他，他就十分不屑地说我们没有乐感，将来都是跟在牛屁股后面扶犁种地的主。每当这时，高老师都有种恨铁不成钢的惋惜，干脆丢下他的本职工作，不好好教我们唱歌，却给我们历数农村的种种不是。高老师声讨农村的样子很激愤，以至于我们不得不从另外一个方面去理解他的意思，那就是，要让我们认清农村的落后，要我们从心理和意识上和农村划清界限，这也是他为了鞭策我们，为了我们进步的另一种教学方法吧。

高老师对农村人是没有一点好感的，可他唯独对魏玲姑姑另眼相看。按他的说法，魏玲姑姑虽也是民办教师，可她毕竟是从城里来的知青，她的骨子里没有农村人的陋习。

这个土腥、粪臭、人黑、狗瘦的乡村，高老师能碰到魏玲姑姑这样的同事，算是遇到了知音。

高老师有个习惯，动不动就吊嗓子，连唰牙漱口时都会"啊——啊——啊"个不停，我们认为他是在显摆他的与众不同，他越是这样，我们就越不欣赏他。可魏玲姑姑却很欣赏高老师，认为他有音乐细胞，是个音乐天才，很快主动和人家搭腔，一口一个高老师地叫着，说是要拜人家为师，跟他学乐理，学练声，还要学乐器。高老师当然高兴了，这可是他求之不得的事呢，他一点都不知道谦让一下，就收下了这个女学生。

从此以后，我们的校园里就响起了两个吊嗓子的声音，一男一女，一粗一细，他们还把学校唯一的那个破风琴弹得鬼哭狼嚎，叫人听着受罪。可谁也拿人家没办法，人家又没有影响工作，该上的课都按时上着，该唱的都唱着，谁也不能阻止人家，风琴本来也就是人弹的，说他们碍着人了却又谁都碍不着，连校长也只好睁一只眼闭一只眼，装作没听见，别人又岂会多事儿。

小锅饭

魏玲姑姑要吊嗓子,还要学各种乐器,她把业余时间大多都花在了这种在我们看来是不务正业的事情上了,最惨的其实还是我,魏玲姑姑不能像以前那样,及时地来我家里给我辅导功课,我的考试成绩明显下降,幸亏父亲对我的成绩不像以前那么关心,否则我可又要吃他的巴掌了。但我还是提心吊胆,心里一点都不踏实,生怕他老人家哪天一时心血来潮,对我又关心起来,那我可不就惨透了!我心里不停地祷告着,希望魏玲姑姑能清醒过来,务一下正业,她既然当了我的姑姑,就得多顾一下我才对。

　　我把我的这个想法告诉了母亲,母亲连正眼都没看我一下,她看着别处很漠然地说,你还真把这个姑姑当一回事呀,人家要不是看着你父亲手里有权,能把她弄成民办教师,不用下地干农活,才懒得和你扯这个犊子呢!

　　我的心凉了,我承认我父亲有权这个事实,可我并不认为母亲的话就有道理,魏玲姑姑不是母亲说的那种人,她现在只是来辅导我的时候少了,但还是来的,她这时对音乐感兴趣,就像我们对某种事物有了兴趣便恨不得一头扎进去一样,等她和我们对上学一样感到厌烦或者是学会了唱歌后,肯定会收了心的,那时她肯定就会想到我,会顾及我的。我抱着这样的侥幸心理,等待着魏玲姑姑迷途知返,还像以前一样经常来我家里辅导我的功课,哪怕她来听我父亲开会一样的讲话也成啊。

　　我想得太简单了。魏玲姑姑已经好久没有到我家里来了,有一天,我专门在她的办公室门口等到她,告诉她快期中考试了,要她到家里来辅导我功课。魏玲姑姑嘴里哼着歌抚摸了一下我的头,笑着答应了。可是,一直到期中考试结束,她都没有到我家里来,致使我的这次期中考试成绩糟糕透顶。我心里充满了对魏玲姑姑的不满情绪，回到家里，我诚惶诚恐，生怕父亲问起这次考试成绩。幸亏父亲这段时间顾不上我，他只是问我，怎么好长时间没有见魏玲姑姑来了，叫我抽空去看看，她是不是有什么事，要不咋恁长时间不来家里呢。

我是得去找一下魏玲姑姑了，她上次答应过要辅导我，却没有来，我得问一下她是不是真像母亲说的那样，并没有真正把我当侄子看待，我可是真心实意地把她当成了我的亲姑姑呢。

这天放学后，我拖延了一下时间，等其他同学都走完了，才跑到魏玲姑姑的宿舍里找她。我推开她的门进去一看，高老师也在她那里，两人围着一个电炉子忙乎着在做小锅饭。我们学校有一个教师食堂，伙食好不到哪里去，家在本大队的教师都回家吃饭，平时在食堂吃饭的只剩下魏玲姑姑和高老师几个家不是本地的，他们有时做个小锅饭也很正常。我的突然出现，可能是吓着了高老师了，他的样子非常气愤，站起来狠狠地瞪了我一眼道："你这个学生真不懂礼貌，进老师宿舍连个报告都不打，最次你也得敲个门呀，你叫什么名字，是哪个班的，啊？"

见此情景，魏玲姑姑忙站起来，神情慌乱地忙着和我打招呼："虎子，你怎么还没回家啊？"

我歪着头看了一眼冲我发火的高老师，得意地叫了魏玲一声姑姑，才说："姑姑，你咋这么久不去给我辅导功课了？"

高老师奇怪地看了看我，又看着魏玲姑姑说："他叫你——姑姑，你怎么会有这个……"

魏玲姑姑没有回答高老师的问题，却对我说："虎子，姑姑这阵子有点忙没有时间，你先回去吧，过几天我就去给你辅导功课，啊。"

小锅饭　283

又是过几天，魏玲姑姑显然又是在糊弄我呢。可我又不能指责她，只好点了点头，还不屑地看了高老师一眼，才走了。

直到第四单元测验完，一个学期都过去大半了，我也没有等来魏玲姑姑。这下，我真的生气了，因为我的测验成绩非常糟糕，连我自己都觉得有些不堪入目。我怪罪魏玲姑姑没来辅导我，才使我考得这么差，过后，魏玲姑姑竟连一句安慰我的话都没有，我越想越气愤，她说忙没时间，却有时间和高老师在一起做小锅饭，看来她把和高老师在一起做小锅饭看得比给我辅导功课重要得多。一想起魏玲姑姑和高老师在一起亲亲热热做小锅饭的情景，我就来气，凭什么他们俩在一起吃小锅饭？他们又不是夫妻，孤男寡女的，这很不正常。

魏玲姑姑对我的漠视态度让我心里非常不舒服，我更讨厌她和那个自以为了不得的高老师在一起。为了发泄我对魏玲姑姑的不满，我便把魏玲姑姑和高老师一起吃小锅饭的秘密（我认为这是秘密）告诉了我们班的二柱。

我没有想到，事情后来会演变得非常复杂，复杂到我的思维无法想象的地步。在我们学校厕所里面的墙上，有人用粉笔写下了这么一行字：魏玲和高海年在一起吃小锅饭。

我听说了这事，飞跑到厕所去验证了后，把二柱叫到了教室外面。我还没有开口问二柱，他就举着手连连向我保证，不是他干的，他可以向毛主席保证。

我拿着二柱的作业本，和他一起去厕所对了笔迹，经过仔细辨认验证，最后确定不是他干的。可我非要他交代，这个秘密都告诉过谁。二柱躲避着我的目光，支支吾吾地回答不上来。我严厉地给二柱限了一天时间，他必须说出来他都告诉过哪些人，然后才放他走了。

　　一天时间太长了，在这一天里，发生了好多事情。第三节课刚下，我就被班长叫到音乐办公室去了。高老师在那里正等着我呢，他目露凶光，手指着桌子上的黑板和粉笔，恶狠狠地对我说了一个字：写。

　　我心里当时很清楚，他要做的其实和我要做的是同一件事，我要二柱的笔迹，他却要我的笔迹，都是为了和厕所里的字迹做对照。我明知道那不是我写的字，可这事毕竟跟我有关，面对高老师凶狠的目光，我浑身紧张得都在颤抖了，手握着粉笔，不知写什么字好，又不敢问，就愣愣地看着黑板发呆。

　　这时，又进来了几个同学，还有女同学，听说女厕所的墙上也写了那几个字。这样，我虽然是高老师眼里的第一嫌疑人，但因为心里有底，加上又陆陆续续地进来了几个嫌疑人陪着，我紧张的心才缓解了一些。

　　"你们就给我写厕所里的那几个字。好好写！"高老师咬着牙，给我们下达了命令。

　　我很认真地在黑板上写下了那几个字，高老师第一个拿起我的黑板去厕所做了认真的对照，结果与我无关。可这并不表明，我就脱了干系。晚上一回到家里，父亲早就严阵以待地等着我了，他要我原原本本地把魏玲姑姑和高老师在一起吃小锅饭的事复述给他。我做梦都想不到，这事还传到了我父亲耳朵里，要知道会弄得这么复杂，打死我也不会为了泄心里的不满，向二柱透露那个秘密了。我看着父亲的脸色很难看，知道是隐瞒不过去，就把那天见到的情景讲了一遍。我刚讲完，父亲就一脚把饭桌踢翻了。父亲前阵子已经升为大队正支书了，他的脾气显然也随之升了一级，吓得我和母

小锅饭　　285

亲都不敢吭气。

魏玲姑姑到我家里来了,她脸色很不好看,见了我她还勉强地笑了一下,却没有说一个字。我自知理亏,便轻声地叫了声姑姑,就低下了头。她声音很细地答应了我一声,像个小学生似的,怯怯地叫了父亲一声哥,站着就不敢动了。

父亲瞪了魏玲姑姑一眼,恼怒地说:"你还知道叫我哥?现在记起来我是你干哥了?"

魏玲姑姑用手指捻着辫子,像个做错了事的学生,等候老师的批评。

父亲的语调降了下来说:"你看看你,都干了些啥事?全塔尔拉的人都知道了,影响多不好。我知道,这事肯定不怪你,你一个姑娘家,长得又漂亮,肯定是那个姓高的想倒腾点啥事……"

我看到魏玲姑姑用眼瞄了瞄我父亲说:"我……也想和他在一起做小锅饭……"

"住嘴!这样的话你都说得出口?你是想替他说话是不是?"父亲呼地一下站了起来,他耸耸肩,挑在肩头上的衣服抖动了一下,还在肩上原样挑着。父亲自从当上大队支书后,就开始把外衣挑在肩上了,原来是副支书时他还不敢挑,听母亲说,只有一把手才能把衣服挑在肩上,别的副职之类是不能挑的,上面是有文件规定的。我不知道是不是真的有文件这样规定过,但我看到父亲这样挑着衣服的时候,真的是更加的威风了。

父亲给魏玲姑姑做思想工作时还说了些什么,我就不知道了,因为父亲把我赶了出来。我就一直候在院子里,听着父亲在屋子里忽高忽低的声音,却听不清他说的是什么话,后来,我就听到了魏玲姑姑的哭声，她一直是嘤嘤的小声哭着。

我在外面替魏玲姑姑难过，我恨自己给她制造了这么大的麻烦，很想冲进去替她向父亲解释、辩解，但我不敢。我烦躁地在院子里走来走去，感觉过了很久、很久，魏玲姑姑才从屋子里出来了，我迎上去叫了声姑姑，她却没有答应，连看都没有看我一眼，就阴着脸跑走了。

后来，我偶尔从父亲那里有一句没一句地听到一些消息，他说高老师在塔尔拉小学一直不安心工作，并且工作能力也不行，除过会唱几句歌、弹几下琴外，语文、数学都不会，还像个孔雀似的高傲得不行。父亲以塔尔拉大队支书的名义，给公社管文教的副书记提出，塔尔拉小学坚决不要这种能力不行且不务正业的教师。不久，高老师就被调走了，听说调到条件比较差的大队小学去了。他调过去不到一年，那个大队小学也不要他了，公社给他又换了一个地方，还是不行，后来，没办法安排，因为他是正式工职，只好把他放到公社一点儿都不重要的岗位——林业办公室，叫他当林业干事。这都是后话了。

在处理高老师的事情上，魏玲姑姑曾求过父亲，但父亲没有答应，还把魏玲姑姑狠狠地批评了一顿。不知是父亲把话说绝了，还是魏玲姑姑和父亲较上劲了，反正，魏玲姑姑再也没到我家里来过。不久，她就不当教师了，又回到第四生产队去干农活了。听说，这是她自己提出辞去教师职务的，父亲说什么都不同意，但她执意要这么做，最后，她自己卷起铺盖搬到四队去了。父亲拿她没有办法，就生气地对我说，今后不允许我再叫魏玲姑姑了，她已经是一个普通社员，与我们家没有一点关系了。

我一点都弄不明白，为什么魏玲姑姑成了普通社员，就不能成

小锅饭　287

为我的姑姑了?

补记:后来,政策变了,知青社员魏玲返回了喀什城里,她被分配到市油脂化工厂工作,由于她长相出众,不久就嫁给了车间的团支部书记。她的团支部书记丈夫很聪明,一心想谋上车间主任的位置,便干起了投机钻营的勾当,聪明反被聪明误,最后不但没当上车间主任,连团支部书记都给撸了,伤了元气后,他从此一蹶不振,破罐子破摔,还沾染上了赌博,与魏玲的关系也越来越紧张。后来,那个厂子也不行了,两口子都下了岗,日子过得很艰难,两口子经常打打闹闹,但没有听到他们离婚的消息。

至于高老师高海年,他和我父亲还有点来往。他在公社(后来改成了乡)的林业办公室当了几年的干事,后来赶上了乡镇班子要补充一批年轻化、知识化的干部,他顺理成章地当上了副乡长。之后又调到另一个镇去当副镇长、镇长,直到县监察局局长。他还记着当年的事,很感谢父亲把他从教师队伍里清理了出去,不然他就不会走上仕途。前些年高局长下来检查工作时,碰上父亲,还会说些感谢的话呢。只是,这几年听父亲说,高海年当久了监察局局长,有官架子了,见人握个手,伸给你的是左手。我问父亲:"他的右手是不是有问题,不太灵便了?"父亲说:"哪里呀,他的右手好着呢,是专门留给领导握的。"

槐花

中午的阳光从不太厚实的树叶间漏下来,地上像撒了一层硬币,银光闪闪。

杨金水穿着一身溅满涂料的灰黑色工作服,像条可爱的斑点狗,憨态可掬地眯着一双不太大的眼睛,仰头盯着树梢上的洋槐花傻笑。洋槐花盛开和没完全盛开的,一串一串往下坠。杨金水望着洋槐花发会儿呆,然后,看看周围遛弯儿的老人,抽动鼻子嗅嗅洋槐花那浓郁而不腻的馨香,无奈地摇摇头。

那几个老人像故意和杨金水过不去似的,他们就在这棵洋槐树下转悠,也不去稍远处的草地那边。草地跟前摆满了鲜花,什么猫儿脸、一串红、小玫瑰,还有北方春天很少见到的三角梅,都在争芳吐艳。老人们干吗不去欣赏春天盛景,要在这棵洋槐树下溜达呢?该不会是他们发现他这个粉刷工反常,一连几个中午都来街心公园盯着洋槐树看个没完,起了疑心吧!杨金水心里咯噔一下,如果是这样,那他就没机会下手了。

杨金水心里似搁了盆火,突然间烦躁不安。他听着头顶"嗡嗡"鸣叫的蜜蜂,像上足发条的闹钟,把时间一口口吞吃掉了,他耗不过那些老人,如果再这样等待下去,纯粹是浪费时间。要不,放弃这儿算了,到别处再去寻找目标?可说起来容易做起来难哪。就这,还是他用午休时间,骑着破自行车几乎转遍了附近的大街小巷,好不容易才找到的。再去找,上哪儿找啊!他离开洋槐树,抬头看远处近处，被楼房劈得支离破碎的天空，两眼茫然，心里空落落的。

不知不觉间，杨金水走到草地跟前，盯着花看，越看越觉得那些花儿虽艳丽，却呆板，没有新意。看来，再美丽的花儿看久了也会无趣的。怪不得呢，那些老头老太太们不在花前久留。

那些在土地里生长的东西，美国草也罢，偶尔夹杂其间的狗尾草也好，它们像城市正在生长的楼房似的，拔地而起，竭力向天空的太阳伸去，接受春天阳光的普照。春天多好啊，万物都在生长。小昭肚子里的孩子也在生长，虽然看不见他（她）已长成什么样子，但从小昭肚子外形的变化上，能看出孩子在一天一天长大。

小昭是杨金水的媳妇，她每天晚上都要丈夫摸她的肚子，问他又长大一点没有。刚开始，他摸不出生长的变化，摸来摸去，就一个鼓突突的肚子，能看出什么来？杨金水实在，实话实说，小昭不高兴了，点着他的脑门说如果每天没生长变化，那婴儿是怎么长大的？又说他不用心，感受不到孩子在肚子里的成长。小昭说得也是，婴儿是慢慢长大的，每天当然都会不一样，可那隐藏在肚子里的变化那么细微，他的眼睛又不是透视镜，哪里能看得到感觉得到？这也怪不得杨金水，哪个父母不是看着自己的孩子慢慢长大的，可谁又能说清孩子哪天长大了多少！杨金水不愿小昭不高兴，再摸她肚子时就细心多了，也许是感觉不一样，有一天，他真的摸到小昭的肚子有些不一样，那是一块拱起的地方，拱起又落下去，再拱起来。他兴奋地大叫起来："小昭小昭，我摸到了，他在踢腿呢！"小昭躺靠在床头上，笑眯眯地看着他说："还不到四个月呢，哪里就会踢腾？"杨金水摸着媳妇的肚子说："那一定是孩子在你肚里游泳了！"

杨金水掏出手机看看上面的时钟,又快到两点,该上班了。时间这玩意儿真会捉弄人,越是你需要的时候越是过得飞快。他揣好手机,匆匆回到洋槐树下,看看头顶麦穗一般挂满枝头的串串白花,不死心地扫眼周围还在转悠的老人,犹豫一下,还是骑上自行车走了。

其实,杨金水只想捋几把洋槐花,给小昭做顿槐花饭吃,也就是他们老家说的麦饭。可是,树下有人,他不敢上树捋,怕城里人骂他捋走了他们的花和香气。

四月初,洋槐花还没开,小昭的肚子已经很明显了,但她反应不大,她没城里孕妇那般金贵。本来跟着丈夫到城里来就是为多挣几个钱,趁天气好,一直没停手头的粉刷活。有天,他们接了个小活,给一家粉刷旧卫生间,小昭看到窗台放着一瓶洗手液,她洗脸洗手用的全是香皂,从没用过那玩意儿,出于好奇,她挤压出一些洗手,没想到那黏稠的东西沾上水竟发出一股奇香,她叫声:"啊,真香!"把手伸给杨金水闻。他一闻,激动地叫了起来:"咦,是洋槐花味!怪不得呢,只有洋槐花才能香得这么透彻。"在他们老家,房前屋后、满坡遍野全是洋槐树,这树耐旱,好活。到四月底五月初,洋槐花开了,浓郁得化不开的花香气,能把人香死!当然,这种香味在城市闻闻也就过了,在农村,人们却不愿白白浪费,他们把挂在枝头欲开未开的槐花采摘下来,做成可口的饭食,让那四溢的香气不仅渗进肺,也渗进胃。

小昭吸着鼻子闻手上的洋槐花香味,沉浸在一片馨香里深情地说:"真想吃一顿麦饭。"

杨金水也沉在槐花的香味里出不来,听到小昭的话不由得咽口水。麦饭做法很简单,像杨金水这样不怎么下厨房的大男人都会

槐花

做，要捋新鲜还没完全盛开的洋槐花，张开的花被蜜蜂采过，没了花粉，吃起来也甜，但没有了槐花特有的馨香。将洋槐花洗净，拌上面粉和混合调料蒸熟即可。小昭说最好用玉米面拌，色彩鲜亮，黄里透白，且松软爽口，白面要次一些。想想，洋槐花是白的，白面也是白的，混淆不清，还太黏，这在他们老家，是很有讲究的。至于玉米面拌的洋槐花为什么叫麦饭，连小昭也说不明白，她猜想，是不是洋槐花开的时节，麦子已经打花抽穗，人们闻到了麦子的味道？

不得而知，叫什么名字不重要，祖先留传下来的说法，大多说不清楚。看到小昭说起麦饭时那一脸的陶醉样，杨金水心里立马有了想法：一定要捋些洋槐花，给小昭做顿麦饭吃。她是孕妇，城里很多女人借着怀孕吃东吃西，小昭从来没吃过什么，还拎着油漆桶跟着他东奔西走干活，想想都觉得她亏得慌。麦饭也不是什么高级饭，如今她可是娘儿俩啊，连这么个小小的愿望都实现不了，他杨金水还有何面目给未曾见面的婴儿当爹！

四月中旬，城市正是花红柳绿的灿烂季节。杨金水想着先不给小昭说，他要偷偷捋回洋槐花做好麦饭给媳妇一个惊喜。可他们是跟着别人的装修队干粉刷，每天收工时天已经黑了，不可能去找洋槐花，只能利用午休时间。比起建筑工地，他们的活倒不显得很重，但熬人，爬上爬下，有时站在梯子上一站就是一上午，手酸脖子疼，中午的一觉就像是能源消耗后的补充，每到吃午饭时节，杨金水恨不得边吃边睡，随便歪在哪个旮旯儿里眯瞪一会儿。可为了怀孕的小昭，杨金水只能牺牲掉午觉，强撑着困乏，骑自行车满街满巷去找洋槐花。

杨金水穿着斑点狗一样的工作服，一看就是从乡下来的民工，他表面对城市不胆怯，心里却是怯的，不敢问人。问城里人什么地方有洋槐树，人家会用怎样的眼神看他呢，算了，还是自己找吧。没想到，在城市要找个乡村再普通不过的洋槐树，竟这么难。可再难，他也要找到，小昭最近的反应越来越强烈，闻不得涂料味，动不动就呕吐，已经不能跟着他干活了。杨金水很奇怪，别人都是刚怀孕一两个月反应大，小昭三四个月了，才这么大反应？莫不是闻多了涂料味？他后来听人说涂料里有对人体不好的东西，为了下一代，他要妻子回老家去养肚子，老家环境好，不像城里这么嘈杂，空气这么坏。可小昭不愿意，说他们用的涂料又不是劣质的，哪来这么多对人体不好的东西？城里人不是每天都住在涂料堆里！再说每个人的体质不一样，怀孕的反应肯定也不一样，她才没那么金贵呢，就吐那么几回，没啥大不了的。杨金水心里明白，小昭不愿回去，并不是真的喜欢城里的吵吵嚷嚷，主要还是想和他在一起。他就没硬赶她走，有小昭在身边，他干活再苦再累也踏实。可在城里待着，每天得吃饭，花费不少，小昭不愿吃闲饭，她鼓动丈夫，两口子一起给老板好说歹说，总算给她谋下工地食堂帮厨的工作，每月包吃，还有一百五十块工资。没吃闲饭，多少能挣点钱，小昭乐颠颠挺着大肚子，每天收拾完食堂卫生，眼巴巴盼丈夫用自行车驮她回租住的小屋，躺在男人怀里，让他摸肚里的婴儿，享受恬淡安静的乐趣。

　　这一阵，杨金水晚上回来，吃过饭倒头便睡，根本没精神摸媳妇的肚子，不一会儿，鼾声如雷。一次两次，小昭不往心里去，他干活累，春天又是嗜睡的季节。但四次五次之后，她就有想法了。怀孕的女人比较敏感，首先想到的是，男人是不是背着她干对不起她的事了？这几个月，他们俩虽说在一起，可行不了夫妻之事，有

槐花　293

时候杨金水实在忍不住，就那么浅浅地尝一下，为了孩子，他得克制。是不是他熬不住，跑到外面胡来了？不然，他怎么打不起精神，回家就睡呢？以前他不也每天干活嘛，就是再困再累，他也该陪她说说话，摸摸她的肚子跟孩子交流，和她憧憬孩子出世后的情景啊。在他们眼里，孩子是他们所有的梦想。

小昭越想越气，望着身边打着呼噜睡得香甜的男人，心里一酸，眼泪涌了出来。后来，她没忍住哭出了声。哭着哭着，突然明白过来，哭下去对胎儿不好，赶紧爬起来拧个湿毛巾擦去眼泪。回到床上却怎么也睡不着，思前想后，她还是把男人推醒了。

杨金水在睡梦中被推醒，一百个不高兴，可看到从窗外透进的灯光下，小昭幽幽的眼神，他心软了，搂住她，把脸轻轻贴在她肚子上，说句睡吧，明早还上班呢。话音刚落，鼾声又起。

小昭抚摸着男人的头，他的头发刺拉拉的，发硬，是沾了涂料没洗干净。愣了半天，她没忍心再把他叫起，大睁着眼耗到天亮。

杨金水清楚小昭的心理，看着小昭有些忧郁的眼神，他的心也有些乱，但他还是忍着没给她说自己要干的事，虽然是件很小的事情，但没做成前说出来，就没意思了。他爱看小昭惊喜的样子，眼睛瞪得溜圆，嘴唇划出翘翘的弧线，肉乎乎的，很性感，他喜欢得不得了。来城里打工后，杨金水也学会用"性感"这种词了。

杨金水不想叫媳妇再胡乱猜想，再拖下去，恐怕洋槐花也败了。这天晚上，他把媳妇送回住处后，撒谎说老板要带他去看一个新工程，没等小昭同意，就蹬上车子跑了。

城市的夜晚一点都不安静，到处都是人来人往。杨金水赶到街心公园那棵洋槐树下，那几个老人终于消失不见，可换班似的，来了一批年轻男女，他们在花前月下搂搂抱抱，不时传来一些异样的声音。

　　那仍是一片属于别人的天地，杨金水不好意思在别人的各种动静中爬树采洋槐花。撑好自行车，他绕着洋槐树转圈子，不时抬头向树梢上望望，高大的路灯比槐树高些，他看到很多洋槐花惬意地张开笑脸，在灯光中闪闪烁烁。因为晚上车少，噪声也淡，花香更加浓郁。他知道，这浓郁的花香也意味洋槐花的花期很快就要过去了，再不抓紧采摘，洋槐花就谢了，那么，小昭今年就吃不上麦饭了。

　　他不想空来一趟，找个僻静处坐下慢慢地等。反正洋槐树下的那些人总是要回家睡觉的，他就不信等不到那个时候。

　　白天劳累了一天，中午去别处找洋槐树又没睡成午觉，他很困乏，现在又处在一种漫无边际的等待中。夜晚的时间是不是也犯困了，走得很慢，杨金水熬不住了，瞌睡一阵紧似一阵地袭击他。四月的天，白天热得快，可到夜晚，还是很凉爽的。杨金水靠在草地边上的石椅上，眼睛却离不开洋槐树，他看到树下走开一对男女，心里便喜一下。撑了一会儿，上下眼皮一直在打架，他根本没法拉开，就靠在椅背上，浸着夜晚的凉爽，想微微闭一会儿眼。

　　他没敌住睡意，眼睛一合上，再也睁不开。他竟然睡着了。

　　等杨金水从凉意中突然醒来，槐树下已没一个人影，他心里一阵窃喜，这个时候，他终于可以堂而皇之地攀上树，给他的小昭捋槐花了。

　　爬树对杨金水来说太容易了，他朝掌心吐了一小口唾沫，攀住树身几下就到了树上。夜晚的洋槐花，安静地绽放着，花香浓郁纯正，没有一点杂质，置身其中，他感觉回到了自己的老家，淹没在洋槐花的香气里。要是在老家，在哪儿都能捋把洋槐花，不像城里，怕东怕西的。他很想念老家与世无争的恬淡生活。坐在一个枝

槐花

权上，身子倚靠着一根结实的树枝，他捋了一把洋槐花忍不住先塞进嘴里，真甜真香！透过花儿望向夜空，城市的夜空其实没有多少内容，空洞而遥远，但今夜，仿佛因了洋槐花的香气，他看到城市的上空，居然有星星点点在闪烁，像他在老家时经常能望见的夜空一样，幽蓝深邃。

杨金水开始捋洋槐花，出来这么长时间，不知道小昭又会怎么样呢，她一定又在胡思乱想了。杨金水有点儿心疼，但一想到小昭很快就能吃上麦饭，他的心里就像他嘴里的槐花，又香又甜。

这棵洋槐树不很高大，但枝叶繁茂，洋槐花更是拥拥挤挤，浓密得很，杨金水不用仔细辨认，伸手一捋，准保一把。捋了几把之后，他把手凑近鼻子一闻，比上次小昭闻过的槐花洗手液更香、更纯净。这种味道，才叫人陶醉呢！他想着待会儿回家后让小昭用洋槐花搓搓手，叫真正的槐花香气留在小昭的手上！杨金水在黑暗中嘿嘿地乐，似乎看到小昭把沾满洋槐花香气的手使劲地嗅。

杨金水捋得开心，不由得哼起歌来，哼的是什么歌，他自己也说不清楚，反正城市到处都是音乐，走到哪儿都能听到好听的歌，听多了，他不会唱，也会哼两嗓子。高兴了就哼。惹得小昭净笑话他。他哼着歌又往更高处爬，许是哼歌哼得出神，手上猛地被什么东西扎了一下，钻心地痛。他哼了半截的歌含在嘴里，借路灯一看，手指没流血，只是痛，还痒。是招蜂蜇了？奇怪，这么晚了怎么还有蜜蜂？他躲过白天的老人，夜晚的青年恋人们，却没躲过守在这里的蜜蜂。他侧耳听，是不是有蜜蜂的声音，但除偶尔过路的汽车吼声外，夜静得没别的响声。他怯怯地又往刚才的那串花前探了探手，没有蜜蜂飞起的声音，细细一想，他笑了。他竟然忘记，能盛开这种香气扑鼻的洋槐树，在老家叫刺槐，既然叫刺槐，当然有刺了，在老家还被人种在菜地边上做围栏呢。不过这一刺，猛然刺醒了杨金水，他采摘的槐花都是欲开未开的花苞，不能采得太多，不然，蜜蜂就没花蜜可采了，盛开过的洋槐花香味不浓，到明天或后天，那些来槐树下转悠的老人们就没多少香气可闻了。这可不是杨金水愿意看到的。老人们闻一季洋槐花，就少了一年。他不想叫那些老人这一年少了洋槐花的香气。杨金水不是贪心的人，况且他和那些老人一样，都爱闻洋槐花的香气。

从树上下来，他打开塑料袋，看了看雪花一样的白花儿，心里很舒坦。他要回家了，把槐花的香放进小昭手里，进入小昭的胃里，让他们的孩子也知道这世间有种如此纯净香甜的味道。

绑好塑料袋口，一抬头，却发现一个黑影立在面前，杨金水的心"倏"地往下一沉，莫不是有人把他当成贼盯上了？仔细一看，暗淡的星光下，竟然站着小昭。他忍不住惊叫起来："小昭！"

已过午夜，小昭在家里等得心焦，她闻着洋槐花的香气，找到这儿来了。

游牧部族

　　阴坡上的积雪开始融化的时候，草场上黄灿灿的枯草丛中，已有嫩草冒了尖，泛着点点绿色，把沉睡的草场唤醒了。圈里的羊蠢蠢欲动，纷纷往围栏边上挤，嘴角挂着枯草的茎叶，已索然无味地停止咀嚼，渴望外面的嫩草尖。春风吹过，把青草的清香灌了一羊圈，羊在圈里，都不动，闭着双眼，用粗大的鼻孔，深深地呼吸着青草的气息，然后很响亮地打着喷嚏。

　　女人从毡房里出来，手里提着发亮的奶桶，身后跟着巴郎子，还穿着宽松的棉衣，胸口敞开着，腰间用布带束住，露着半截黑红的胸膛，一手拉着女人的裙子，一手伸在胸前的棉衣里，使劲地搓着。春天又暖又痒。

　　女人手搭在额上，望了望天上的太阳，不扎眼，热乎乎的，就顺手理了理头上的红丝巾。红丝巾在阳光里轻轻地飘动着，耀着眼哩。女人在羊栏前站定，羊都眼巴巴地望着她，她用温暖的目光扫一圈羊群，就拉开简易门，进到圈里。羊群热烘烘地围了上来，有被奶憋得慌的母羊，挤过来，在女人的腿上蹭着。女人微笑着，摸摸羊的脑袋，蹲下去，从羊后胯里扯出一对滚圆的大奶，用手轻轻地一捋，一股白线射到桶里，滋滋地响着，浓浓的奶香就弥漫了整个草场。

　　巴郎子被留在圈外，先是伸手抓住圈里一只羊的耳朵，硬把羊头往地上按。羊不服气，死活不低头。巴郎子就把头伸进去，一手抓着头上的毡帽,一手依然抓着羊耳朵,两个头抵在一起。羊是公羊,有劲,但抵不过巴郎子,圈栏挡着它的身体,有劲使不上。巴郎子不愿往后退,用脚在草地上使劲蹬,身子弓得很圆,似半个弓,嘴里咯咯笑着,已喘了粗气,但他很得意。

　　这时,男人骑马回来了。马是好马,一身的红毛,把整个草场都映红了,肥圆的屁股一扭一扭的,就扭到毡房跟前。男人从马背上跳下来,没有完整的姿势,两只穿着高勒儿靴子的脚,在草地上杂乱地踩着。草地经过雪水的浸透,暖阳一晒,发面一样的暄,又软又柔。男人站在上面,披一身的阳光,脸膛黑里透红,显然是喝了酒的,两眼微眯着,浓黑的两道眉毛,像草一样,在春风里不停地晃动,把男人一脸的惬意都晃了出来。男人就把马缰绳往马背上一搭,任马自由自在地去吃地上的嫩草尖了。

　　羊就叫了起来,一声连着一声,一群羊都叫起来,响成一片,像给男主人诉说一般,它们要出圈,像马一样,自由地吃春天里的嫩草尖。

　　马打起了响鼻,接二连三,给圈里的羊群显示自己的不一般似的。

　　女人挤完奶,提着满得往外溢的奶桶,出了羊圈。她紧紧地关上羊圈的小门,生怕羊挤出来似的,用腿把小门顶了顶。没有男人发话,女人不会放出一只羊来,哪怕是一只刚会走路的小羊羔。

　　男人望着女人,笑眯眯地,满脸的酒气就柔和了。他的女人是一个能干的女人。女人面对男人,也是一笑。男人是一个放牧的能手。男人也是一个很体贴女人的好男人。

　　男人朝前走了几步,眼睛亮亮的,根本看不出来是喝了酒的眼神,一脸的慈祥,像春风吹过的草场,柔和、温暖。

游牧部族　299

突地,男人看到羊圈旁边的巴郎子,脸就变了,一脸的严肃,眼睛圆瞪,酒劲又泛了起来,鼻子红彤彤的,使劲地抽动着,本来就大的鼻子,又大了些。

巴郎子已经停止和羊抵仗,回头一见男人,满脸欣喜,正想冲过去,扑到男人温暖的怀抱里。却见男人正看着他,巴郎子就愣了,黑珠子似的两颗眼珠瞪得更圆,往前走了两步,怯怯地站住,望着严肃的父亲。男人是个好父亲,从来没有动过自己的巴郎子一指头。

巴郎子不怯,脸上也很欢快,身子动了动,还想着冲向父亲。却见男人往前走了两步,晃着粗壮的身体,站不稳的样子。巴郎子知道,父亲就是这样,喝了酒的,酒量太大,每次喝了酒后,都摇晃着,却从没见摔倒过。这就是男人,典型的哈萨克牧羊汉子。

男人脸上阴着,像阴坡上的雪。巴郎子就没敢像以往那样,冲向男人。巴郎子在原地站定,用探询的目光,望望父亲,又望望母亲。

女人停下来,看着这俩父子,满脸的不解。

男人望着巴郎子,望够了,才抬起了手来,一把抓下自己头上的羊皮帽子。羊皮帽子是羊羔皮的,纯黑色,羊毛一咕噜一咕噜地卷着,细茸茸的,是男人自己缝制的,又暖和又庄重,像办一件大事似的,将帽子缓缓举过头顶,然后举到脑后。稍微停顿了一下,男人的目光一直盯着面前的巴郎子。两人相距有七八步远。

男人将手中的羊皮帽子使劲向巴郎子投去。

皮帽砸在巴郎子的胸口上,男人是用了力气的,巴郎子被帽子撞得身子向后仰了仰,但他站得稳当,身子晃了晃,就稳住了。

男人"噢"地大叫一声,脸就变了,一脸的惊喜。巴郎子长大了,一帽子没砸倒,就成人了。

巴郎子才六岁，不懂大人们用这种方式试探他，他就很生气，用吃惊的目光望了望已经高兴得狂吼大叫的父亲，又用不解的目光望了望满脸笑容的母亲，满脸的气恼。

巴郎子两眼蓄满了泪水，泪水包在眼皮里，欲出，又忍住了。他紧咬着下唇，在父亲的狂笑声中，望了一眼已滚到草地上的皮帽子，一转身，跑了。泪水终于涌出来，洒在春天的草地上，巴郎子的两只脚把草地踩得"唰唰"乱响，似强劲的春风，从枯草上刮过。

平坦的草场上，羊群的叫声又响成一片。羊儿被巴郎子脚步踩着草地的声音，勾起了强的食欲，它们为春天的到来，为即将吃到的青草，激动不已。

最激动的是男人。男人为有了一个已成人的巴郎子而豪爽地大笑，这时候的男人，又想到了酒。酒是男人生活中不可缺少的东西，没了酒，男人就没法度过这些放牧的日子。

女人捡回羊皮帽子，给男人戴上后，就回毡房给男人拿酒。女人知道这时候的男人最需要什么。女人给男人倒上酒，从炉子上提下茶壶，给男人倒上满满的一碗热奶茶。

男人一进毡房，抓起酒碗，仰脖子倒进嘴里，"咕咚"一声吞下去，一脸的红光，坐在毡子上，慢慢地品尝起浓香的奶茶。

巴郎子到天黑都没回自家的毡房，甚至一夜，巴郎子都没回来。男人喝着酒，两眼红红的。女人几次想出去找巴郎子，都被男人阻止了。女人就不停地去门后面，用棍子捣着皮囊里的酸奶，"咕咚，咕咚"的响声里，满是母亲对儿子的担忧。但妇人不能出去找自己的儿子，男人不让，女人就没去。男人做得对，儿子已经是成人了，就应该让他有独立生存的能力。

毡房里的油灯就亮了一夜。

第二天，太阳升起的时候，男人从羊圈里抱回巴郎子，男人将巴郎子紧紧地抱在怀里，像以往一样，男人把巴郎子亲了又亲，不够似的。男人的胡子扎醒了巴郎子，巴郎子揉着眼睛，望了一阵父亲，就在父亲暖和的怀抱里，静静地卧着，羊羔一样。

男人抱着巴郎子，很开心地笑着，嗓门很大，看不出喝了两瓶酒的样子，一脸的慈祥，一脸的幸福。

过后，男人摇晃着身子，去给儿子挑了一匹枣红色的马驹，抱起儿子往马驹的光背上一放，就将马缰绳交到儿子手中。巴郎子也不惧，两腿夹紧马肚子，马驹活蹦乱跳地驮着巴郎子，在春天的草地上跑来跑去。

从此，男人多了个帮手。

春天的风吹起来，暖得醉人，伊犁河谷，就在醉人的春风里，暖阳阳地绿了起来。

这是一片冬草场，是牧人和羊群冬天栖息的地方。一到春天，牧人赶着羊群，到夏草场里去放牧，留下这宝贵的草场，度漫漫的冬季。

该转场了。

这是一次大的迁移。男人在几天前，就着手转场的准备工作了。因为多了个帮手，男人就很自信，今年的转场，不用和别人合伙走了，那样太慢不说，还得给自家的羊做记号，然后混在一起，到一个草场，还得往开分羊群，这是个麻烦事。往往从伊犁河谷，经过拉拉提，到西天山的乔尔玛一带，最少得走一个月，这还是快的。要是路上碰到坏天气，下雨或者刮风，耽搁一下，就得走一个半月，这样会误了羊。羊群全凭夏秋两季，产羔长膘，蓄积营养，才能过冬的。

男人想着，今年一家人伺候着一群羊，叫巴郎在前面领头，自己在后面压阵，一路上收拾落伍的弱羊。女人基本上是不参与放牧的，尤其是有了男人、巴郎子的女人。女人只管照顾驮队，把一家的毡房、吃用的食物用马和骆驼驮了，一路给男人、巴郎子提供吃食。

转场开始了。巴郎子骑在枣红马驹上，依然穿着宽松的棉衣，敞着胸，腰里的布带子上别着馕，一手提着鞭子，一手掰馕吃。不同的是，巴郎子头上不戴毡帽，像男人一样戴一顶羊皮帽子。羊皮帽子是男人给巴郎子赶做的，宰了一只雪白的羔羊，羊毛又白又柔软，现在戴上，太阳晒不透，凉爽又好看，给巴郎子增加了不少英武之气。巴郎子走在羊群的最前面，头上似飘着一片白云，晃悠悠的，惹得一路上转场的牧人，看个不停。巴郎子很得意，不时甩个响鞭，惊得那些边走边低头吃草的羊，加快了步伐。走在羊群前面的羊，大多是已怀崽的母羊。这时候的母羊嘴馋，要吃最嫩最鲜的青草，需要充足的营养补充胎内的羊羔。这时候的青草，不能叫羊多吃，春天的草太嫩，易膨胀，吃多会胀破羊的肚皮。

男人走在后面，骑在他的红马上，一边轰赶吃得太狠的羊群，一边策马去追驮队，给女人交代几句准备饭食的事。男人一边忙着这些，还不停地勒马站下，从怀里掏出酒瓶，抿上几口。这时候的男人，不喝猛酒，转场的事大，他是主心骨，不敢猛灌。但男人离不了酒，没了酒，男人就全身没劲，老犯困，会误大事。男人抿酒时，也是他的马吃草的时候，青草虽然叫前面的羊群先吃过了，但草是吃不完的，到处都是，后面驮队的马和骆驼也吃不完的。一条河到处都是，绿得像地毯一样，哪有吃完的时候，到处都是转场的羊群，也没见吃完过。

女人骑的是一匹白马。白马似女人一样丰满，小步颠着，全身的肉都在颤，女人骑在马背上，有说不出的舒坦。女人将驮队穿在一起，马也走不快，后面的骆驼不紧不慢地牵制着，马再有本事也快不了。女人在这样缓慢的队伍里容易犯困，就不时唱歌，女人唱歌是放开嗓子唱，一点也不抑制。女人的歌喉也亮，唱些草原、羊群、雪山、冰川，还有姑娘小伙的歌。歌声响处，远处的雪山白晃晃的，这边的草场绿着，羊群像河水似的，在绿油油的山谷里流动着。女人一边唱着，一边策马跑到前面，给男人和巴郎子送去奶茶和奶酪，也用歌声送去欢乐。

　　一家人乐融融的，根本不知转场的疲劳了。

　　只走了九天，就走到了拉拉提。到了水草丰茂的拉拉提，天气热了，空气却并不干燥，喀什河将潮湿的水汽润遍了山谷，草地特别的丰厚。但这些草里，混杂着荨麻草，这是毒草，羊都不吃。走上一条简易公路，羊群走得就快了。羊想早点走到夏天的牧场，吃好青草。

　　羊群又急着走，被车冲散了，不容易往一起聚。男人更忙，跑前跑后，被酒烧红的鼻子上渗出了汗珠，也不擦。等一辆车过去，在汽车扬起的灰尘里，把羊群聚拢后，男人才抿一口酒，嘿嘿地一笑，抹把鼻头上的汗，一脸泥水，男人也不恼，吆喝着，叫女人继续唱呢。

　　女人就又唱了。

　　上一面坡的时候，巴郎子在前面引着羊群走，枣红马驹因没有好草吃，闹起脾气，想放开跑一阵。巴郎子不让跑，提紧缰绳，枣红马驹原地打着转，又蹦又跳，折腾得巴郎子出了一身汗，巴郎子有点恼火，却不用鞭抽马驹。马是牧人忠实的朋友，巴郎子恼火了也不抽马驹。巴郎子已经成人，是一个牧人了。

这时，从坡上冲下来一辆卡车，卡车鸣着笛冲过来。巴郎子收住马，赶羊群给卡车让路，羊群乱了，急得巴郎一头大汗。

卡车紧急刹车，还是撞上了一只羊。羊像面袋子一样，被撞飞到路边，软软地落到地上，死了。

卡车刹住，走下一个当兵的，脸都吓白了，站在死羊跟前，愣愣地望着地上的死羊和羊血。

男人和巴郎子好不容易将羊群拢住，让巴郎子守着羊群。男人来到卡车跟前，从马背上跳下，将马缰绳在卡车帮上拴了，走到死羊跟前，伸手提了提死羊。羊是母羊，胎里有崽，很沉。

司机是个小兵，唇上长了一层绒毛，慌了，忙从衣袋里掏出烟来给男人递。男人没接。烟是"红梅"，算得上好烟。男人却从腰上的布带里摸出一张两指宽的报纸条，卷起莫合烟来。报纸条是哈语报纸撕成的，哈文字笔画简单，卷烟抽，油墨味少，不像汉字报纸，尽抽油墨了。男人往报纸条上撒匀烟末，两手将报纸条一对折，放到左手拇指和食指间，右手一拧，烟就卷好了。然后放到唇间一湿，将拧紧的这头用齿一咬，"咯嘣"一声，咬掉了硬纸头，两唇一夹，点上了火。莫合烟刚点上，报纸还起火，一抽一起火，烧了几次，火灭了，就有浓浓的辛辣味飘散开来，直刺人眼。

小兵司机硬给男人递"红梅"，男人拒接，小兵司机恐事态严重，硬给。男人硬不接，用手指一下嗓子，说："纸烟烧喉咙，不抽！"小兵司机就很沮丧，慢腾腾地从怀里掏出几张百元大钞，要赔撞死的羊。

男人丢掉烟头，苦笑一下，推开小兵司机的钱。男人去提死羊，羊肥，挺沉，怕拖着磨破羊皮，就招呼小兵司机过来帮忙，将羊抬到路基下。男人也不看小兵司机，吆喝女人过来，给女人交代

游牧部族　305

几句，女人点着头去了。男人从腰间抽出一把小刀来。刀光一闪，小兵司机往后退了一步。

太阳很亮，也很热，是中午时分。

男人将小刀在太阳光下照照，就弯下腰去，一刀戳向羊脖子，划了一圈，刀上竟不见血。刀是英吉沙小刀，上面有歪歪扭扭的"英吉沙"三个字，出名的好刀。男人用刀尖又"唰"地划了一刀，划开羊肚子上的皮，唤小兵司机过来抓紧羊头，男人将小刀放唇间咬住，两手各扒住羊皮一边，"刺啦"一声，像脱衣服一样，将羊皮脱下，铺在地上，冒着热气的羊躺在皮上，像没穿衣服的胎儿，透着洁净的光。

男人眼睛瞪圆，望着熟睡了似的羊，取下刀，轻轻地在羊腹部一划，一个帽子大小的肉团涌出来，由一层青白色的皮包着，显然是胎羔。男人的眉毛跳了一下，一手托起胎羔，一手持刀，手起刀落处，切断胎羔与母羊的联系。

女人已从喀什河里汲了水，在路边架上铁锅烧滚了水，来给男人打招呼。女人见此情景，冲上去从男人手里接过胎羔，用手抚摸了半天，才去旁边，用手在乱石堆里刨了个坑，将胎羔埋了，还在上面栽了一丛青草。男人一直看着女人的动作，没说一句话，见女人埋了，才抓上刀，轻车熟路地切割起羊来，不一会儿工夫，就将整羊卸成了块。

男人和女人，还有小兵司机，各提上羊肉，过去把肉放在锅里。男人蹲在地上，又卷了根莫合烟抽着，锅里已冒出羊肉的香气。

不一会儿，肉熟了。女人先给小兵司机捞了一个羊后腿。小兵司机不接。男人喝了一声，小兵司机怯怯地接了。

男人边吃肉，边抿着酒，先给小兵司机递过酒瓶，小兵司机死

306　病中逃亡

活不喝。男人叫女人拿马奶子酒来，倒了一碗，小兵司机见白白的马奶子酒，以为是奶，就喝了。过了一会儿，小兵司机脸热心跳，心里慌慌的，赶紧掏出百元大钞来，给男人赔羊钱，想着赶紧处理完这事，到车上眯一阵去。马奶子酒烧得小兵司机全身发烫，他真不知道，这像奶一样的东西，劲这么大。

男人不接小兵司机的钱。小兵司机就说："我就这么点儿。"

男人摇摇头，说："我不要钱！"

小兵司机疑惑地望着男人。男人笑了一下，说："放羊就是为了吃，羊就是人吃的嘛。"并推着小兵司机，叫他快走。小兵司机三步一回头地走了。

男人嚼着肉，慢慢地抿着酒。吃饱喝足，男人去换回守着羊群的巴郎子。巴郎子不解地望着男人，男人也不吭气，笑眯眯地摸摸巴郎子的脸，又拍了巴郎子的背，像拍马背一样，发出实在的"啪啪"声。

巴郎子对男人说："他撞死羊，你让他走了？"

男人说："羊总要死的。"

巴郎子说："可那是母羊，肚里已有了小羊。"

男人仍笑眯眯地说："小羊长大了，也是给人吃的。快去吧，吃饱了，好赶路。"

男人说着，将手中的酒瓶子给巴郎子递过去。巴郎子一愣，还是接过去，转身走了。

男人很高兴，望着巴郎子的背影，分明是看到了自己的以前，就很激动，扯起喉咙，唱起歌来。男人显然没有女人唱得好听，却惊了一群正在埋头专心吃草的羊。

羊群移动了，像一河翻滚着浪花的水，在草地上流动着。从这流到乔尔玛夏牧场，还要从这流回去，到伊犁河谷的冬牧场，就这样循环着，流走了牧人一生的岁月，却没流走牧人承传着的秉性。

男人望着羊群，羊群在不断地变换着队形，羊都是生小老死，不断替换更新的。像他的巴郎子一样，再过上几十年，就替换了他，就覆盖了他……

男人这么想着，想喝酒，却想起连酒瓶都给儿子了，就放开嗓子，哈哈大笑起来。

笑声很响，震得羊群一抖，羊都抬起头来，望着男人，忘记了吃草。

温亚军主要著作目录

短篇小说集

1. 燃烧的马.北京：文化艺术出版社，2006.
2. 成人礼.北京：台海出版社，2015.
3. 彼岸是岸.北京：中国文史出版社，2019.

中短篇小说集

1. 白雪季.乌鲁木齐：新疆人民出版社，1998.
2. 苦水塔尔拉.北京：作家出版社，2000.
3. 硬雪.昆明：云南人民出版社，2005.
4. 驮水的日子.北京：群众出版社，2006.
5. 成人礼（蒙文）.北京：中央民族大学出版社，2010.
6. 影子的范围.北京：人民武警出版社，2015.
7. 桃花落.北京：中国言实出版社，2016.
8. 庄莎的方程.北京：中国言实出版社，2017.
9. 北京不相信眼泪.北京：知识出版社，2017.
10. 出门回家.厦门：鹭江出版社，2018.

中篇小说集

1. 寻找大舅.北京：中国工人出版社，2004.

2.落果.沈阳：春风文艺出版社，2009.

长篇小说集

1.仗剑西天.北京：群众出版社，2002.

2.欲望陷阱.石家庄：花山文艺出版社，2004.

3.无岸之海.济南：山东文艺出版社，2005.

4.鸽子飞过天空.郑州：河南文艺出版社，2006.

5.伪生活.沈阳：春风文艺出版社，2006.

6.西风烈.北京：文化艺术出版社，2008.

7.伪幸福.北京：作家出版社，2009.

8.伪爱情.北京：北京十月文艺出版社，2014.

9.她们.北京：作家出版社，2016.

散文集

1.所有梦想都开花.北京：知识出版社，2017.

2.一场寂寞凭谁诉.北京：中国言实出版社，2018.

一地辗转一地
此情不绝不息

01 使用说明 | INSTRUCTIONS

本书提供配有丰富读书活动和资源服务的读者互动交流群，您可以扫码进群获取资源及与其他读者就感兴趣的话题进行交流。

加入读者交流群
微信扫描二维码

02 入群步骤 | ENTRY STEPS

【第一步】微信扫描本页二维码，进入群介绍页；
【第二步】群内回复感兴趣的关键词领取阅读资源、参与阅读活动；
【第三步】读者间可就相关话题进行讨论，交流。

群分类及服务介绍 | SERVICE INTRODUCTION

【读书活动群】

群内配有书评文章、温亚军小传、名家访谈等，您可以回复相应关键词获取资源，与其他书友一起感受人性美。

【读者交流群】

通过社群读书活动和附加读书资源，让读者更深入地了解作者所用心勾画的一个个人物命运的跌宕起伏。

地理的不断变迁，记录着此生的无尽纠结